新潮文庫

仁淀川

宮尾登美子著

新潮社版

7232

目次

仁淀川

第一章　故郷の山河

秋の陽《ひ》ざし降りそそぐなか、目に沁《し》みるほど鮮やかな緑の野菜がいちめんに拡《ひろ》がっている畑の道を歩いているとき、地響きにも似たその水音を綾子の耳は捉《とら》えた。轟々《ごうごう》ととどろき、どうどうと響き、そして縷々《るる》と絶えないその音を聞いた瞬間、綾子は思わず我を忘れて駆け出していた。畑の道から土手まではゆるい坂ながら、両手に荷を提げ、美耶《みや》をおぶった身ではすぐぜいぜいと息切れするのもかまわず、一気に登り切ったその眼下には、豊かな仁淀川《によどがわ》の水をここで仕切った八田堰《はたぜき》の、一年半まえとすこしも変らぬままの姿があった。

堰は、こちらの岸から、人の形が豆粒ほどに見える向う岸まで、地鳴りをあげて水を下流に落しており、その直線の横列はまるで一枚のガラス板のように光って見える。午後の陽ざしはおだやかだが、奔騰《ほんとう》する水は荒々しいほどの勢いで四方八方に砕け散り、その飛沫《しぶき》はそこここに小さな虹《にじ》を作っている。豊かな水は川上から絶えまなく無尽蔵に来《きた》り、この堰で遊んではまたはるかな下流へと分散してゆく。

何という清らかな水、何という豊富な水量、綾子は呆然《ぼうぜん》と土手に突っ立ったまま、長い時間、仁淀川の姿に目を注ぎ続けた。昨年三月末、満州へと旅立つ朝、この土手を今日とは逆に伊野駅へと向う途中、たしかにこの堰にも目をとめたはずなのに、川はいま、綾子にとって生まれて初めて出会ったような、この上ない清冽《せいれつ》無垢《むく》な姿に見えた。

考えてみれば、出発の日からつい五日まえの、葫蘆島《ころとう》から引揚船に乗り込む日までの一年半、綾子は一度も、このように澄んで美しい水に出会ったことはなかったと思った。

出発は終戦の年の昭和二十年、空襲のなかをかいくぐって、小学校教師の要《かなめ》とともに渡満した綾子だったが、暮し始めてみて何よりも悲しかったのは水の悪さであった。大陸でも大都市は水道が完備されていたが、任地の開拓団入植地では水は全部露天井戸を掘って使い、汲《く》み上げると赤土を溶いたようなどろりとした水が上ってくる。十分に煮沸《しゃふつ》して飲んでも、これでは一人の例外もなくアミーバ赤痢にやられ、無医地区では薬もないまま、何とかやりすごしているうち水に馴《な》れ、ようやく大陸向きの体ができ上ってくるという経験を、綾子も通ってきている。

こんな濁った水でも、せめて豊かに地下から湧《わ》いてくれれば洗濯でもできるのだけれど、雨の少ない大陸では、少し気張って使えば井戸はすぐ干上がるし、住居の近くの飲馬《インバ》河《ホウ》も、怒れば洪水となるものの、常時はからからの涸《か》れ河川なのであった。ましてや終戦直後から家族三人収容されていた難民収容所では水は最高の貴重品、難民の分際で自由に使える道理もなく、綾子は今日まで、ろくに口をすすいだことなく、風呂《ふろ》も一年以上入ったこともない。冷たく透きとおった水など、もはや望んでも得られぬもの、と生活感覚から遠く遊離していた綾子に、この豊饒《ほうじょう》な景観と水音は鮮烈であった。

　ここは正しく水のきれいな日本、日本のなかの高知県、高知県の吾《あ》川《がわ》郡、吾川郡の仁淀川の岸にいま、あたしはいる、といく度もひとつひとつ自分に向っていい、その言葉がまるで酒の酔いのように体のすみずみまでをめぐったとき、綾子はいい知れぬほどの安堵《あんど》をおぼえた。

　引揚船が佐世保港に着き、一年半ぶりに日本の山々を見たときも涙が滝のように落ちたし、さきほど、伊野駅で下りたとき、駅舎のまわりにコスモスの咲いているのを見ても胸が熱くなったけれど、それにも増してこの千年変らぬ清い水の流れは綾子に大きな安定感を与えてくれたと思った。

終戦から引揚げまでの一年間、大陸の情勢はめまぐるしく変り、収容所のあった営《えい》城子《じようし》炭坑の倉庫から社宅へのすしづめの割当て、そのあと九台《きゆうだい》かまぼこ兵舎から新京《しんきよう》（長春）の収容所へと、デマにおびえながら移動させられ、そのたび、明日はどこへ追い立てられるか、行き先は安全か、食糧は支給してもらえるか、不安にふるえていたことを思えば、ここはようやくにして辿《たど》りついた終着点なのであった。

この八田堰は藩政時代、山内家の家老野中兼山が吾川郡一帯の灌漑《かんがい》のために建設したもので、仁淀川の堰ももう一ヶ所ある。

要の家の前を流れる川も八田堰から分水したもので、いま綾子が立っている土手からはゆるい坂の行当《ゆきとう》峠を直角に曲れば、もうそこは桑島村上であった。

いつまでも川を眺めている綾子を要が促し、背中の美耶と三人、ゆっくりと歩き出したが、その風体はたまさかすれ違うひとたちが振返っては立って眺めるほどの印象であったらしい。さきほど汽車から下りたあと、引揚事務手続きのため、三人は駅舎の隣の地方事務所に寄ったが、そのとき誰かが、

「や、汚い。乞食《こじき》が来た」

といったのを綾子は耳に止めているし、手続きのあいだ中、ドアのあいだから女子職員たちの顔が打重なってこちらを覗《のぞ》いていたのもおぼえている。

それに事務担当者は、偶然要の小学校の同級生だったが、彼は級友との久し振りの邂逅《かいこう》にも多くの言葉を発せず、ただ固い唾《つば》を飲み込み飲み込みしながら、書類を作っていたのも目にとどめている。

このとき綾子と美耶は、新京で東亜楼の女将《おかみ》から恵まれた端切《はぎ》れでかろうじてもんぺという衣服を身につけてはいるが、要は、綾子がゴミ箱から拾ってきた麻袋《マータイ》で縫った半ズボンをはいており、三人ともその衣服は着たきり故《ゆえ》に汚れに汚れ、その上、一年以上も顔も体も洗ったこともないために、自分では判《わか》らないが、たぶんかなりの異臭を放っていたものとみえる。

また栄養失調の果ては皮膚病にあらわれるといわれるとおり、三人とも、掻《か》いても掻いてもかゆみのとまらぬ疥癬《かいせん》にも全身おおわれており、誰が見ても、襤褸《ぼろ》と瘡蓋《かさぶた》にまみれた乞食以外の何者でもないことは綾子もよく判っている。

飲馬河の住居で暴民に襲われ、文字通りの無一物で逃れてから一年、その間、どれだけ多くの人たちから最低の難民、乞食以下、と指差されてきたか、しかしそれは正しく事実であったし、抗弁する気持もないままに過してきた月日であった。

いま、地方事務所や、道で行き交う人々の好奇と蔑《さげす》みのまなざしに出会っても、もはや綾子は何とも思わなかった。馴れるとはおそろしいもので、これ以下はないというところまで落ちてみれば、いっそ気は楽になり、ひそひそ声もどこ吹く風、とうそぶいていられるようになる。

その居直りの底には、こうなったのも自分の不心得じゃないよ、戦争のせいよ、といいたくなる気持もないではないけれど、それは同じ境遇の人間ばかり集った引揚船限りのこと、上陸し、こうして平和を取戻した故郷に戻れば、綾子はともかく要は多少なりとも人の視線が気になるらしく、さっきよりはいくらか急ぎ足になってくる。

分水の地行当の水門からは桑島上、中、下三村までずっとまっすぐな一本道、流れに沿って下ってゆくと綾子には見おぼえのある家々、田畑、道のわきの栴檀《せんだん》の木、片側の流れにかかっている古びた一本橋などつぎつぎに過ぎ、そしてここで少しカーブしている三好家の笹竹《ささたけ》の垣と、家の隅の肉桂《にっけい》の木が見えて来た。

秋の陽はあまねく照り、時刻は午後三時ごろとおぼしく、綾子は門に入るまえ、

「お母さん、いまごろ家におるかしらん」

と呟《つぶや》くと、要も足をとめて、

「祖父《じい》さんだけじゃないかねえ。たぶん」

と、ついそこの外出先から戻ったように気軽くいい、それから綾子と並んで門の前に立ち、ちょっとの間、一年半留守にしていた家を眺めた。

コンクリートの門柱ふたつ、笹垣の内側左は便所と風呂があり、右側には倉、正面梅と紅葉の植込みの奥の坪庭をへだてた藁葺《わらぶ》きの母家《おもや》はかわりなく、左手納屋《いなや》とその向うの釜屋《かまや》も、当然ながら二人の出発前とは何の変化もなかった。

家のうちはしん、としており、門に続く飛石を渡ってもう一度坪庭を見渡したとき、陽の当る縁側で杖《つえ》をかたえに、祖父が日向《ひなた》ぼっこをしているのを綾子が見つけ、

「お祖父さん」

と駆け寄った。

祖父は驚いて見えぬ目を見張り、

「誰ぞ？　姉《ねえ》か？」

と確かめ、要がそれに、

「祖父さん、戻《も》んたよ」

というと、さもほっとしたように、

「そうか、そうか、二人とも戻んたか。子はどうした？」

としわ手を宙に這《は》わせるのへ、綾子は美耶をゆすり上げて傾け、その手に小さな手を触らせながら、

「美耶も元気で戻り着きました」

　というと、今年八十三歳の要の祖父道太郎は耳だけはまだしっかりしていて、少しむずかる声のほうに顔を向け、いかにも嬉《うれ》しそうに、

「そうか、そうか、子も戻んたか。三人揃《そろ》うて戻んたか」

を繰返している。

　そのうち、

「おっ母がどれほど案じよったか。一時は三人とも死んだもんとあきらめちょったきにのう」

　と義歯の具合の悪そうな口ぶりでそう伝えた。

　綾子は、内地の肉親は皆、自分たちがとうに死んだであろうと考えているのを予想していたし、無事生還したからにはその言葉はもう過去の話、として聞き流してしまったが、祖父は自身の不安と憂慮を、嫁のいちの心情に託して明かしたものであったろう。

　そして旅装を解くために皆釜屋に入り、以前どおり寸分も変っていない土間のたたずまいの、一隅の畳の上に美耶をおろした。汚ないリュックと、襤褸同然のものしか入っていない風呂敷包みなど土間に拡げているとき、納屋の入口でバタバタと気配が

あったと思うと釜屋の腰高障子ががらりと開いて、弾んだ声の、

「よう戻んたねえ」

と満面笑顔の姑《しゅうとめ》のいちであった。

このとき要が挨拶《あいさつ》したかどうか、綾子はおぼえていないが、嫁としては、

「お母さん、ただいま戻りました」

と頭を下げると同時に、

「美耶です」

と、坐《すわ》っている子を押出した。

全身瘡蓋だらけの美耶は、このとき栄養不足で弱り切っており、痩《や》せた足を投げ出してかろうじて体を支えている様子だったが、いちは目を輝かせ、飛びつくようにして手をさしのべ、

「おお、おお、美耶ちゃんか、美耶ちゃんか。大きゅうなったこと。

さあ、おいでおいで」

と抱こうとしたところ、美耶は世にもつらそうな表情を浮べ、「あーあー」と消え入りそうに力ない声をあげて泣き出した。

それは赤ん坊の人見知り癖などではなく、綾子にだけはよく判る、おびえ切ったい

かにも悲しそうな泣き声であった。

　いちは、ひょっとすると我が子の要よりも孫の美耶を見たさに今日の日を待っていたであろうと思われるだけに、美耶のこの嫌がりようは姑に申しわけなく、綾子は、

「美耶ちゃん、ほらおばあちゃんよ。美耶ちゃんを待ちよってくれたのよ。ほら、『ただいま』いうて」

　となお美耶を押しやろうとしたが、美耶は母親にしがみついて拒否するほどの力はないまま、弱々しい声と大粒の涙をこぼしながら泣くだけであった。

　このとき、一瞬ではあっても気まずい空気が流れたのを綾子は感じ取っていたが、さすがにいちはすぐ笑顔を取り戻し、

「無理もない、無理もない。この子と別れたのは生れて五十日目じゃったもんねえ。あれから一年半も経《た》つきにねえ。そのうち馴れてくれるろう。それより皆、息災で戻んてくれたきに、よかった、よかった」

　といいつつ、いそいそと小枝を折って焚《た》きつけ、茶を沸かす用意をしている。

　綾子は、美耶の生気のない様子を見て、この一年の収容所生活の光景が脳裏によみがえり、赤ん坊ながら恐怖のいろを目に浮べたのはそのせいなのだと思った。倉庫のなかの集団暮しでは隣との境目もなく、老若《ろうにゃく》男女いわば一家のかたちなのだけれど、

そこに住んでいたひとたちは同居人と言葉を交わすことなど、ほとんどありはしなかった。

ましてて、乳幼児など飢えと疫病《えきびょう》のために死んで当然だったし、よその子供をあやしたり、話しかけたりする人など見たこともなかったのを今さらのように思い出す。そして時折、育て切れなくなった幼児を乞《こ》われて中国人に預けたり、連れて行かれたりの話も聞き、こういうなかで子供を伴って引揚げて来るのは、大人も子供も運を頼み、というしかないほど大へんなことであった。

綾子も、人にはいえぬ心のうちを覗けば、空腹に耐えかねて美耶を一円のもち一個と交換しようとの誘惑に駆られたこともいく度かあったし、第一、親も十分に食べられない毎日、美耶にはいったい何を食べさせていただろうと、いまもってそれが思い出せないのである。もちろん母乳など出るわけはなく、たぶん配給される朝夕一椀《わん》の高粱粥《こうりゃんがゆ》の、自分の分のほんの一部を嚙《か》んで与えていたのではないかと推測されるが、赤ん坊ながらもこんな年月を過した美耶が、両親以外の人間が近づけばおびえるのは当然のことであったろう。

子供ながらも本能というものが働けば、美耶はいちを見て、単に人見知りをしたというのでなく、このひとは自分を危険な目に遭わせるため近づいたのだと用心するにちがいなく、しかし逃げようにも弱っていて足も立たず、悲鳴もあげられないのを悲しく思ったのだと綾子は判る。

そう思えば綾子は美耶が不愍《ふびん》になり、このさき、この子が果していちと親密な祖母と孫の間柄になれるだろうかと、ふっと暗いものが過《よぎ》るが、いやいやここはもう日本、と不吉なかげをふっ切って美耶を膝《ひざ》に乗せた。

そのうち、しゅんしゅんと音がして湯が沸き、いちが大きな手で茶葉代りの岸豆を摑《つか》んで、見馴れた薬缶《やかん》の蓋《ふた》をあけて入れるととたんに香ばしい匂《にお》いが釜屋に拡《ひろ》がり、湯呑《ゆの》みには鮮やかな黄いろの岸豆茶が注がれた。

「まあ岸豆、なつかしい」

と喜ぶ綾子に、釣《つ》り籠《かご》の蒸し芋をいちはおろしてすすめ、それを見て要は、

「高系四号かねえ。よう肥《ふと》っちょる」

というと、いちは、

「まだ掘るにはもったいなかったが、今日は何やらええことがあるような気がしてねえ。

まあ試し、と思うて昨日ちょびっと掘って今日はじめて蒸したところ。

存外甘いねえ」

と目を細める。

話によると、終戦以来要たち三人の生死はなかなか知れず、高知のお父さん、といちが呼ぶ岩伍《いわご》からは手紙が届き、もう少し待っても消息が知れなかったら、仮りの葬式をすることにしましょうか、との相談もあったという。

それが三人とも生きてあり、長春第一〇七大隊に所属して引揚げの日を待っている、という知らせがもたらされたのは、一ヶ月ほど以前のことだった。引揚援護局から伊野地方事務所に連絡があり、その吉報を届けてくれたのは、この村から伊野へ自転車通勤しているあの同級生であったという。そう聞くと、事務手続きのあいだ中、ほとんど無言のまま、硬《こわ》ばった表情だった彼は、あのとき、昔馴染《なじ》みの「かなちゃん」のあまりの痛ましさに、いうべき言葉がなかったということろらしかった。

しかし、生存の知らせはもらっても、いつ帰り着くかの連絡はなく、今日か明日か、と心待ちにして、昨日は虫の知らせかまだ早い芋掘りをしておいてよかった、といちがいうのへ、要が、そんなら、日頃陽《ひ》が暮れなければ野良《のら》から帰らぬお母さんが、電話もないのにおれたちの戻りを知ったのはなぜ？　それも虫の知らせかね、と笑うと、

「私が畑におったら、上《かみ》の安さんが堤防の上から『おーい、いまかなちゃんら三人が戻りよるぜよ、早う家へ去《い》んじゃりや』と大きな声で怒鳴ってくれた。そんじゃきに

すんぐに戻ってこれたわね」

と明かし、そして笑うと目がなくなるこのひとの嬉しそうな顔で、

「もうちょっとで私《あて》、丸太橋から足を踏みすべらすところじゃった」

といった。

その言葉は、いちが天にも昇るほどの喜びようで家に駆け戻る気持をいい得ており、綾子はちょっとのあいだ目を落して、それを自分の胸に畳み込んだ。

満州ではついぞ口にできなかった故郷の岸豆茶の香りと、新芋の甘さ、それらで少々遅いお八つ腹ができたところで、いちは、

「さてどうするぞね、今日は。まず三人とも風呂《ふろ》に入らないくまいが、まだ陽は高い。要はちょっと河原田へ行て、しけのあとを見て来てや。こないだのしけで作りもんも流され、畑はめちゃめちゃじゃ。どうせ土もならさな、あのままじゃ麦も播《ま》けんし」

と、さっそく息子に仕事を頼むのを聞いて、綾子は、ああやっぱりお母さんらしいな、とつくづく思った。

こちらは満州からの息も絶え絶えの長道中、ようやく辿《たど》りついた我が家ではせめて一週間、いや三日でよい、手足をのばして安息と休養の時間が欲しいと思うのに、も

う お母さんは要を野良に追い立てている、と少々怨《うら》めしい気にもなってくる。

それというのも、一年半まえ、さきに渡満していた要が綾子と美耶を迎えに戻り、三人出立まで正味五日しか準備日数はないというあわただしさのなかにも、いちは要に用をいいつけてやまなかった。

ときは三月末、ものの播種《はしゅ》の時期でもあったし、苗床や芋苗を作る温床など農事にはきりがなく、そしていちには何よりも男手が欲しかったものであろう。要は若かったし、また小さいころから女手ひとつで育てられたことから野良の手伝いなど、綾子が考えるほど大へんではなかったと思われるが、このたびの、戻るや否《いな》やの使い立てには少々たじろぐ気持であった。

頑健で疲れを知らぬ体の持主のいちは、朝は辺りが白むより先にもう起き出し、夜は夜なべにいそしんで寸秒も休まず、ただひたすら働きつづける姿を、綾子は出産のための同居の期間でよく知っている。

そのときは、いずれは別居するひととして重く関わらずに見過したが、今日これからはこのひとと無際限に同居する運命がはじまるのであった。

のちに綾子は年を重ねるにつれ、姑いちの苦労が少しずつ判り、女ひとり家を支えてゆくのは並大抵でないことを知るようになるが、それとてまだ、町生れの綾子には理解の程度はごく浅いものであったに違いない。

その夜、古びた五右衛門《ごえもん》風呂を沸かし、要と美耶が入ったあとで綾子が順番をもらった。数えてみれば、去年渡満した四月ごろ、畑のなかの共同風呂を沸かして一人だけ入って以来のことだから、およそ一年五ヶ月ぶりの入浴だが、ふしぎに、久々に日本の風呂に浸《つか》る喜びのようなものはなかった。

便所と一棟になっている小さな湯殿には電燈がなく、入口の戸も以前からこわれたままで囲いは何もないが、皆が母家《おもや》に集っていればべつだん遠慮も要らず、便所の手洗いの植込みの木の枝にもんぺを脱ぎ捨てた。

割り竹の簀の子《すのこ》に上ってかかり湯をし、まるく浮いている栈板を足で沈めて湯釜《ゆがま》に胸までを浸けてみると、かたわらの壁の破れから淡い下弦の月が差し込んでいる。

綾子は湯のなかでゆっくりと向きを変え、月光に我が身をさらしてみたとき、背筋がすうっと寒くなるような感じを持った。湯に浮いている体には乳房の突起など全くなく、あるものは波打っている胸骨の列ばかりであった。

痩せも痩せたりこれでは骸骨《がいこつ》そのもの、とてのひらで我が身を撫《な》でれば、あちらこちらで鋭く尖《とが》った骨が突き刺さり、そのたびふるえ上る思いで、湯のあたたかさを感じる気持にはとうていなれなかった。

風呂場の破れ壁から差し込む半月の光に照らされながら綾子が思うのは、犬猫に近いような一年間の難民の暮しは、どうやら自分から人間並みの愉楽というものの感覚をすべて奪い取ってしまったらしいこと。第一、湯の縁《へり》にまで顎《あご》を埋め、身じろぎもせず浸っていても一向に体はあたたまらず、第二あの、四肢が次第にほぐれ、気分ものびやかになってゆく風呂の有難味など少しも感じられなかった。

身ぶるいしながら湯から上り、手拭《てぬぐ》いで前を囲って暗い坪庭を渡り、母家の縁側に行くと、さきほどいちが、

「こんなもんでも着るかね。無いよりはましじゃろ」

と出してくれた要のパンツとランニング、そして出発の前夜、寝巻まで荷のなかに入れてしまった綾子のために貸してくれた、嫁いだ要の姉佐代の、見覚えのある浴衣《ゆかた》と細帯が揃《そろ》えられてあった。

要の衣類も悉《ことごと》く満州行きの荷のなかに入れて送り出したのだったが、ここは何といっても要の生れ育った家、倉の長持ちのなかには古びた下着の一、二枚は残っていたものであろう。これが昔の綾子なら、男のパンツをはくなんて、と一蹴《いっしゅう》しただろうが、いまはいささかの頓着《とんちゃく》もなしにそれを身につけた。

古びてはいても、パリパリに乾いた清潔な木綿の下着は、いまの綾子にとって生き返るほどの快感を与えてくれるはずだったのに、これもふしぎに、その感触に格別の喜びはなかった。

気持がいい、という感覚を、命と引換えに神様はもう私から取上げてしもうたかもしれん、と綾子はふと思ったが深くは拘泥《こだわ》らず、皆が待っている釜屋の灯のもとへ入って行った。

要たち三人が出立してからというもの、文字通り灯の消えたようにさびしかったこの家も、今夜は一陽来復、二十燭《しょく》の古びた電燈も明るく輝き、日頃は暗く冷たい釜屋にもあたたかな火の気が満ち満ちて、飯台を囲む五人の顔には深い安堵《あんど》のいろがただよう。ただ美耶だけはなおこの雰囲気におびえ、弱々しい泣声をあげて綾子の膝から離れなかったが、そのうち早々と眠ってしまった。

寝た子をまん中に、おそらく人間の一生で、こんな日はそう幾度とはあるまいと思えるしあわせな時間だが、しかし大人四人が交わす言葉はぽつりぽつりと、これまでどおりの日常会話であった。

この家の日常会話とは、田畑の作りものの出来不出来、そして親戚《しんせき》や近所隣の消息などで、これは、戻りつくなり飛びつくようにして、満州の地での出来ごとを詳しく聞いてくれるもの、と考えていた綾子にとって、いささかの落胆と誤算だったといえようか。緒《いとぐち》さえつけてくれたなら、それこそどっと堰《せき》を切るように、たとえ夜明しでも話して話して尽きないのに、いまいちが熱心なのは、去る二百十日に日本を襲った台風のために、二切れの田の稲の悉くを流されてしまった話であった。

三好家はもともと農業ではなく、祖父の道太郎と、要が六歳のとき他界した父友義の二人が石工として立っていた家で、田畑は家中の食べ代《しろ》としてほんの少しばかり持っていたのへ、いちの働きでわずかずつ増やしていったものであるという。

何といっても女の腕ゆえ、あちらに一切れ、こちらに一切れ、二畝《せ》とか三畝の小切ればかり、全部合わせても田が一反五畝、畑が二反足らずではなかったろうか。うち、田の二切れの稲が台風の余波で仁淀川が増水し、流されてしまったとあっては残る五畝足らずの田で取れる米はわずか二俵の見込みとなり、これこそいちが何よりも先に要に打明けねばならない重要事であるのも頷《うなず》ける。

息子夫婦が無事戻ったのは嬉しいが、これから先の米をどうするかというのは差迫った問題であって、だからこそ昼間、稲の一本も残ってはおらぬ無残な田圃《たんぼ》の状況を、いちは要に見せておきたかったものであろう。

道太郎も加わって、三人こんな話を交わしていても綾子には何も判《わか》らず、そのうち美耶を寝かしつけるために先に寝間に退き、今夜だけは後片付けも免除してもらって、そのまま自分も寝てしまった。

この家は要の家ではあるが、嫁いで来たからには自分の家でもあるという思い込みは綾子にあり、そこにともかく落ち着いたからには次は実家の富田《とみた》家の人々にも会いたく、その逸《はや》る気持は引揚列車のなかからずっと抱え続けてきている。

ふしぎなことに、終戦後、難民収容所で夜半ふと目ざめ、澄んだ月を仰いで岩伍や喜和をなつかしく思うことはあっても、一度もこのひとたちが死んでいるなどと考えたこともなかったのを、綾子はもうひとつの身の幸運だとも感じている。綾子が渡満したあと、海岸線の長い高知県に米軍が上陸しただの、高知市は空襲で焼野原となり、猫の子一匹生きてはおらぬだの、終戦後は市民全員、収容所に入れられて銃殺される日を待っているだのの、凶々《まがまが》しい噂《うわさ》は毎日のように聞かれたが、綾子は一度もそれを信じたことはなかった。

希望に胸ふくらませて引揚船に乗込んだときも、この旅の終着の故郷では、肉親たちすべてが大手をひろげ、満面に笑みをたたえて自分たちを迎えてくれる場面があるのをいささかも疑わず、それあるために気を張って戻って来られたところがある。

信じれば通じるのか、いちから聞いた消息では綾子方の親兄弟皆無事で過しており、ただ七月四日の高知市大空襲ですべてを焼かれ、岩伍たちは市の北郊、秦泉寺《じんぜんじ》の知人宅に身を寄せているという。

いちは、要たち三人が長春の大隊に組み込まれて引揚げを待っている事実を知らせがてら、見舞に行ってきたそうで、

「お父さんもお気の毒じゃ。とうとう『焼け出され』になってしもうて。そんでもお元気じゃった」

と話してくれ、「それじゃ明日にでも」と飛び立つようにいう綾子を、べつにとめはしなかった。

この桑島村上の家から高知の町へ出る方法は二通りあり、ひとつは伊野駅前始発の市電に乗る道と、もうひとつは家の前の用水に沿って半道近く下り、百笑《どめき》という集落でバスを待つのだが、このバスは木炭バスではあり、また高知までは九十九折《つづらお》りの難所、荒倉峠を越さねばならぬ。バスに馴れぬ人はほとんどが酔って吐くため、ここら辺りではたとえ一里半の長道を歩いても、やはり伊野町まで歩いてごとごとの市電に乗るのであった。

翌早朝、綾子はまた三人で昨日戻った道を逆に取りながら、ひとりで苦笑することしきりであった。昨日は、いちが要に野良の用をいいつけると、もっと休養を、と心

中少なからず抵抗を感じたのに、一夜明ければ自分も疲れなどどこ吹く風、勇んでこの道を歩いている。勝手なものだな、とは思いつつも、いまは一刻も早く実家の者たちの顔を見たかった。

考えてみれば、結婚前は身内の悉くを憎み、嫌い、それあるために県境の小学校の助教にまで逃げて行ったのに、遠く離れた満州の地でしきりに恋しく思ったのは、帰るべき家のいちではなく、道太郎でもなく、岩伍や喜和や、兄の健太郎であったのはこれをやはり肉親、というべきものだったろうか。一年半の難民生活は、綾子の肉親観を根底からすっかりくつがえしてしまったようであった。

弾んでいる足どりでは一里半の道のりもすぐこなし、伊野町からなつかしいチョコレートいろの市電に乗ると、綾子は美耶を背からおろし膝《ひざ》に乗せて、窓の外をくい入るように眺めつづけた。この電車は単線なので、ところどころのすれ違い地点で停車しながらのんびりと走り、伊野町から市の中心地はりまや橋までたっぷり一時間以上はかかる。

綾子の目に、窓外の景は伊野町につづく田園地帯から市街地へと移り、移るにつれて空襲の傷跡はだんだんとひどくなるのがはっきりと判る。

ところどころに焼け残っている一角と急造のバラックの他はいちめん瓦礫《がれき》の原で、

以前の町の面影もうかがえなかった。中の橋通りで電車を下り、もとの繁華街を北へ真《ま》っ直《すぐ》に向う道のわきには、それぞれの裁量で建てたと思われる不揃《ふぞろ》いのバラックが、焼跡のあいだに欠け歯のようにぽつぽつと建ち、行き交う人々もまだ男は古びた軍服、女はもんぺのままが多かった。

自分が生れ、育った高知の町が、かくも激しく変貌《へんぼう》してしまったこの現実を見ても、綾子はべつにたじろぎはしなかった。敗戦国民の自覚は満州時代からありありと持っており、そのなかでも最低の難民として扱われた経験からすれば、いまだ「国破れて山河」のあるのがかえって不思議に思えるくらいであった。

そうは思っても、この道は女学校時代綾子が通学路として毎日歩いた道であり、この角は文房具屋さん、その向いはお惣菜《そうざい》やさん、ここには小学校の裏門があった、校庭には楠《くす》の大木もあったっけ、と地上からかき消されてしまった建物をしのびながら歩くのはいいようもなくさびしく、家並みを抜けて久万川の土手に出たとき、

「ちょっと休もうか」

と要を誘い、綾子は美耶をおぶったまま草の上に足を伸ばした。

この土手道は、焼失した綾子の母校高坂高女からは近距離にあり、体操の時間、黒いブルーマー姿でたびたび駆足で通ったことなどしきりに記憶を過《よぎ》るが、土手はいま、

いちめんの彼岸花が終ったばかりであった。

茶色にすがれた花はくずれ、うなだれているのに茎はどれもまっすぐに青々と立っており、そのなかに遅咲きの赤がぽつんぽつんと見える。

それらに目をやっていると、綾子はふっと、いまここに自分たち三人が生きてあることが夢のなかのように感じられ、要に、

「ねえ、あたし。ふしぎなふしぎな気がする。ここはもう満州じゃないもんねえ。九台にも彼岸花は咲いてなかった？」

と話しかけると、要も空を仰ぎながら、

「昨日戻ったばかりじゃきにね。頭のなかはまだ混乱しちょる。これから先のことは何も判らん」

といまの気持を短く口にしたが、二人とも命あって故郷の土を踏むことのできた喜びを、いまごろしみじみと感じ取ったのではなかろうか。

岩伍の住む秦泉寺は久万川を渡ればもう一息で、四国山脈の山裾《やますそ》にあり、いちに教えられたとおり、目印には道のわきの草むらに「富田」と墨いろも薄れた杭《くい》が打ってあった。杭が示す道はゆるい坂になっており、草生い茂ってその道はじき暗い切り通しの木立になっている。こんなところに人が住めるのだろうかと疑いながらも綾子は

先に立ち、足をはやめた。

足もとの落葉、差交わす頭上の木の匂《にお》い、そのなかを十分ほども歩いただろうか、突然目の前が開け、そこはいちめんの芋畑であった。この平地は誰かが開墾したものらしく、ぐるりはすべて山ばかり、そしてその芋畑の隅に、指の先で突けばぐしゃりと崩れてしまいそうなほどの、小さな藁《わら》ぶきの小屋があった。

綾子は一瞬立ち止まり、まさか、と呟《つぶや》いて辺りを見廻したが、杭が教える道は一本だけ、ここより他にあり得べくもないのを悟ると、芋畑のなかの小道をよろめきながら走り出した。小屋の前に立つより早く、手前から、

「お父さあん、お父さあん」

と呼ぶと、軒をくぐるようにして中からあらわれたのは恒子《つねこ》であった。

「まあ綾ちゃん」「恒ちゃん」

と互いに呼びかわすとどっとなつかしさがこみ上げてきて、綾子は胸を昂《たか》ぶらせながら、

「お父さんとお母さんは？」

「ここでみんな暮しよるの？」

「兄さん家《く》は皆無事？」

と矢つぎ早に質問を浴びせかけると、恒子はうんうんとうなずきつつ、

「お父っちゃんもお母ちゃんも用事で出かけちょる。もうすぐ、戻《も》んてくる」

と、要もともに三人を家に招き入れた。

家のうちは六帖《じょう》ほどか、簞笥《たんす》一棹《さお》だけ隅においてあり、他に家具らしいものは何もなく、土間には七輪一個、わずかな鍋釜《なべかま》と食器が洗い籠《かご》に伏せてあった。

仰げば天井はなく、青竹で組んだ梁《はり》にいきなり藁束を載せてあるだけの屋根で、それを見て要も、

「これはお父さん自分で葺《ふ》いたのじゃろう」

と呟いているのを聞いて、綾子はまた鼻頭の熱くなってくるのをおぼえた。

これでは、岩伍の好きな芝居「伊賀越」の、「沼津」の平作のあばら屋のほうがまだましか、などとそんなことも頭に浮んでくる。なるほどいちのいう「焼け出され」とはこんなものか、と納得する思いもあり、とりあえずおぶい紐《ひも》をほどいて美耶を畳の上におろした。

「これが美耶ちゃん？」

と、初対面の恒子は珍しそうに顔をのぞき込み、そうするとまた美耶は力ない泣声をあげてこわがるのへ、子供に馴《な》れない恒子のほうが驚いてごめん、ごめんといいな

がら飛び退《すさ》る。

見れば恒子は、白衿《しろえり》のかかった紺サージの女学校の制服に絣《かすり》のもんぺを穿《は》いており、そのスタイルは綾子の通学時のものと同じではあるものの、胸の記章に見おぼえがなかった。

聞けば、久万川の近くにあった校舎は全焼し、戦後、学校は市内の公立女学校に合併されたのだそうで、恒子たちは今までよりもう一年余分に通学しなければ卒業にはならないそうであった。

「そう、焼けてしもうた？　高坂高女は無《の》うなってしもうた？」

と綾子は恒子の言葉をなぞりながら一瞬、得もいえぬさびしいものが胸のうちを吹き過ぎてゆくのを感じた。まだ二十の綾子には、良いも悪いも思い出いっぱいの女学校時代を、どこかで心中なお引きずっていたものでもあったろうか。

そのうち、外にいた恒子が、

「あ、戻った、戻った」

と小さな声を挙げたのを聞いて、綾子はあわてて美耶を抱き、家の外に出た。

芋畑の向う、切通しの端からあらわれた岩伍は、中折帽をかぶり、薄い合コートを着てステッキをついており、少し遅れてもんぺ姿の照がこのひとのくせの、ひょいひよいと踵《かかと》を上げる歩きかたでこちらへ近づいてくる。

それは綾子が子供のころからずっと見馴れた姿で、二人はいつの場合でも肩を並べて歩くことはなく、必ず岩伍の影のように照がうしろに付添っていたことなど、胸のなかになつかしさが沸き立ってくるようであった。

駆け出したいのをこらえ、家の前に三人並んで、

「お父さあん」

と大声で呼ぶ綾子に、芋畑のなかの二人は笑いもせず表情も変えず、ただ岩伍がステッキを肩の辺りまで上げて応《こた》えた。

近づいて互いの顔がはっきりと確かめられるようになったときも、二人はなお歯もこぼさず、要に続いて綾子がうわずった声で挨拶《あいさつ》したときも、岩伍は深くうなずいて、

「三人ともに戻れて何よりじゃった」

とだけ、照もならって、

「お帰り」

と小さくいったばかりであった。

このとき、二人が何故《なぜ》浮かない顔をしているか、何故飛び上るほど喜ばないのかを推量するだけの器量は若い綾子にはなかったし、それにもともと、二人はひどく無口

であった。

綾子は、中折を脱いだ岩伍の頭を見て、お父さんちょっと見ない間にずい分と年とったなあ、という感想を抱いただけで、いまは命あって再び会えたことの喜びが大きく、他に気配りができなかった。

普段着に着換えた岩伍はまず、二人に、

「このざまじゃ」

と座敷中を見廻して示し、

「何も彼《か》も焼かれてしもうた。茶碗《ちゃわん》も皿も焼跡から掘出したものだけになってしもうた」

と悲痛な声でいい、そして要に向って、

「さ、そこへ坐《すわ》ってみて下され。あいにくと床の間がないが、ま、箪笥の前でも」

ととまどう要を坐らせ、自分は少し退《さが》って座を取り、

「要君、綾子が無事で戻れたのは、これはひとえに君のおかげじゃ。君が一緒におって助けてくれなんだら、体の弱い綾子がどうして持ちこたえられたろう。とうに死んじょったにちがいない。親としてこの通りお礼を申します」

と畳に手をついて深々と頭を下げた。

要はたまげて、

「お父さん、頭を上げて下さい。どうぞ、どうぞ。三人揃《そろ》うて戻れたのは運が良かっただけですきに」

とあわててとどめたが、岩伍は今度は綾子に向って、

「お前も要君の恩は終生胆《きも》に銘じて、忘れるな。人の恩義をないがしろにするような者は、犬畜生にも劣ることをよう覚えておくように」

と、改まった口調でいい聞かせた。

要君の恩、という言葉は、思いがけなかっただけにまるで鉄槌《てっつい》のように痛烈に綾子の眉間《みけん》を打ち、一瞬綾子は、文楽の舞台を見ているのではないかと感じたほどであった。これが以前の綾子なら、心のうちで、お父さん芝居がかって、とあざ笑い、フン、と横向いてしまったかもしれないが、いまは命拾いの果てに聞かされた言葉であった。

彼の地で暴動に遇《あ》って以来、綾子の頭にはどうかして生き延び、どうかして日本へ帰りたい思いでいっぱいで、夫はおろか、子供にさえいささかの心づかいも向けていなかった自分の姿が瞬間、目の前を通りすぎた。

いわれてみれば、使役に出て特別配給される小さな包米饅頭《パオミーマントウ》さえ、要は半分残して

綾子に持って帰ってくれたし、九台の町で、危険を承知で旧関東軍の倉庫へ食糧を盗みに入ってくれたのも、綾子のための行動だったにちがいなかった。それに何より、収容所での一年間、綾子に何かひとつ取柄があったとすれば精神がしっかり安定していたことであり、このどん底生活に心ゆらぎもせず耐えられたのは、かたわらに要という頼もしい支柱があったからこそではなかったろうか。

考えてみれば、こんな判《わか》り切ったことを、父親に指摘されなければ自覚し得なかった綾子の気楽さは自分ながら口惜《くや》しいが、それだけにこの言葉の効果は、以後足かけ二十年ものあいだ綾子を縛りつけてやまなかった。三好家を去りたい、要と別れたいと、いく度覚悟のほぞを固めたか知れないが、そのたび重い足枷《あしかせ》になるのは明治生れの父親からいわれた「恩を忘れる者は犬畜生以下」との、このときの鉄槌の言葉であった。

その夜は、この狭い小屋に親子三人泊めてもらうことになり、照のほうも小世帯なら小さい鍋で貴重な米を二度も炊《た》き、おかずはとっておきのうるめを焼いて振舞ってくれた。

もとの朝倉町の富田家の茶の間もさして広くはなかったけれど、まるで女学生時代のキャンプのようなこんな食事風景は岩伍たちもはじめてだっただけに、ようやく笑い声も出、綾子は心から楽しかった。

簞笥を置いた六帖で子供も入れて六人、縦横に寝るのもまたおもしろく、これじゃ難民収容所の再現みたい、と綾子ははしゃいで、その夜は遅くまで語りやめなかった。

綾子が生後五十日の美耶を背負って、要とともに桑島村を出立したのは昭和二十年三月三十日、目的地の吉林省飲馬河村に到着したのは四月一日であった。

そのあと、終戦後通信網がズタズタになるまでの半年ほどの期間でも、日本内地から郵便が届くのは稀《まれ》だったし、まして現地からは葉書の一枚も出せない状態だったから、岩伍一家と綾子たちが別れていた期間のお互いの消息を確かめ合うのは、今日これが一年半ぶりのこととなる。

出立の日、伊野駅まで岩伍に送ってもらったあと、綾子たちは潜水艦避《よ》けのジグザグ航行をしながら対馬《つしま》海峡を渡り、グラマン機の機銃掃射のあいまを縫ってようやく要の任地に辿《たど》りついたが、その地は太陽が地平線から昇り、また地平線に沈む曠野《こうや》のまっただなか、そして電気も水道もガスもなく、暖房は温突《オンドル》だけの土の家であった。

この暮しのなかで、綾子が得体の知れない風土病にかかり、いく日も死線をさまよったこと、そのあと余病を併発し、美耶をつれて新京の病院へ入院したころから世は次第に不穏な情勢になり、全快しないままに飲馬河に帰って来た直後、故国の敗戦を知り、次いで暴民の襲撃を受けて身ひとつになってしまったこと、それからは最低の難民として、生きているのが不思議と思える日々を送り、ようやくこうして家族が欠けもせず日本へ戻れたこと、その間には、かつて家で働いていた鶴子の死を知ったこと、裏町の出で、岩伍が以前娼妓《しょうぎ》に世話をした弘子に偶然出会い、御飯を食べさせてもらったこと、次から次へ岩伍に話さなければならぬことは山ほどあり、綾子は息を継ぐ間も惜しいほど、しゃべり続けた。

食事のあいだも休まず、照が工夫して寝床を作るときもしゃべり続け、そして皆で体を横たえてのちもずっとやめなかった。

そのわきで要は美耶をあやしながらときどき相槌《あいづち》を打ち、岩伍も短く問い返したり、驚いたり、同調したりしたが、誰も綾子の独演については横槍《よこやり》を入れず、そのうち綾子は疲れてことんと眠りに落ちてしまった。

山中の開墾地には当然のことながら電気はなく、昔の吊《つ》りランプだったが、この灯《あか》りを消したあと、一間きりの山小屋に満ちた漆黒の闇《やみ》のなかでこの夜、岩伍は何を思っていただろうか。

小さいときからいいたい放題に育って来ただけに、綾子のほうはこの苛酷《かこく》な満州体験に耐えて打ち克《か》った自分の姿を、父親に肩聳《そび》やかして伝えたい思いでいっぱいであったと思う。青春期、無力なくせに自由になりたくて反抗しつづけた娘が、夫の力を借りたにしろ、それを乗り越えて戻って来た過程を、何よりもまず、つぶさに父親に訴えたかったのだと思う。

二十歳の綾子には、引揚げてのち考えれば、まことに貴重だと思える我が体験を披《ひ》瀝《れき》するのに頭がいっぱいで、それを聞かされる岩伍の気持がどんなものか、忖度《そんたく》するだけの心くばりがなかったのも、いたしかたなかったというべきかも知れなかったし、また父親への甘えであったかも知れなかった。

というのは、岩伍たちが嘗《な》めた労苦も一通りでなく、渡満する綾子を見送りに来た伊野駅で、

「近く高知市には大空襲があるそうな。空から伝単が降って来たらしい」

といっていたとおり、この日までに高知市が受けた空襲はすでに七回、死傷者焼失家屋もかなりの数に上っている上に、予告どおり集中爆撃を受けたのは七月四日であった。

はりまや橋から歩けば五分の、町の中心部にあった富田家がようやく疎《そ》開《かい》の決心を定めたのが六月二十七日のこと、前日の空襲で健太郎の家も全焼になり、「もはや猶《ゆう》

予《よ》はならぬ」と健太郎にすすめられ、郷に親戚《しんせき》のないのが自慢だった岩伍たち三人が身を寄せたのは、この山小屋とは目と鼻の先の、雲竜寺であった。

ここの住職蒲原先生は、岩伍がかつて長男龍太郎《りゅうたろう》を亡《な》くし、悲嘆にくれていたとき、仏の道へと導いてくれた人で、岩伍はこの師のもと三年間在家のままで修行し、智勢、という法名まで頂いている。師はむろん岩伍一家を快く受入れてはくれたが、さして広い寺ではない上に、岩伍の他にも疎開して来た檀家の家族ですでに溢《あふ》れており、本堂のほんの片隅にようやく雨露をしのぐ場を提供してもらったらしい。

そして疎開一週間目の七月三日の深夜から四日の早朝にかけ、飛来してきたB29百三十一機のために高知市は死傷者千二百名余、建物の全半焼千二百戸余という被害を受け、ほとんど潰滅《かいめつ》という有様になってしまったのであった。

このあと、火の余熱のために町のなかへは入れず、ようやく岩伍が焼跡に立ったのは七月十五日のこと、そのとき掘り出した皿小鉢はまだあたたかかったという。帰るべき家を失なった岩伍は、蒲原先生と相談の上、雲竜寺の土地であったこの山の中の芋畑の片隅を分けてもらい、富田家にゆかりの人々の手を借りていまの小屋を三日がかりで建上げ、簞笥《たんす》ひとつで引越して来たのだった。

これが綾子と一別以来の過ごしかたであったが、再会できたこの日、岩伍は自分のことは何も話さなかった。

満州での体験を、父親にぶちまけるのに懸命だった綾子は、親に対するいたわりの、

「お父さんも大へんじゃったでしょう。話して聞かせて」

の当然いうべき言葉をすっかり忘れており、ずっとのちに岩伍の口からは、

「空襲の夜は、雲竜寺の庭に立って全員、燃えさかる町の空を眺めよった。夜空が血を流したように真っ赤じゃった。その赤い色は三晩ほど消え失《う》せざった。昼は昼でこの山に吹きつけてくる風は熱風じゃった」

という淡々とした述懐を聞いたのはただ一度だけ、綾子が空襲の詳細を知ったのは岩伍亡きのち、克明に記されたその日記からだったのである。

この年、岩伍は六十三歳だったが、五年まえに軽い中風を患《わずら》ってからはすこしずつ意気衰えつつあるところへ疎開、家の焼失、山小屋の建設、とたてつづけに重い出来ごとに出遇い、思うに任せぬ体を抱えて暗鬱《あんうつ》極まりない思いであったらしい。

綾子と再会を遂げても、親として何もしてやれぬせつなさが先に立ち、大口開けて笑い喜ぶことができぬのは岩伍の気質として当然であったろう。日記にはその心境を、たどたどしい表現ながらも縷々《るる》綴《つづ》ってあり、綾子はその文章によってようやく父親の胸のうちを知るのだが、このときは全く何の察しもつかなかった。

さわやかな山気のなかに目ざめたとき、綾子は昨日残らず満州体験を話した軽さで、まるで憑《つ》きものが落ちたような気分になっており、照の心づくしの朝食の膳《ぜん》にも浮き浮きして向った。

岩伍はそういう綾子に、

「お前は満州ですべてのものを失のうたが、代りに天から得難いものを授かった。たとえばうるめの横食いじゃ。今までのお前はうるめどころか白身の魚でさえ母親に身をむしってもろうて、ほんの小骨でさえ嫌うて食べざった。この根性とたくましさが引換えなら、着物の十枚や二十枚、何の惜しかろう。難民暮しはお前にとって良薬じゃったと思うがええ」

とはじめて感想を述べたが、それは綾子にとっていちばん欲しかったねぎらいの言葉であった。

引揚船が刻々と日本に近づきつつある波の上で、綾子は強く歯を嚙《か》みしめ、武者ぶるいに似た興奮を感じていたことを思い出す。それはこの一年という月日のあいだに、人の一生分の苦労を嘗めて来たからには、これから先の年月、この苦労を生かさいでおくべきかという意地であって、そのことをまず父親が見通してくれたのは何より嬉しかった。

「お父さん有難う。私もそう思う。これからは何でもして働く。お金も貯《た》める。いままでは女が働くことは恥ずかしかったけんど、もう何ともなくなった。我儘《わがまま》もいいません。ものも大事にする」

と、父親に抵抗ばかりして来た綾子にしては別人のように素直な決意を述べるのを、岩伍は満足げにうなずき、照も恒子も驚いた目をして聞いた。

一夜明ければ帰らねばならないが、綾子はいま暫《しばら》く、この家に居たかった。

不思議なもので、照は綾子がもうすぐ十二歳になるという春から同居を始めた継母、恒子は照の連れ子とあって二人とは他人だし、岩伍とはいさかいばかりの間柄で、要との結婚も一刻も早くこの家を飛び出したいためもあってのことだったのに、昨日来のこの居心地のよさはどうだろうか。岩伍は自分を誰よりもよく理解してくれるように思えるし、それにめっきり覇気を無くし、ずいぶんとやさしくなっている。照と恒子は昔どおりで少しも変らず、まことに岩伍に従順で、さし出た口は間違ってもきかぬ。

綾子のために、ヤミ市で買ったうるめも焼いてくれたし、残りは桑島村のお母さんに、と包んで持たせてもくれる気配りはある。いちにしても、このせつ人に宿を頼むのに手ぶらではいかん、と無けなしの米一升、土産に持たせてはくれたけれど、こちらはやはり終始、嫁でいなければならなかった。

嫁にとって、実家《さと》ほどよいものはない、という謂《い》いを、綾子の場合、難民体験という大波をかぶったあとにいましみじみと実感しているわけであった。

しぶしぶと帰り支度し、汚れたズック靴を履こうとしてふとかたわらを見ると、小さな台があり、その上に見馴《みな》れない硯箱《すずりばこ》ほどの板と箸様《はしよう》の棒を組合わせたものが置いてあるのが目についた。

「これなに？」

と聞くと、岩伍が、

「煙草《たばこ》巻きの道具じゃ」

というのを要が引き取って、

「お父さんも煙草巻きよりますか。僕らも向うでは手で粉煙草を巻いて喫《す》いましたよ。紙はコンサイス辞典の一ページ分が寸法もぴったりで、味もよかった」

となつかしむと、照がそばから、

「こちらはヤミじゃきにね。見つかったら引っ張られるけんど、お父さんが昔、丁稚《でっち》時代に煙草切りしよったそうなきに、うちのがいちばんええらしい。仲買人さんがそういうて、よそよりはほんのちょびっとええ値で持っていってくれる」

といいつつ、十本ずつ束ねた巻煙草を、その台の下から取出して見せてくれた。

照も手先は器用だが、岩伍も昔取った杵柄《きねづか》か、ヤミ市から買った葉をていねいに刻み、きっちりと揃《そろ》えて巻いたものはぴしっときれいで、のぞいた綾子は、

「へえーお父さん、煙草切りの丁稚さんやったの」

と軽くいってのけたが、それが胸に重くのしかかって来たのは帰りの電車のなかであった。

富田の全盛時代、岩伍は大ぜいの人を使って全国はおろか満州、中国まで取引し、西日本一の稼ぎを誇り、家の内の空気はいつも張り充《み》ちていたのに、老いたとはいえ、あの小さな機械を操って煙草を巻くとは、想像もできない姿であった。

岩伍は強くあってこその父親であり、綾子が全身でぶつかっていっても小揺るぎもしないと思えばこそ、これまでいささかの斟酌《しんしゃく》もなく抵抗してきたが、あの山小屋のなかでの手内職はやっぱりわびしすぎると思った。

父親をいたわる立場に身を置くのは嫌、と綾子は心細さを恐れるままに、そのことを要に訴えると、

「綾子が便所に立ったあとで、お父さんは封鎖された銀行預金の話をなさりよった。この三月に物価統制令が出て、新円は一人月百円ぐらいしかおろせないようになり、

一方ヤミの値は上るばかりで、暮しが立ちゆかなくなり、それで人にすすめられて内職をはじめたらしい。

なに封鎖が解けたらお父さんも楽になるよ。貯《たくわ》えはなさっちょるじゃろうから」

とわりあいのどかな答えだったが、綾子は内心、あのひとが貯金などしておったろうか、と思った。

娘時代、はりまや橋の四国銀行によく使いにやらされ、一万円二万円という大枚を抱えて戻ったこともあるが、それは皆、岩伍の扱う芸妓娼妓《しょうぎ》の身代金が抱え主から振込まれてきたもので、引いてしまえば通帳残高はゼロに近かったのを綾子は知っている。

第一岩伍自身が、

「銀行に金を預けるようなケチな了簡《りょうけん》は持つな」

が口癖だったから、封鎖が解けても預金だけでこのインフレを乗切ってゆけるとは思えなかった。

満州の地で引揚げを待っているとき、故郷へ帰れば極楽郷が待っている、とまではまさか思いはしなかったけれど、戻りついて二日目にして父親のこんなきびしい暮しを見るとは綾子の想像もしないことであった。

わずかな慰めは、岩伍ひとり己の不心得のせいでこうなったのではなく、日本全国、空襲によって「焼け出され」となったおびただしい人々が同じような目に遭っている、と思えばいくらか気は軽いが、しかしその目で桑島村を見渡せば、ここは以前どおりの暮しのままで、戦災を受けた受けないでは高知市と大きな差違のあることが判《わか》る。綾子はこのあと長い年月、町と村のありようのはざまに立たされ、苦しみ続けることになるのだが、このときはまだ外見上の印象でしかなかった。

それにいま、桑島村へ帰る綾子の足が重いのは、実家の居心地のよさに気分が引きずられていることの他に、是非会いたいと思っていた喜和に会えなかった残念さにおとらわれているところがある。

喜和は綾子出生後十二歳まで、手塩にかけて育ててくれたひとで、血の繋《つな》がりはなくとも、実の母子《おやこ》以上に強い絆《きずな》で結ばれているひとであった。

岩伍の最初の妻だったが、離縁のあと、繁華街の中の橋通りに盛業中の八幡家《やはたや》を買い取って食堂を営んでおり、岩伍は照の手前もあって綾子に喜和と会うことを禁じてはあったものの、それを守るような綾子ではなく、これまでは何かにつけ、裏口からこの八幡家を訪れていたものであった。

満州に在ったとき、綾子がしきりに思い出されるのはこの喜和の懐《ふところ》の温かみであって、思い出すと何故《なぜ》か必ず甘い乳の匂《にお》いのしたことが浮んでくる。綾子は岩伍が娘義《ぎ》太夫《だゆう》を語っていた巴吉《ともきち》と恋に落ち、生れた子で、臍《へそ》の緒切るやただちに岩伍のもとに戻ったため、乳の出ない喜和に代って、雇い入れた乳母の乳で育っている。

つまり喜和の乳は一滴も飲んではいないのに、何故こんなに甘やかな匂いに包まれるのか、と思えば、乳離れしたころから小学校へ上るころまでずっと、このひとの懐に手を入れ、添寝してもらったこととは無縁でなく、どんなに遠く離れていても、我が母は喜和ひとり、と固く思い込んでいるせいなのだと判った。

今朝ほど秦泉寺の山から下りてきたとき、綾子は思い切って要に、

「兄さん家《く》へも寄って行こうね」

と勧めてみようと思ったが、やはりそれは口に出さず呑《の》み込んでしまった。

浦戸町の家を焼かれた健太郎一家は、焼跡に焼板を寄せ集めてバラックを作り、住んでいるが、訪ねて行っても五人もの子だくさんでは上る端もないのは判っており、訪問の目的は喜和の消息を聞くためだと要にはすぐ悟られてしまう。

悟られてもべつだん構いはしないが、岩伍は三好家に対し、綾子の両親は岩伍と照、で通して来ており、喜和の存在はおろか、名前さえ明かしていなかった。もっともこれは岩伍の建前であって、綾子自身は要との縁談が始まるや真っ先に打明けたばかり

か、ひそかに要を八幡家に伴って、喜和には引合わせてある。ならば父の家からの帰り兄の家に行き、戸口に立ってでも喜和の安否を確かめ、近くなら顔見るだけの寄り道をしてもいいはずだけれど、綾子にそれを止めさせたのは、昨日の岩伍の要に対する親としての挨拶であった。

病弱の綾子が無事戻れたは要のおかげ、この大恩を忘れるな、という叱咤《しった》を聞けば、要がその義父の信頼を裏切って喜和に会いにゆけるはずもない、とはすぐに推量できる。

いちや照の女同士の話によれば、まだ綾子の生死が判らないころ、

「お父さんが嘆いておいでた。綾子が死ぬのは、これは本来弱い体じゃきに仕方あるまいが、それによって要とわしの親子の縁の切れるのがいちばん辛《つら》い、というてね」

と喜ばしそうに話したことは要の耳に入っておらぬはずはなく、そう聞けば舅に絶対の信頼を置かれている婿《むこ》の身として、岩伍の家の帰りに喜和の家へ寄るのは、裏切り行為以外のものではないわけになる。

殊《こと》に、六歳のとき父を失ない、いちと祖父の手によって育てられた要には、岩伍という頼もしい義父のできたことを素直に喜んでいるだけに、結婚前ならばともかく、いまは綾子が考えてもできない相談であった。

しかし、うしろ髪引かれる思いでの帰り道、八田堰を過ぎた辺りから綾子はとうとうこらえ切れなくなり、膨らんだ風船を思い切って破るような思いで、

「やっぱりねえ、あたし。お母さんに会わずにはうちへ帰れん。死んではおらんとは思うけんど、八幡家も焼けちょるし、兄さん家《く》に同居はできんし、どこでどんな風に暮しておるやら。向うもあたしのこと心配しよると思うの。思うても連絡はつけれんだけに、こっちから行ってあげんと」

と綾子は土手の上で立ち止まり、

「あたしいまから引返して兄さん家へ行ってくる。消息だけでも聞かんと安心できんから」

といい捨てると、くるりと後向いてもと来た道を引返そうとした。

思いついたら遮二無二《しゃにむに》貫くのが綾子で、健太郎からはいつも「向う見ずの綾子」といわれているのを要は聞かされており、これまでにもどれだけ驚かされて来たことだったか、いまもまたか、と思いつつ綾子の肩を摑《つか》まえて、

「綾子、今日はやめなさい。

行くなとはいわんが、今日は都合が悪かろう？　おふくろにも話してないし、第一、米も持たずに人の家へは行かれんじゃないか。

それに我々はおととい戻ったばかりじゃ。美耶の栄養失調も医者に見せんならんし、疥癬《かいせん》の薬ももらわんならん。さし当ってすることを済ませてから考えてもええじゃないか」

となだめると、綾子は川の流れのほうを向いて突っ立っていたが、一旦《いったん》叩《たた》き破《わ》ったはずの胸の内の風船がまたも膨らんでくるような感じがあり、今度はそれがしおしおとしぼむように次第にさびしくなって、思いがけず涙が溢《あふ》れ出た。

「お母さんかわいそうや。私の帰りを誰よりも誰よりも待ちわびちょったと思うのに、お父さん家だけ行って戻るとはあんまりや。

さっき山小屋の帰り、まっすぐ兄さん家へ行たらよかった」

綾子は土手に立ったまま、涙を拭《ぬぐ》いながら要に向って悔みつづけたが、しかし制止を振払って引返すことはできなかった。喜和がいまはなお陰の身の立場であることは十分に判っていたから。

第二章　喜和との再会

その夜、丸い卓袱台《ちゃぶだい》を囲んで遅い夕餉《ゆうげ》が始まり、五人それぞれ定位置に坐《すわ》って箸《はし》を取った。

定位置とは、年中ほとんどはだしか、はだしでなければ藁草履《わらぞうり》のいちが土間に足をつけたまま、横向きに腰を下ろす場所を軸に、そのわきの上りはなに綾子、奥に、夏以外は火鉢を離せない道太郎が坐り、空いたところに要と美耶が座を占める。

飯櫃《めしびつ》のなかは三分の麦飯、おかずは綾子が炊《た》いた大根の煮物だが、このせつ本来はだしにさえ魚っ気など無いものの、ここではわずかに、以前いちが麦と交換して秘蔵していた雑魚《ざこ》を、綾子がほんの一つまみ入れただけのもの、それでも湯気立ちのぼる大根はお代りをするほど美味《おい》しかった。

戦前の食事の際の礼は、「黙って食べよ」であって、口を動かしながらしゃべるのは下品の極み、とは知っていても、こんなあたたかな雰囲気のなかで、快く満腹できるしあわせを綾子はしみじみ嬉《うれ》しいと思った。

その上こういう食事は本日一回こっきりでなく、今後もずっと保証されていると思えば何やら心が浮き浮きし、姑《しゅうとめ》の気を迎えるのも嫁の役であり、つい多弁になって、

「日本のお大根はほんまに美味しいねえ。畠から抜いて来たばっかりじゃきにかしらんねえ。

俎《まないた》に載せて切ったら、切口から水が噴き出るよ。満州では絶対、こんなお大根にはお目にかからざった。

赤い蕪《かぶ》みたいなのがあったけんど、中味はカスカスや」

というと、彼《か》の地の作りものに興味があるのか、道太郎が、

「そうか、赤い大根があるか。カスカスじゃったらおろし大根にはできまいのう」

というのへ、綾子は話してあげるのは親切、と考えつつ、

「そうやねえ。けんどお祖父《じい》さん。満州の土はよう肥えちょるらしいですよ。西瓜《すいか》なんかね、今晩このお茶碗《ちゃわん》くらいやと思うたら、翌《あく》る朝目がさめたらこんなに大きゅう、ボールほどになっちょるというからね」

と手で輪を作って説明すると、

「ほう。そうか。そんなか」

と道太郎は喜び、要もそれについて、

「それはちょっと大げさじゃけんどね。ま、それに近いくらい作り物はようできる」

といい、三人のあいだで満州の農業の話が始まろうとしたときであった。

卓袱台の前を離れ、土間の竈《かまど》の前にしゃがんで火を繕っていた姑が、向う向いたままで、

「あんたら、ようもそんな話が出来るねえ」

といい、その声の険しさに卓袱台の前の三人ははっとして口を噤《つぐ》むと、なお背を見せたままで、

「あれほどの着物を、それこそ寝巻の一枚も残さんよう持って行って奪《と》られてしもうて、惜しいとは思わんかね。何故《なぜ》満州へなど捨てに行たろう、と思わんかね。

これから先、どうするつもりしちょる。近所の手前も考えんと」

と、いったあと、背を見せたままでしばらくの沈黙があった。

卓袱台の前もしんと黙り、薬缶《やかん》の下の火の燃える音のみの静寂が続いたあと、いちは立上って自分の座に戻り、

「あんたら二人にいうちょくが、あたしの前でもう二度と満州の話はせんとってつかはれ。あたしはそんな話は金輪際、聞きとうない。失なうた着物のことを考えると夜

もねむれんきに」

と要のほうを向いてそういい、要はそれを受けて、

「判《わか》った、判った」

と軽くいなし、気を変えて、

「さあ美耶、おいで。お父さんともう寝よ」

と手をさしのべた。

あんたら、と複数でいい、顔は要のほうにのみ向いていたが、いまの姑の言葉は、全部自分一人に向けられたものだと綾子には判った。

渡満が決まったころから、姑は、要が母親と祖父を置いて遠く満州の地に旅立つのは、かげで綾子が糸を引いているため、と邪推していたことは綾子はうすうす感じていたが、それについていちから皮肉のひとつもいわれたことはなかったし、まして叱《しか》られたこともなかった。

いちのいまの、このひとにしてはかなり激した言葉は、あれは何故要を満州くんだりまで連れて行った、となじったものに違いなく、それは今日まで胸のうちにじっと押さえ込んでいたもやもやを、一挙に噴き出させたものだと綾子は思った。

要の満州行きの決意は、以前同じ職場だった先輩の岡本先生に誘われたのが発端で、

二人ともまだ二十代なら、内に燃え沸《たぎ》る思いの発露であったと綾子は理解している。昭和十九年の後半といえば、この戦の勝利はもはやおぼつかないことが誰の目にも明らかになって来た頃で、そういう時期、血気盛んな若者がいたずらに国内に止どまっていることに、二人とも居たたまれないほどの焦燥を感じていたにちがいなかった。

綾子は、要から満州行きを告げられたときの様子は何もおぼえていないが、たぶん、当然のなりゆきとしてただうなずいただけではなかったろうか。

出国の形としては、県からの出向命令として辞令が出、要は岡本先生とともに七ヶ月の身重の綾子を残して、十一月末、出立して行ったのだった。

子供が生まれたころには連れに戻るから、という要の言葉を頼りに、そのあと満州へ出立するまでの四ヶ月近くを綾子はこの家で道太郎といちの三人で暮したが、そのさびしかったことはいまも忘れてはいない。実家の岩伍は、要が戻るまで綾子を預かりたい思いはあったにちがいないが、市街地にはもう空襲も始まっていたし、それに妊婦に必要な栄養のある食べ物を手に入れるのは困難であり、何よりもいちが迎えに来て、

「要が居《お》らんあいだはうちにおってもらいます。子供もうちで産んでもろうたらよございます」

といえば、もとより綾子は三好家の嫁、引き止めることはできなかった。

このあと桑島村での日々は、時候もちょうど冬へ向う陰鬱《いんうつ》なころではあり、八十一歳の目の見えぬ年寄りと、降っても照っても野良《のら》を休まぬ姑との三人暮しは、もし来る日、出産という大きな目標がなかったら、綾子はとうてい我慢できなかったのでは、と思い返すこともある。

話題とて何もなく、来る日も来る日も裁板《たちいた》の前に坐《すわ》って縫い物をするばかり、窓の障子を明ければ、門の前の往還は西の清滝おろしが土を巻き上げつつ、掠《かす》め去ってゆくのが見える。馴染《なじ》みの浅い村人さえもめったに訪れることのないこんなさむざむとした暮しはまるで牢屋《ろうや》のよう、と思うと綾子は耐えられなくなり、とうとうある日、前後の考えもなしに川下の新川の町まで出かけてゆき、要宛《あ》てに「アヤコソチラヘユク」の電報を打った。

小さな郵便局から、このせつ果して届くかどうか判らぬ遥《はる》かな満州の地へ電報を打つなど、この近辺では大事件ともいうべく、噂《うわさ》はその日のうちに拡《ひろ》がり、その夜、夕食のとき綾子は姑からきつく叱られた。

驚いたことに、いちは電文まで知っており、

「その腹をして、どうやって満州まで行くつもりじゃった？　途中で生まれたらどう

するぞね」

と詰め寄られ、そのあと、

「あんたがそんなみっともない真似《まね》をするきに、私は嫁いじめの姑じゃと皆に思われてしもうた。情ないよ、まことに」

となじられ、綾子は弁解の余地もなかった。

じっと首を垂れ、謝罪の意を表わしたが、考えてみればそのときはもう臨月間近であり、自分も本気で満州まで行く決心は固めていなかった、と反省する。企《たくら》んだことを即行動に移せば、その成否は別として、とたんにすうーっと気の済むのが綾子の気性なら、この日、いちに叱られ、こちらも詫《わ》びたならこの件はもはや過ぎたこと、と考えていたところがある。

しかし今日いちに、満州の話はするな、と止どめを刺されてみれば、改めて電報の件もお母さんずい分深く拘泥《こだわ》っていたのだな、と綾子は思った。

おととい、引揚げの装束も、綾子自身は何の恥じるところもないと考えているが、戦争の時代など通過したともみえぬこの村の平穏にずっと身を置いているいちにとっては、いたたまれぬ恥ずかしさであったろう。

渡満まえ、三人のわびしい夕飯のあと、いちは綾子を相手に、機嫌のいいときには折にふれ自分の世渡りのすべを語り、「私はねえ、何でも人並み、ということをずっと心掛けてきた。出ず入らず、飛び出さずひっこまず、何でも人と同じにしておれば世間からうしろ指を差されることもないし、笑いもんになることもない。これがいちばんぞね」

といい聞かしてくれたが、綾子はそのとき内心、人並みなんて嫌なこった、と激しく反発したのを思い出す。

考えかたでも身装《みなり》でも、自分は自分、人は人、と劃《かく》してきたし、これからもそうしたいと目差している十代の嫁にとっては、それはあまりに凡庸に過ぎて軽蔑《けいべつ》、というしかなかったが、相手が姑なら黙ってうなずいているより他なかった。

人並みを美徳として生きているのなら、息子も嫁も村中の話題になるような行ないはして欲しくないのは当然のこと、臨月の腹を抱えて親に無断で電報を打ちに行った事件から始まって、わずか一年半のあいだに身ぐるみ剝《は》ぎ取られ、二た目とみられぬていたらくで戻って来たのも、いちにはなかなかに腹に据えかねることではあったろう。

綾子はそれを、戦争の被害を受けていないここらでは、何にも判っていない、とひそかに思い、そして、お母さんは人の目を気にするあまり着る物にこだわりすぎる、と思った。

つい昨日、実家の父親は何の着物くらい、といい、それよりもっと貴重なものを得たと難民体験をねぎらってくれたが、今日はいちから、捨てた着物が惜しゅうはないかね、となじられると、これは男と女の視野の差か、あるいは戦災を受けた者とそうでないものの違いか、などと考えてしまう。

さっきの話はまだ終っておらず、要が美耶を連れて寝間に退いたあと、いちは後片付けしながら、ふと思い出したように、

「高知のお母さんから、何ぞ着物をもろうて来たかね」

と聞いた。

綾子はえ、と詰まり、瞬間目の前を箪笥《たんす》ひとつきりのあの小さな山小屋が過《よぎ》って、

「いえ、べつに」

というと、今度はいちのほうが何やら咽喉《のど》につかえたような顔になって黙り込み、つと流しに立って行った。

判っている、と綾子はその後ろ姿から目を外らしながら思った。

結婚支度のときもそうだったが、いちは綾子の支度がないのは照が継母のせい、と

思っており、岩伍はそれを、もはや戦争末期で手鏡のひとつ買えない実状を話して、金千円を持参金としていちに渡したのだった。

当時千円は、小さな家なら一軒買える額だったが、近所の手前を気にするいちは、

「お金では人に見てもらえん」

と大いに不満で、その後も折に触れ口にしたのを、綾子は忘れるどころではなかった。

もし照が実母であったなら、自分の着ているものを脱いででも娘に与えたであろうに、といちがいま、考えているとは容易に推察できることだったが、これも綾子は、お母さん町のことは何にも知らんのやから、と向うへ押しやるようにして考えないことにした。

が、いちのほうにはまだ続きがあり、ガラガラと釣瓶《つるべ》をまわして水を汲《く》みあげながら、

「佐代が明日、ちょっと顔見に来てくれるそうな。あんたに着るもん持って来てくれるらしい」

と少しばかり鼻高々とした表情でそう告げた。

佐代は要とは二人だけの姉弟で三つ年上、戦争中海軍の軍人に嫁ぎ、ずっと任地の

大村や呉《くれ》などで過していたが、残念なことにいまだに子宝には恵まれていなかった。

いちにそっくりのよい体格で、顔も福々しく、気質も温和でやさしく、昨年、綾子が出産後まだ床があげられなかったころ、空襲をかいくぐって大村から戻り、軍人に特配のチョコレートや水飴《みずあめ》などたくさん持ち帰ってくれたことは何より嬉しかった。

いちにとっては夫亡《な》きあと、杖《つえ》とも柱とも頼む一人娘であっただけに、よい縁談だったとはいえ、嫁がせるのは身を切られるほどにつらかったに違いない。佐代もうしろ髪引かれる思いであったらしく、形見に自分の着物三、四枚を残して行ったことは、いちにいく度も聞かされている。

一人娘を嫁がせたさびしさに、佐代の着物を抱いて夜な夜ないちが涙を流したかどうか、綾子が嫁いで来たとき、いちは仏壇の引出しから一枚の写真を大事そうに出して来て、綾子に見せてくれた。

それは婿《むこ》の仁一が曹長に昇任したとき、夫妻で記念に写したもので、軍服姿にサーベルをついた仁一も辺りを払うほど立派なら、黒紋付きの正装でかたわらに寄り添っている佐代も凜《りん》として美しかった。

綾子は写真が大嫌いで、要も同意して結婚式の記念にさえ固く拒んで写さなかったが、遠く離れた我が子を偲《しの》ぶよすがとしては写真であり、着物であることを、そのときいちは教えてくれたに違いないのに、綾子にはそれが十分に汲みとれなかった。

末は大佐か少将か、などとまわりからいわれた仁一の出世も終戦と同時に消えてしまい、いまは二人揃《そろ》って仁淀川を向うへ越した高岡町の外れで、親兄弟とともに実家の農業に就いている。

自転車なら三十分足らず、歩けば一時間の距離だから一っ走り母親の様子を見に戻ることもでき、要夫婦の留守、それがいちの唯一《ゆいいつ》の慰めであったらしい。

翌日の昼まえ、頭に手拭《てぬぐ》い、もんぺにエプロン、地下足袋という、すっかり土地の人となった佐代があらわれ、風呂敷《ふろしき》包みを抱えて釜屋《かまや》に入って来た。

佐代は綾子にとって、結婚式のとき出産のときに次いでこれがまだ三度目の出会いでしかないが、このひとの持つ天性の、春風駘蕩《たいとう》とした雰囲気のせいか、奇妙になつかしいものがあった。

いちも、陽《ひ》の高い時間うちに居たこともないのに、佐代がくれば一も二もなく戻っており、風呂敷包みを見て、

「まあそんなにどっさり？　おおきに、おおきに」

と嬉しそうに礼をいう。

佐代は地下足袋のまま、上りはなに斜めに腰をかけ、包みをほどきつつ、いちとあ

れはこう、これはこう、と二人だけに判《わか》る着物の話をしている。考えてみれば、佐代の嫁入支度はいちがしたはず、いま持参した品々も、全部といっていいほどいちが作ったものにちがいなかった。

それでもいちは佐代に遠慮深い口をきき、

「何というても、このままじゃこの人を人前には出せんきにね。何でもええよ。着古したもんで上等、上等」

といいつつのぞき込んでいる前で、まず取り出されたのは御所解模様の友禅ちりめんに織の帯、錦紗《きんしゃ》の羽織という一揃いで、

「これなら神事《じんじ》にも着てゆけるわねえ。肩に掛けてみなさいや。綾ちゃんには似合うと思うよ」

と佐代は綾子の膝《ひざ》にひろげてくれた。

いちはそばから、

「佐代、これはまだあんたが着れるじゃないかね。古びてもおらんし」

と一旦《いったん》はひきとめ、

「ええよ、お母さん。私にはもう派手じゃもの」

と佐代が押していえば、今度は綾子に、

「いまどきこんなええちりめんものを、ただでくれる人がどこにおる。あんた、姉さんにしっかりお礼をいわんといかんよ」
といい聞かせながら、いちはこんなやりとりを自身喜んでいるふうであった。
この一帳羅の一揃いのつぎは、少しくたびれてはいるものの銘仙の袷《あわせ》二枚、単衣《ひとえ》一
枚、それにふだん帯から伊達巻《だてまき》までとりどり添えて、
「どれもあたしが娘のころから嫌になるほど着たもんばっかりじゃけんど、綾ちゃん
気持悪うなかったら着てみて頂戴《ちょうだい》。
あんた洋裁ができるきに、洋服に縫い直してもええかも知れんねえ」
とやさしい言葉を添えてくれた。
着たきり雀で一年以上暮らしてきてみれば、いまさらきれいな着物が欲しいなどと
は少しも思わないが、姑や姉にとっては、家の嫁をいつまでも汚れたもんぺ一枚で過
させるのはできない相談にちがいなかった。
このままでは人前に出せん嫁、という姑《しゅうとめ》の気持はそれをもの語っており、早い話
がまもなく十一月には土地の神事というものがある。
この日は鎮守様の秋祭りで、どこの家でも皿鉢《さわち》料理を調えて親類縁者を招き、まず
仁淀川原に案内して神楽《かぐら》の舞をともに楽しむ。綾子も嫁いだ年の秋、いちの指図に従

っていい着物を着て川原に出、

「町から来てくれたうちの初嫁」

といちが誰彼にひき合わせてくれたのをおぼえている。

今年は、無事外地から戻ったことの披露も兼ねて綾子を川原の神楽見物に出すつもりに違いなく、ついては恥をかかぬ程度のものを、と、案外いちのほうから佐代にねだったのではなかったろうか。

母娘《おやこ》しめしあわせ、これだけの衣類を恵んでくれたことについて、たしかに有難くはあるけれど、一方でまた、一人で処理しきれぬほどの当惑があるのも事実であった。そのくせ二人からは、自分を包み込んでくれるあたたかい手を感じるのも、これも偽りではなく、これが家の嫁というものかと、おそまきながらの納得もある。

それにひきかえ、思われるのは昨日いちから、高知のお母さんは何かしてくれたかね？ と聞かれたとき、綾子はむらむらと来て、あの山小屋の箪笥ひとつにすがり、一家三人、食べつないで生きて来たのに、何の私にくれるものがあろうか、と思ったが、それでも心の一隅に、いつもながらの照の気の利《き》かなさをちょっぴり悔む思いもあった。

どんなにおちぶれても、たとえ実家であれ人に物乞《ものご》いするのは卑《いや》しい所業、とする綾子の誇りはまだ生きてあり、ただ、このあと、親として佐代に礼をいってもらわねばならぬため、山小屋を訪ねた折、綾子はそれを報告した。

するると照はあわてて簞笥の底から自分の滝縞《たきじま》のお召と、岩伍の夏の絽《ろ》の僧衣を取出してくれたが、それは富田一家にとっては最後、とも思える、まともな一枚であったのを綾子が知ったのはのちのこと。双方の家の、それも戦争を知らない村の家と無残に被災した町の家のはざまに立つ苦しさは、長いあいだにわたって綾子を苛《さいな》みつづけるのであった。

佐代を送りがてら、いちも鍬《くわ》を担《かつ》いで出てしまったあと、要もまもなく畠に行こうとして煙草《たばこ》の火を消しているその背へ、綾子は、

「私、やっぱりこれからお母さん捜しに高知へ行てくる」

と昨日の八田《はた》堰《ぜき》の土手での口争いをむし返した。

要は驚いて、

「あれほどいうたじゃないか。まだせんならん事がいっぱいあるろう。それを済ませてから行たらええ」

と止どめたが、綾子は気持が逸《はや》っていて、

「お母さん私の行くのを待ちかねちょると思うよ。家のことならいつでも出来る」

といいつつ、

「美耶、おいで」

と呼び、おぶいひもを取出してくるのへ、要は再度、

「やめというたらやめなさい。おふくろにも黙って行くつもりかね」

とすこし声を荒らげたが、綾子はそれを上まわる大声で、

「あんたの方は高岡の姉さんもさっき会いに来たでしょうが。私はまだ高知の兄さんにだって会《お》うてないよ。一刻も早う会いたいのは当り前じゃない？」

と投げつけた言葉の強さに要はひるみ、綾子はそのすきに手早く美耶をおぶった。

ぐずぐずしているといちが戻る、と思うと心急《せ》き、汚れた財布はもんぺのポケットに、あり合わせの下駄《げた》を突っかけたまま、綾子は門の外に走り出た。

うしろで要がもう一度、

「待って」

と叫んだような気がしたが、もとより振返らず、美耶の腰に手を廻して走りに走り、行当《ゆきとう》の峠近くになったとき、ようやく足をゆるめた。

秋の陽《ひ》ざしのもと、首筋から胸にかけてびっしょりの汗、だが拭うべきハンカチも手拭いも持っておらぬまま、綾子はしばらく峠の茂みに立って吹き抜ける風に当った。

岩伍の指摘したとおり、わずか一年半ながら満州体験を経た綾子はずい分と強くなっており、身に、往復の電車賃のみの汚れた財布しか着けていなくとも、子連れで家を飛び出してくる大胆さを養ってきている。

明日の日は知れなくても、今日を無事に生きればよしとする難民の度胸は、これからの綾子にとって敵となるか味方となるかはまだ判らないが、ともかく自分の意志のとおりに生きてゆこうと綾子は思うのであった。

汗が引っ込んでしまうと、綾子は仁淀川の長い堤を伊野の町に向って歩き出したが、心のうちでは、飛出して来たことに悔いはないものの、いちの留守を狙《ねら》ったように無断で出て来たのはよくなかった、という反省はあった。

ただ、明らさまに許しを乞えば、いちも要と同様、さあさあお行き、とはいえぬ立場であり、よしんばいえたとしても、それは喜和と綾子が実の母娘であってこそ、の話であるのは判っている。

血のつながらぬ偽《にせ》の母娘であるが故《ゆえ》に、いちも要も岩伍の戒めを破ってまでも、綾子に高知行きをすすめないことを思えば、いまの場合、無断決行は却《かえ》ってよかったかも知れない、と綾子は自分の行為に逃げ場を作ってみるのであった。

それにしても、今朝目ざめたときには高知行きはまだ決めていなかったのに、自分でも驚くほど唐突に家を飛び出して来たのは、あれだ、と綾子は思った。

さきほど佐代が帰り支度を始めたとき、いちは、

「お昼まだじゃろ。食べていきや、ね」

とすすめ、

「ほんならご馳走《ちそう》になろか」

と佐代は地下足袋を脱いで上がり、美耶をあやしているあいだ、いちは戸棚から卵を取出し、卵焼きの用意を始めた。

卵はこのせつ最高の貴重品、鶏を飼うどこの家でも高値に売れる卵を家族で食べるなどは先《ま》ずなく、現金収入のためにつましく溜《た》めておくのだけれど、その卵を佐代にだけ食べさせようとしているいちを見て、綾子はびっくりした。

見ていると、佐代も格別遠慮するでもなく、

「ほんならお先に」

と断って卓袱台《ちゃぶだい》に向い、箸《はし》を取った。

いちは土間に立ったまま、まめまめしく娘の給仕役となり、ご飯のお代りは、漬物は、お茶はどう、といかにも嬉《うれ》しそうな顔で相勤めている。

綾子はその様子をかたわらで見ていて、正直のところ、あまりいい気持はしなかっ

た。家族にも食べさせない秘蔵の卵を、嫁の見ている前で嫁いだ娘に捧《ささ》げ、自分はまるで召使いのようにその前にかしずいている。嫁にはいつも含みを持つのに、嫁いだ娘はこんなに可愛《かわい》いものか、とちょっぴりひがんだ思いが通り過ぎて行ったが、いま、こうして喜和を訪ねる道すがら思うのは、それはそっくりそのまま、自分と喜和の姿だと綾子は思った。

戦争中、食堂の商いも次第に品不足となり、物資のすべてが割当て制の配給となったなかで、喜和はいつも綾子のために卵や、干物や、菓子などの好物を取り置いてくれたものであった。

父親から喜和のもとへは固く出入りを止められている故に、綾子はいつも裏口から入り、まっすぐ帳場の長火鉢の前に坐《すわ》るのが慣いとなっており、喜和はそんな綾子に、いそいそと囲ってあったものを取出して、

「今日はきんつばの配給やったよ。綾子の好物じゃきに、店では売れん。全部あんたのもんや。さあ食べなされ」

とすすめ、綾子が旺盛《おうせい》な食欲を見せてそれらを片っ端から平げるのを、目を細めて眺めていたことが浮んでくる。

さっき、取っておきの卵で佐代をもてなしたいちの気持は、即《すなわ》ち喜和の思いやりと

は共通したもの、その光景に刺激を受けて、綾子は矢も楯《たて》もなく喜和に会いたくなったに違いなかった。

卵の件は、のちに桑島村に住み馴《な》れてみるとどこの家でもそうらしく、「嫁が卵を口にできるのは、実家《さと》へ帰ったときだけよ。姑にこっそり、卵を焼いて食べよるところを見つけられ、『これは嫁に行た娘のために取ってあるもんじゃきに、お前も食べたけりゃ、実家へ去《い》んで食べて来いや』と叱《しか》られたそうな。けんど、嫁が実家へ帰れるのは、一年のうち神事と盆正月の三回しか無いきに、そのときは腹いっぱい卵の食べ溜めをしてこんならんねえ」

と近所の人が話しあっているのを綾子は耳にとどめ、こういう村の仕組みをおぼえてゆくことになるのであった。

綾子は、背中の美耶をゆすり上げながら足どりも軽く、つい二日前、岩伍に会うために通った道を、今度は喜和のもとへと急いだ。

先ず目指す健太郎の家は、はりまや橋とは目と鼻の先の浦戸町の、もとの地所にバラックを建てており、焼跡で小さな甥《おい》たちが遊んでいるのを見て、綾子は小走りにその家の前に立った。

片側蝶番《ちょうつが》いで止めてある扉を開けると、中は六帖《じょう》二間ほどの畳敷きで、兄嫁の小《さ》夜子《よこ》が以前と同じように盥《たらい》の前にしゃがみ、山のような洗濯物を片付けているところであった。

「今日は」

というと、顔をあげただけで立ってはこず、

「あら綾ちゃん」

と答えたものの笑顔ではなく、

「兄さんは？」

と聞くと、

「居《お》らん」

とだけの、いつもながらにぶっきらぼうな返事、居らんのは判《わか》っておるのに、と思いつつ、

「そんならお母さん家《く》、教えてくれる？」

と入口に立ったまま重ねて尋ねると、さすがに水道の栓《せん》は止めて水音を静め、

「南新町のね。宏美さん家《く》知っちょるやろ？　あそこだけ焼け残って、お母さんの実家《さと》の小笠原は皆、そこへ集っちょる」

と話してくれた。

そのあと、移りが悪い、と日頃から人のいうこのひとの、反応の遅いくせで、いまごろやっと目ざめたかのように、

「綾ちゃんいつ戻ったの？　背中の子はええと、あの美耶ちゃん？　要さんも無事で？」

と濡《ぬ》れた手を前かけで拭《ふ》き拭き近寄ってくるのへ、綾子は一刻も早く喜和のもとへ行きたさに、美耶をゆすり上げて顔を見せただけで、

「兄さんによろしゅういうてね。私、これからお母さんのところへ行くきにね」

といい捨てるなり、また焼跡の小道のあいだを縫って足を早めた。

兄健太郎は喜和の実子だから綾子とは腹違いの上に年も十八歳も離れており、一緒に育った年月は極く短かいせいもあって、兄妹とはいっても綾子にはもともと馴染《なじ》みの薄いひとではあった。が、綾子の結婚のとき、意外に身を乗り出して来て強く反対し、そのことから兄というものの存在を認識したのが機となって、以来、母親が異なることなど気にならず、兄妹であることの有難さを感じて来てはいる。

それに、戦中戦後の激動のなか、喜和ひとりであの店を畳み、疎開《そかい》し、身の振りかたを決めるなどとても出来難く、そこに健太郎という男手があったからこそ、命長らえていたのだと思えるのであった。

焼けてすっかり様相が変った町といえども、もと居た土地なら迷うことなく、綾子は最短距離をとってまもなく南新町の入口に出た。

この辺りは、綾子の通った昭和小学校から西に向って、いちばん北側が江の口川に沿った鉄砲町、南へ北新町、中新町、南新町と四通りの小さな町が伸び、住宅密集地なのにこの四町だけはところどころ、戦火を免れて焼け残っている。

宏美というのは、鉄砲町で古物商を営んでいた喜和の実家小笠原の、長兄夫婦のあいだに生れた四人の子の一人で、綾子はこのいとこたちとは余りに年がかけ離れているため、ほとんど行き来はなく、おぼろげに顔を知っているという程度でしかなかった。

焼け残った小さな町並みというのはまことに無残なもので、灰や煤《すす》や埃《ほこ》りなどにまみれてどの家も真っ黒で汚なく、その上、通りには瓦礫《がれき》や襤褸《ぼろ》やゴミなどがうずたかく積まれ、良いも悪いも強烈にさまざまの匂《にお》いが漂ってくる。

どうやらこの界隈《かいわい》は、町が収容できる人間の数をはるかに上まわって人が集まっているらしく、折も夕暮近いせいか、路上にレンガで竈《かまど》を作ったり、七輪を据えたりして煮炊《にた》きしている姿もあちこちに見られた。昔、広い町幅だと感じた通りは、ゴミの小山で人一人通れるかどうかの狭さになっており、これを見て綾子は難民収容所のほうがまだましか、と感じたほどであった。宏美の家を綾子は全く覚えておらず、町の端から一軒一軒、表札を読んだり中をのぞいたりしてたずねているうち、古びた冠木《かぶき》門《もん》を見つけ、その前に立ったとき、ぱっと閃《ひらめ》くものがあった。

　幼いころのかすかな記憶だったのか、その門は確かに以前見たことがあり、門戸もないまま、内側を窺《うかが》うと、つい一間ほど先の玄関の式台に向うむきに人が坐っており、その着物に視線が届いたとき、綾子は思わず、

「お母さあん」

　と絶叫していた。

　振向いた喜和は一瞬目を見張り、声も出ない有様だったが、すぐさま顔中くしゃくしゃになって、

「綾子じゃないかね。綾子じゃないかね」

　と駆け寄って来たのだった。

　岩伍に会えたときも嬉しかったものの、これは前もっていちから無事息災を聞かされており、それにひきかえ喜和の場合は死んではおらぬ、とだけの頼りない消息だったから、会えた喜びは一入《ひとしお》であった。それに、見たところ以前と少しも変らず、髪もきれいに束髪に結い、着物も見おぼえのあるガス縞《じま》を着ているのは、このひとがきち

んとした暮しをしていることの証《あか》しとも見えて、綾子には何よりの安堵《あんど》といえた。

喜和のほうも、綾子とは結婚式の前から会ってはおらず、むろん美耶出産のときも、満州出立の際も、消息は健太郎を通じて知るだけだったから、今日のこの邂逅《かいこう》はたとえようもないほどの喜びであったに違いなかった。

しばらく飛石の上に立ち、

「まあようも生きて戻れたねえ。よかったねえ」

と綾子を上から下へと眺めていたが、気がついて、

「まあ入りなされ。上って、上って。早う子供をおろしてやりなされ」

と玄関の内へと案内したが、

「ここが私の家」

と指差したのは、二枚の格子戸《こうしど》からすぐの式台、その上は畳二枚の玄関間で、これが喜和のねぐらのすべてであるという。

その後の詳しい話によると、健太郎のすすめで喜和は早々と店の客の伝手《つて》を頼って土佐山村へ荷物を疎開し、五月はじめには店も閉めて一人で荷の疎開先へ身を寄せ、そこで終戦を待ったのだという。

しかし戦は終り、空襲は無くなっても町は大混乱、容易にもとの場所に戻れず、そ

のうち同族のなかでは一軒だけ焼け残ったこの宏美の家へ、小笠原家は全員集ることになったそうであった。

この家は六帖、四帖半二間に玄関の二帖、それに台所の板の間があり、その一間に一家族ずつ入れれば、一人者の喜和は玄関の二帖で上等、と思わねばならなかった。事実、玄関間で話し合っている喜和と綾子の向うでは、各部屋に人が溢《あふ》れ、ひっきりなし玄関を通って出入りもすれば、庭の便所には人影も絶えまなく、そのなかにはおぼえのある顔もあるものの、どの顔も、

「あら綾ちゃん」

とだけの軽い挨拶《あいさつ》なのはこの際、綾子も気が楽であった。

ここでは皆「焼け出され」族、修羅をくぐってきたのはお互いさま、という思いで、なまじ綾子の汚ない装《よそおい》のわけなど、聞かないほうが思いやりと心得ていたものであったろうか。

高知市のなかで、この界隈のように戦災をまぬがれた地域は二、三ヶ所あり、そこへは家のない人たちが殺到するが故に、小笠原家のような混雑はどこでも見られる光景であったらしい。

綾子も、かつての難民収容所で冬を迎えたとき、さすがに暖房のない倉庫からはス

チームの通ったもとの炭坑の社宅へと移されたが、その割当ては、この小笠原一族よりもっとひどく、一間に二、三家族であった。綾子たち三人と先生方二人の計五人は、台所わきの四帖に決められたが、この部屋は台所と便所への通路となっているため、実質は半分しか使えなかった。それでも酷寒の満州で、いかに狭くとも部屋にスチームのあるのは何より有難かったが、綾子から見れば今年五十六歳の喜和が、一人身となってこんな端近の場所に居を定めているのはいかにもむごい気がした。

それも、皆身内とはいえ、ここは喜和が子や孫とともに三十三年を過した富田ではなく、遠い昔に一旦《いったん》は出てしまった実家の、それももはや親も亡《な》く兄もなく、あるは縁の薄い甥姪《めい》ばかりのもとへ頭下げて置いてもらうのは、さだめし肩身の狭いことかと容易に判る。

が、喜和は馴れているのかかくべつ屈託のない様子で、却《かえ》ってこちらを案じ、

「綾子、今日は三好さんにはどういうてここへ出て来たがぞね。あんまり遅うならんうち、帰らないかんわねえ」

と聞いてくれるのへ、綾子は急に悲しくなり、立ち去り難い思いをそのままに、

「お母さん、今日はかまんよ。三好へは明日帰ることにする。もしよかったら泊めてくれる？」

というと喜和の顔はパッと輝き、

「まあそう？　泊まって行てくれるかね。綾子がうちで泊まるのは何年ぶりやろうか」

と、二人とも部屋の狭いことなど念頭にもなく、これから迎える長い一夜は、つもる話を聞いたり聞かせたりできる喜びではずんでいるのであった。

綾子は、自分の食べ代《しろ》を一粒も持ってこなかったことを謝ると、喜和は歯牙《しが》にもかけず、

「そんなこと」

と笑い、壁に掛けた買物籠《かご》を取って、

「ついそこの、もとの菜園場《さえんば》にヤミ市が立っちょる。綾子の好きなもん買《こ》うて来てあげるきに、まああんたは美耶を遊ばせよりなされ」

といい捨てて出て行った。

その夜の食事は、門から玄関までの飛石の上に七輪を置いて団扇《うちわ》でバタバタと煽《あお》ぎつつ小さな鍋《なべ》で御飯を炊き、菜を茹《ゆ》で、もうもうと煙にむせながらさんまを焼いて、それらをすべて飯櫃《めしびつ》の蓋《ふた》の上に並べた、まるでままごとのように楽しいものであった。

青魚が嫌いだった綾子も、飢えの経験をくぐったいまは何でも有難く、それに何よ

り、昔の八幡家時代と同じく、綾子の食べるさまをそばで満足そうに眺める喜和のそんな姿も、いいようもなくなつかしかった。

子も生み、若い母となっても自分の母親ほどよいものはなく、山小屋のあの岩伍の懐《ふところ》のあたたかさもさることながら、女親のこまやかさも有難かった。

それにしても、ヤミ市諸物資の高値はとうてい手の出ないもの、と聞いているのに、喜和がこともなげにそこで日常の買物をすることを綾子はすこし不審に思い、

「お母さん、いまは店もしてないのにお金ある？」

と聞くと、喜和は、

「商売とは有難いもんでねえ。多少の貯《たくわ》えができたおかげで疎開も出来たし、ま、一人暮しの気楽さもあって、ここでも格別の不自由なく暮せよる」

愚痴めいたかげもなくさらりとそういうのを聞いて、綾子はえ？　と喜和の顔を見直した。

喜和は四十すぎに子宮筋腫《きんしゅ》の大手術をし、以後はずっと半病人で、こめかみに頭痛膏《こう》、日がな一日長火鉢の前を動かなかったひとなのに、岩伍から離縁されたあと、否《いや》応《おう》なしにうどん屋のおかみになってのちは少しずつ変っていったように綾子は思っている。

店には下使いの女子仕《おなごし》さんは三人いたが、絶えまなしの客の応対や、自ら調理場に入ることもあり、その忙しさに紛れているうち、長年苦しんだ貧血はなおり、顔つきも晴れやかになって来た喜和を見て、綾子は子供心に、お母さんはお父さんのいいなりになって叱《しか》られているよりは、いまのほうがずっと似合うちょる、とひそかに喜んだものであった。

喜和はさらに、

「来年早々にはもとの場所へ小さなもん建てて、また八幡家の看板かけよかと考えちょる。

昨日図面が出来てきてね。座敷は一間しかないけんど、ここよりは広いよ。美耶も一しょに泊れるきに、さいさい来なさいや」

と気負いなくいうのを聞いて、綾子は正直、パッと目の覚めるような衝撃を受けた。え？　こんな時期に家を建てて商いをする？　お母さんひとりでそれを？　と目を見張り、目の前の喜和がまるで見知らぬ別人のように感じられ、改めてその顔をまじまじと見つめた。

綾子の脳裏には、あの山小屋の一間でしょんぼりと煙草《たばこ》巻きの手内職をする父親の、侘《わび》住居のさまが忙しく往来し、喜和と岩伍、何という違いよう、と、驚きのあまり言葉も出なかった。

その夜、玄関の二帖に身を横たえた母娘《おやこ》三人、互いに背を丸め、足を縮め、窮屈この上ない姿勢だったが、眠りはまことに安らかで充足したものであった。

綾子が喜和と別れたのは小学六年の卒業まえ、二月一日のこと、それまではずっと一つ蒲団に二人くるまって寝ていたから、いかように窮屈であろうと少しも苦しくはなく、むしろこんな触れあいのあとでは、桑島村のあの卵の一件も綾子の胸からは綺《き》麗《れい》さっぱりと拭《ぬぐ》われてしまった。

朝、喜和はまた七輪を庭に出してまめまめしく食事の支度をし、美耶の口にも運んでやりながら、

「ええ子じゃねえ。美耶ちゃんは。

気質はお父さん似かね。おとなしいもんねえ。お母さんみたいな我がままもんにならんでよかったねえ」

などと祖母ならではのあやしかたをし、帰り支度をする綾子に、

「桑島村へのお土産は何にしようか。やっぱりお魚がええかねえ」

と市場へ出かけようとする。

綾子がそれをあわててとめると、

「判《わか》っちょる。私からじゃといわず、お父さんからじゃというたらええ。あんたも手ぶらじゃ帰れまいろうがね」

とすっかり見通され、ヤミ市の一塩の干物を持たせてくれた。

生《な》さぬ仲であろうとなかろうと、育ててくれた母親とはまことになつかしいもの、一夜をともにしたあとは綾子の気持も落ち着き、新たな勇気の湧《わ》いてくるのを覚えた。

かつて満州で、難民収容所を出たあと、引揚げの見通しが立ってほんのしばらくのあいだ、九台市《きゆうだい》の軍のかまぼこ兵舎に難民たちが配分されたことがあった。この間はわりあいに行動が自由だったし、すぐ近くには昔の関東軍倉庫があり、その中には物資も少し残っていた関係から、才覚のある者はそこから盗んだ物をそのまま中国人に売ったり、加工して商ったり、小金を得る人もあったらしい。

このころ要は相変らず無報酬の使役にかり出されていたが、綾子は子連れ故《ゆえ》に放免され、毎日、小鳥の餌《えさ》ほどの食事を近くの日本人本部へもらいに行くだけの日課だった。

そんな綾子のもとへ或《あ》る日、以前の飲馬河《インバホウ》の小学校の子供たちがやって来て、

「奥さん、俺たちと商売しようよ」

と誘う。

学校の消滅した子供たちは、難民収容所でもまことにのびのびと元気で、行動範囲も広く、大人の知らない情報を摑《つか》んでいたらしい。子供たちのいうのには、俺たちが倉庫のなかから大豆と塩と本と油とを盗んでくる、奥さんはその豆を油で揚げて塩をまぶし、本を破って三角袋を折ったなかにそれを入れる。

俺たちは町に出てその豆の袋を一袋一円で売って来る、とこういう寸法、だと聞かされて綾子はおもしろそうだと思い、ほんとうの胸の内はその豆のつまみ食いもできるかという期待もあって、やりましょう、と引受けた。

油で揚げるといっても、鍋は要がボイラー焚《た》きの使役に出たとき、ひまをみて鉄板を打って丸くしたもの一つしか無いが、道の辺で拾った煉瓦《れんが》で築いた竈《かまど》にそのいびつな鍋をかけ、薪《まき》も同じく道の拾いもので火を焚けば、大豆は一瞬ざあーっと爽快《そうかい》な音をたててすぐポリポリと歯ごたえの快いフライビンズができ上る。

これに塩をまぶし、さましてのち三角袋に詰めておくと、木箱を肩からさげた彼たちがやって来て、その商品を持って町へと出掛けてゆく。夕方には、空箱とともにしわだらけの一円紙幣を握って戻ってくるが、何も知らない綾子に、委託販売の手数料はふつう二割じゃからね、と一円のうち二十銭を自分たちが取り、あとは綾子に渡してくれるのだった。

綾子は、最初にこの少年たちが自分のてのひらに紙幣を載せてくれた日の感激を、いまも決して忘れてはいない。

「これ奥さんの分」

と渡された金を見て驚き、

「こんなにもろうてもええの？」

と確かめると、

「そらええよ。製造元じゃけん」

と、少年たちは目上の綾子にものを教えるのがさも嬉《うれ》しそうに、皆で声を挙げて笑った。

材料の油も豆も塩も、紙袋用の本までも皆倉庫から彼たちが盗み出してくれたもの、綾子がしたことといえば青天井のもと、木かげに竈を築いたのと、豆を揚げただけのわずかな労力だが、その結果得た金は、綾子が生れて初めて、自分の労働の報酬としてもらったものであった。

もちろん彼たちが、いまは最低の難民となり果てたもと先生の奥さんの窮状に、見るに見かねての好意を寄せてくれたのは十分判るが、その恩義は別として、人間働くとは何とすばらしいことかと綾子は思った。てのひらに汗し、体を使って働けばそのご褒美《ほうび》として応分のお金というものがもらえる、こんな結構な話に何故《なぜ》いままで気がつかなかったのかと思う。

それというのも、岩伍はつね日頃から女が働くことについてあしざまにいい募ってやまず、何がどうあれ女はうちで家を守るもの、という断固とした考えかたがあった。緑町《みどりちょう》のころ、近所に電話交換手として働いている娘があり、毎朝紺サージの袴《はかま》をひるがえして颯爽《さっそう》と出勤してゆく姿を、子供の綾子は眩《まぶ》しく眺めていたものだったが、これも岩伍にいわせると、女が外に出て働くとろくなことはない、あの娘も家で親の手伝いをすればええのに、という次第になり、それはいつのまにやら綾子の耳の底に貼《は》りついてしまっていた感がある。

だからこそ、父親の怒りと嘆きを十分に承知の上で家政研究科を無断退学し、助教の職を求めて家を出てしまったものの、心の底ではやはり働くことの後めたさがあり、わずか三ヶ月で、結婚を理由に退職してしまった。その後は、満州でも手を束《つか》ねて何もせず、要の月給では足りるわけもない暮しを支えていたのは、岩伍の持たせてくれた持参金をなしくずしに使うことであった。

しかしそれも、綾子の新京《しんきょう》での入院などでまもなく底をつくというころあい、幸か不幸か日本の敗戦という運命の大転換期に遭遇して、金など何の関わりもないような、人から恵みを受けるのみの、難民となってしまったのである。

以来一年近くの月日、配給される高粱粥《こうりゃんがゆ》の乏しさに怒り、嘆きこそすれ、綾子は自分の手と体を使って働こうという考えなど頭に浮んだこともなく、その愚かさをいま考えれば、やはりこの期《ご》に及んでも「女の労働は罪悪に近い」という父親の言葉に呪縛《じゅばく》されていたのではなかったろうか。

もっとも営城子《えいじょうし》の収容所では、それほどきびしくはなくとも行動は制限されており、個人で働くことや商うことは禁止されていたが、それでも子供たちは規則をかいくぐって、ちょろちょろと走りまわっていたらしい。

子供は満語をおぼえるのも早く、収容所内に立つ小さな市場の中国人たちと仲良くなって、その家へ遊びに行ったり手伝いに行ったり、ときには自分の母親なども伴って、綾子に教えたような商いの手口も習い、それなりにうまい話も知っていたものとみえる。

そういう光景を、綾子はいく度か目にしていたはずではあるが、自分が木箱をぶらさげて一個一円の餅《もち》売りをしたり、籠に盛った卵を「安いよ安いよ」と呼び声を挙げて売り歩くことなど、とうてい考えの外のことであった。

それも、一生賭《か》けて小商い如《ご》きはせぬ、という確固たる主義を持っているならともかく、要するに、働く女とは住む世界が違うという父親から仕込まれた、誤った考えのために、働いている人たちに目が向けられなかったのだと綾子はいまにして思った。あの少年たちは、自分の体を幾重にも縛っていた岩伍の呪符を、いま悉《ことごと》く破り、切り放ってくれたのだ、と綾子は思った。人間餅売りもよし卵売りも可、自分の手で働いて金を得ることに何の恥じることがあろうか、働くというのは実に立派なことだ、尊いことだ、と綾子は全身沸《たぎ》るほどの感動をおぼえ、うるんだ目で少年たちに礼を述べた日のことを思い出す。

綾子にすれば、これは身の内の目覚めと大発見であって、その夜、使役から帰って来た要に興奮してこの次第を告げると、小さいときから野良《のら》に出て働きづめの母親を見て育った要はべつに驚きもせず、

「働いたら金がもらえるというのは判り切ったことじゃないかね。それよりも、倉庫のなかには大豆も油もいつまでも無いよ。みんな盗みに行きよるし」

といったが、確かに塩大豆の製造はこのあと一回で原料が品切れになり、綾子の働く希望と意欲はわずか二回であっけなく終りとなってしまった。

しかしこのときのささやかな体験は、その後も綾子を刺激してやまず、何か自分に

出来ることがあれば、と気をつけていたが、商品の原料が無料で得られるようなそんなうまい話がころがっているわけもなく、まもなく引揚げのための大移動が始まって、働く機会には恵まれなかった。

引揚船が佐世保港に着き、夢にまで見た日本の山々を見たときの感激は生涯《しょうがい》忘れられるものではないが、そのとき綾子は滂沱《ぼうだ》たる涙の落ちるに任せながら、

「これからはね、私はね。何でもして働くからね。身を粉にして一所懸命働くからね。いままではお父さんに騙《だま》されて、女が働いてはいかん、と思い込まされちょったけんど、そんなことないと判った」

とまるでうわ言のようにいい続けたことを思い出す。

綾子は、喜和と別れての帰りみち、このときの昂揚《こうよう》した気持をしきりに思い出しており、お母さんてえらい人や、としみじみ思った。

何も彼《か》も夫のいいなりになっていた身が、突然理不尽に離縁され、世間に放り出されたそのむごさを、綾子はずっと、もっとも身近で見て来ているが、このひとはその不幸にめげず、みごとに一人立ちしている。

いままで自分の手で一銭の金をも得たことのなかったひとが、馴《な》れぬうどん屋の商いに必死で取りつき、どうだろう、まもなくもとの場所にもと通りの店を建てるとい

う。

それに較《くら》べ、山小屋に逼塞《ひっそく》してしまった父親は、預金をなし崩しに使うことと、ちり紙代にもならぬほどの煙草巻きの手内職で日を送っている。

お父さんも働けばいいのに、何故働かんのやろ、年取っているためか、それとも、落魄《おちぶ》れても昔の富田岩伍じゃ、とばかり、ヤミ市でものを売る勇気はないのだろうか、と綾子の頭ではまだ岩伍の心の奥底まで読めず、浅墓《あさはか》な不満を少しばかり感じるのみであった。

きのう無断で家を飛び出しておいて、今日素知らぬ顔で帰るのはいささかバツが悪いが、このせつもののない昼の食卓なら、綾子の土産の小鯛の干物で皆の顔もほころび、

「まあヤミ市では、何でも売りよるねえ。お父さんにはこんな高いものもろうて、すまんこと」

くらいの話題で、いちも綾子の昨日の行先を根問いしないのは有難かった。

翌日はいちが提案して、納屋《いなや》の二階に夫婦の部屋を作ることになり、一日大掃除を手伝ってそれを調えた。

農家の家の作りというのは、どこも大てい田の字建てになっており、それは家で客

宴などのとき、境の襖障子《ふすま》を取っ払えば広間になるためのものだが、綾子はこの作りが以前から嫌いで落着かなかった。三好家の場合は、田の字の四つの空きが同じ広さでなく、表は六帖だが玄関は三帖、それにまだ中敷《ちゅうしき》という窓のついた三帖をくっつけてあり、裏側部分も二帖、三帖と区切ってあるため、境の障子がたくさんに入っている。

それも、建って間なしの堅い建築なら小間もよいが、この家は何しろ八十三歳の道太郎がもの心ついたころにはもう建っていたというほど古いから、あちこち曲り、緩み、戸障子の立て付けは隙間《すきま》だらけという有様となっている。

拗《ねじ》れた建具ならいっそ敷居へはめないほうが手軽というもので、まだ夜寒のやってこないいまごろでは全部それらを外してあり、こんななかで、そちらに道太郎、むこうにいち、中敷には親子三人、と床を伸べて寝るさまは、ちょうど見はるかす荒野のなかに人がそここ行き倒れているみたいだと綾子は思ったりする。

それに、畳敷でいえば三十帖近い母家《おもや》と、釜屋《かまや》合わせて電燈はたったの一つ、家中どこへでも持ってゆけるように長い長いコードをつけてあり、常住は釜屋にそれを吊《つ》るしてあった。

田舎の夜はいとも早く、藁《わら》仕事や粉ひきなどの夜なべがなければ、村役場で鳴らす九時のサイレンを聞くか聞かないうちに二十燭《しょく》の釜屋の灯《あか》りは消され、闇《やみ》のなかから は道太郎のもぞもぞと寝返りを打つ気配と、いちの鼾《いびき》とが手に取るように聞えて来る。

要との夫婦の触れあいはもう忘れるほど以前から無く、手繰ってみれば終戦の前年、要が一人渡満するとき以来、遠ざかっているが、綾子はそれについては何ら思うこともなく、まして口に出すなどのこともなかった。それというのも、要が綾子を連れに戻って来たときはまだ産後の体だったし、飲馬河では最初、学校関係者は皆、枕を並べて寝る集団の生活で、ようやく個々の世帯になったときは綾子は熱病を患《わずら》って新京に入院、戻ったとたんに終戦、異動に遇《あ》い、それ以後は引揚げの日まで収容所での共同の暮しであった。

それでも、夫婦の通じかたというのは思案の外と見えて、収容所のなかではいく組もの新婚夫婦が生れたし、すぐ身近でも校長先生の奥さんも妊娠し出産もしたし、並んで寝ている若手の村田先生の奥さんも流産した事実を思えば、要たち夫婦のほうがすこし異常なのかも知れなかった。

綾子の気持をいえば、渡満以来、激動の日々の連続に身も心も翻弄《ほんろう》され続け、要とはいつのまにか中国語でいう朋友《ぽんゆう》同士のような間柄になってしまった感がある。朋友だからこそ話したいことも多々あり、夜、くつろいだ時間などに将来について語りあいたい思いはあったが、農家の早寝には馴れているのか、要もすぐ高鼾になってしまうのであった。

若夫婦の足許《あしもと》で寝るかたちとなっているいちは、さすがに気を廻したものか、一日、

「あんたら、夜は納屋の二階で寝るようにしたらどう？」

と提案してくれた。

母家の左、鉤《かぎ》の手に建っている納屋は釜屋の入口となって接しており、階下の土間の一角には物置があってここに穀物を貯《たくわ》えてある。他に農機具や蓑笠《みのかさ》、それに石臼《いしうす》があり、そのわきの梯子《はしご》段《だん》を上れば右、左に四帖半ほどの広さの板間があった。

その南側の部屋は、肺結核で亡《な》くなった要の弟、尚がしばらく病室に使っていたらしいが、いまはいちの養蚕の道具などが積み上げられてあり、これを北側に移して畳四枚を敷けば独立した部屋として使えるのであった。

少し狭いが、母家のあのだだっ広い荒野のなかで倒れ伏すように寝るよりはずっとよい、と綾子は喜び、要と二人、大掃除をしてここを夫婦と美耶の居間と決めた。

落着いてみればここはなかなかによく、二方には障子窓があって、南を開ければ堤が見え、東は家の坪庭全体が上から見おろせるようになっている。それに梯子段を上り切ったあと、板敷に重なっているもう一枚の床板を引けばぴったりと閉まり、これ

で下界とは断絶できるのも嬉しかった。

ただ、仰臥《ぎようが》して上を見たとき、天井を張ってないまま、一抱えもあるほどの大きな梁《はり》がむき出しになっており、これまでにいく度かは塵《ちり》も払ったにちがいないが、やはり風のある日は埃《ほこ》りが舞うように落ちて来ては、美耶など目をやられる心配もしなければならなかった。

綾子は、昔の女学生時代のように自分の部屋にこもり、縫物や編物をしたり、美耶と遊んだりの日を過したかったが、現実の暮しはとても忙しかった。何よりも、佐代にもらった衣類や、引揚者に特別配給される布地なども有効に使って親子三人の着るものも整えなければならなかったし、あいまを見て百笑《どめき》の診療所で薬ももらい、村役場へもさまざまの書類を作りに出向くことにもなる。

そのあいだにも、綾子の胸のうちには何かして働かねばならぬ、働きたい思いが募って来ており、ことあるごとにそれを口にしていたところ、あるときいちが、

「うちは今年は米は足らんが、芋ならあまるほどある。あの芋で飴焚《あめた》いて売ったら?」

と提案してくれた。

綾子のいまの財布にはもう小銭しか無く、その小銭ももとはといえば新京ダイヤ街

で偶然めぐり合った弘子の旦那《だんな》、江原からもらった三千円の残りであって、これがなくなれば小遣いは皆無となってしまう。

要がいる限り皆無となっても綾子はべつに心配してはいないが、やはり自分の財布には潤沢に金のあるほうがよく、それに甘いものに飢えているいまなら、手を叩《たた》いて姑《しゅうとめ》の思いつきを受け入れた。

以前の綾子なら、私が芋飴売りなんて、と真っ青になって怒ったろうが、いまは怒るどころか、こんなに手近な方法でただちに商いのできるのは何より有難かった。あとから考えれば、満州での大豆売りといい、今回の芋飴売りといい、身に一物も帯びず素手で商売に挑むのとちがって、綾子の仕事は原料がただで得られるという大きな特典がある。そんな特典に乗っかっていて、労働を語るのは何やら子供の遊びめいておかしいが、そのときの綾子はこれこそ、満州での決意の実行、とばかり勢い立って芋飴焚きに取り組んだのだった。

飴の良質のものは、原料の米や糯米《もちごめ》に麦芽を加えてそれなりの技術を要するが、何の知識も持たぬ綾子の飴焚きは芋を煮て漉《こ》し、それをただ煮詰めるだけの荒っぽいものであった。

芋はこのところ毎日のようにいちと要が掘って戻り、それを納屋にむしろを被《かぶ》せて囲ってあり、前の川で洗ってのち大きな飯釜で煮、木綿袋で漉した汁をことことところ火で煮詰めたものを流し箱に移すと、冷えたころ固まって板状の芋飴ができる。一度は失敗もしたが、何しろ甘いものなら釜の底の焦《こ》げ臭い匂《にお》いがついていようと、十分に固まらずふにゃふにゃであろうとお構いなし、いちもごく大ざっぱに、

「これなら誰でも買うてくれる、買うてくれる。ちょっと安うして売りなされ」

と景気をつけてくれ、こういうときは心強い味方であった。

作業するにも釜屋は広いし、薪《まき》もたくさん床下に並べてあるが、いちによれば、商売はなるべく元手をかけんように、といい、それには買った薪はもったいない故《ゆえ》に使わず、川の流木を貯えてあるものを焚くべしとのことで、日頃風呂《ふろ》用に積んである芥《あくた》に近いものを燃料にするのもおぼえた。

流し箱から出した芋飴を割り、大きさに応じて二円、とか五円とかの値段を貼《は》りつけ、くっつかないよう黄粉のなかにそれらを入れて、さて、どこへ売りに行くか、と飴を入れた手提袋を持って、綾子は武者振るいする思いで門の前に立った。

第三章　移りゆく世相のなかで

八田堰《はたぜき》で分水された仁淀川の水は、行当峠《ゆきとう》の深い谷底を渦を巻いてくぐり抜け、三好家の門前を西に向って流れており、その豊かな水量はさらに各所で分水されてひろくひろく、吾南《ごなん》平野を網の目のようにうるおしている。

流れに従って下へ二町ほど行くと、ゆるゝ、と呼ぶ最初の大きな分かれがあり、水の流れに沿って南へ出れば郵便局などのある小さな新川の町だが、途中、流れをまたぐようにしてバスの通る大きな県道と、それに続く仁淀川大橋がある。

四国山脈の山あいに発した仁淀川も、河口に近いここまで来れば堂々たる大河となり、従って橋は川面《かわも》からはるかな高みに架っており、橋桁《はしげた》に手をかけて下をのぞくと、水はおそろしいほど紺碧《こんぺき》に澄んで底知れぬ深さに見える。

橋を渡れば県道は中島のバス停で二つに分かれ、真《ま》っ直《すぐ》にゆけば佐代の嫁ぎ先のある高岡の町、南へ折れると川に並行して三つ石村、仁の村などを経て太平洋へと突き当る。

姑《しゅうとめ》いちの実家はこの三つ石村の土居にあり、耕地はさして広くはないが、いちの両親もなお健在で、跡取りの弟夫婦に甥姪揃《おいめいそろ》っておだやかに暮しており、綾子は一度だけ、美耶のお宮参りのあと、出初めの礼にいちとともに訪れたことがある。

綾子はまだよく人を見る力はないが、金棒引きと評判の東隣のお種さんによれば、いちの父親は田を作るより書を読むことの好きな人で、そういえば一度だけの印象もこの辺りには珍しく、よくものを知っているらしい感じがあった。

それだけに、少ない土地を耕して四人の子を育てなければならなかった母親の苦労も一入《ひとしお》であったらしく、お種さんにいわせると、

「あんたところのお姑《かあ》さんは、六つの年から親を助け、大きな紙の貼板担《はりいたかつ》いで走りよったと」

というわけになる。

三つ石村一帯では紙漉《かみす》き業の家もぼつぼつあり、長女のいちは家計の足しにと幼いころからその紙漉きの手伝いをしていたということらしかった。綾子はその話を聞いたとき、お種さんの言葉の端には「むごい話よねえ。年端《としは》もいかん子供を働かして」という響きがあるのは捉《とら》えていたが、それよりももっと、うちのお姑さんはやっぱり、

働くために生れて来たような人やな、という感じを強く抱いた。

結婚まえ、要にはじめてこの家に伴われて来た日、初対面のいちから受けた綾子の印象は、まるでお仁王さんのように大きくいかついひと、というものだったが、それはその後、馴《な》れるに従ってますますゆるがぬものとなり、このひとの男のような骨骼《こつかく》のたくましさ、風邪ひとつ引かぬ丈夫さ、夜がな夜っぴて働いても疲れ知らずの体は、綾子に無言の畏怖《いふ》を与えないではおかなかった。

いちが三好家へ嫁いで来たのは、たぶんこの働きぶりを見込まれ、乞《こ》われたのではないかと綾子は想像しているが、それというのもお種さんによれば、要の父友義は最初、遠縁に当る春江を嫁にもらったものの、愚図で仕事がはかどらぬため、幸い子もなし、まもなく実家に戻したという。

そのあとに貰《もら》った嫁がいちというわけで、そういう事情なら、いちが三好家のために懸命に働いたのは容易に理解できる。もっともそのころの三好家というのは、道太郎、友義とも腕のよい石工で、近辺の難工事といわれる個所には遠くからも招請されていたらしく、綾子は一度だけ要の口から、

「高岡の町の波川の堤防は親父《おやじ》が築《つ》いたもんじゃと」

とほんの少しばかり誇らしげにいうのを聞いたことがある。

確かに、いまでも倉の一階の隅には石を割ったり欠いたりするための、重い金槌《かなづち》がたくさん置かれてあり、その赤錆《あかさ》びた、柄のとれた特殊な形のものを綾子は珍しいもの、としげしげと眺め入ったこともあった。

のちに、農村暮しのことがいろいろと綾子にも判《わか》ってくるにつれ、いちは嫁いで来て七、八年のあいだがいちばん幸せだったのではなかったろうかと思った。夫と舅《しゅうと》は石工として稼ぎ、姑は器用なひとで近所の人たちの髪を結ってやったり、家事万端を引受けてくれ、そのかたわらでいちは次々子を生みながら、家の用のための僅《わず》かな田畑を一人で受持って、せっせと野良《のら》に出ていたらしい。

この平和が崩れたのは、友義が泥酔して新川のめがね橋から落ち、それがもとで肺結核になり、どのくらい床に就いていたか、結局助かりはせず、帰らぬ人となってしまったころからであった。

このとき残された九つの佐代、六つの要、三つの尚の子供と、本卦《ほんけ》返りの祝いをとうに済ませた舅姑の五人がいち一人の肩にのしかかってくることになる。たぶんいちはこのあと獅子《しし》奮迅の勢いで働きに働き、一家を養っていたと思われるが、そのさなか、先《ま》ず姑を腸の病いで見送り、そして尚を、父親と同じ肺結核で失なうという不幸に見舞われてしまう。

このときの悲しみは、気丈ないちでも包み切れなかったものと見えて、一度だけ、岩伍に向って涙ながらに、

「尚を、二十二の年に取られましてのう」

としみじみ嘆いたといい、岩伍もそれを受けてしんみりと、

「私も長男は二十三限りじゃった。お宅と同じ胸の病いで」

と、述懐したこともあったという。

尚は、最後には伊野町の病院で息を引取ったが、珍しくいちは綾子に、

「あのときは病院代を払うのに、どれほどお金が欲しいと思うたか。売れるもんなら家でも倉でも全部売ってしまおうと思うたほどじゃった」

とぽろりこぼしたことがあり、それはいちの、これまで経て来た月日のなかで、もっとも辛《つら》い時期ではなかったろうか。

綾子にはもとより、いちの苦労が判るはずもないが、それは自分が未経験のためというよりは、このひとの口からはこのとき以外、愚痴らしい愚痴を聞いたことがなかったし、またお種さんのいう、「六つの年から貼板担いで走る」姿が、いかにも似合っているというふうに受取っていたところがある。

姑が丈夫で病知らずだということは、いまひたすら働くのを目指している綾子にと

ってはこの上なく頼もしく、また、その道の先達であるのも都合のいいことではあった。

いちのすすめに従って芋飴《いもあめ》を焚《た》き、いまそれを売りに出ようとする綾子に、姑としては、

「商いは牛のよだれ、というぞね。これが肝心。気長《などう》してね」

と心得をいい、そして、

「行き先は三つ石の私の里でも、佐代の家でもよかろ。あそこら辺は紙漉きさんが働きよるきに、声をかけてごらんや」

と行先まで教えてくれた。

足もとは引揚者特別配給でもらったズック、着るものは佐代のお古を仕立てなおしたもんぺ、今日ばかりは背中に美耶を負わずともよく、綾子は足取りも軽く、仁淀川大橋に向って歩いた。満州での塩豆売りは子供たちにすっかりお膳立《ぜんだ》てしてもらったのだったが、このたびは正真正銘、自分ひとりで働くのだと思うと心はずんでならなかった。

こんなとき綾子は、原料の芋が無料だということや、美耶を姑に見てもらっていることなどすっかり忘れており、生れて初めて行商に出る興奮で口笛でも吹きたい思い

になっているのであった。

やがて大橋を渡り、三つ石村との分岐点まで来たとき、しばらく考えて綾子は、今日はおばちゃん家《く》にしよう、と思った。

佐代を頼ってゆけば紙漉きさんを紹介してくれるにちがいない、と考えたからだが、田圃《たんぼ》のなかの小道を通って訪ねて行った佐代の家では、耳の遠い老父が坪庭で日向《ひなた》ぼっこをしているばかり、仕方なく人に尋ね尋ねして紙漉き業者が軒を並べている通りをさがして行った。

昭和二十一年秋の時期では、まだ手漉きは盛業というには至らず、どこの家でも庭に紙の貼板は干してあるものの、人影は二人か三人、ひっそりとした様子であった。

綾子は軒下で元気いっぱい、

「ごめん下さあい。こんにちはあ」

と声を挙げ、出て来たひとに、

「芋飴要りませんか。うんと美味《おい》しいですが」

と手提袋のなかから飴を取り出してみせようとすると、見もせず手を振られ、

「要らん、要らん。お通り」

と遍路に喜捨を断るときのように、すぐ内に引っ込んでしまった。

これはどこの家でも同じで、

「どりゃ、見せてみいや」

とのぞき込んだのは一軒だけ、しかし黄粉がべとべとくっついた飴のかけらを見ただけで、

「止《や》めちょこ。うまそうにない」

とすぐ背を向けてしまった。

初めは、満州時代を思い浮べて自分に拍車をかけていた綾子も、七、八軒つづけざまに門前払いを食わされるとさすがに気が萎《な》えて来、みんな甘いものに飢えちょるのに、なんで買わんかなあ、と首をかしげざるを得なくなり、そのうち、飴の出来が悪いからや、と自分を責めたくなってくる。

こんなとき、思い切りのよいのが綾子の気質であって、

「止めた。もう帰ろう」

と踵《きびす》を返そうとした。

しかし天を仰げばまだ陽《ひ》は高い。いま家に帰ればいちが目を丸くして、

「商いは牛のよだれ、とあれほどいうたろうがね。こんなに早仕舞してどうする」

と詰問《きつもん》するのは読めており、足はしぜんにもう一度佐代の家のほうに向いたものの、

行きの昂揚《こうよう》した気分はすっかり失《う》せている。仕方なし田圃のなかの道をあてもなく辿《たど》っているうち、道は三つ石との分岐点に来ていたが、綾子はもう、いちの里へ行こうとは思わなかった。

バス道から外《そ》れて堤防に上ると、稀《まれ》に鍬《くわ》を担いだ人が通るのもかまわず、草の上に腰をおろして足を投げ出し、実は行きの道からそうしたかった行為を綾子は自分に許した。

それは手提袋のなかの芋飴を心ゆくばかり食べることであって、家では姑の目があり、行き道では大切な商品だったものが、悉《ことごと》く客にそっぽ向かれてしまうと、これはもうどれだけでも自分のおなかに納めてもいいように思えたのだった。

おかしな理屈だが、子供のころから甘いものが並外れて好きな綾子は、自分でも気付かぬうち、最初から芋飴の甘さに誘惑されていたのかもしれなかった。

飴を入れてある箱のなかからかけらを指でつまみ上げ、箱のへりで叩《たた》いて黄粉を落してから口に入れると、これを焚きあげるまで何度も味見をしたにもかかわらず、綾子の舌は小躍りして喜び、何やら安堵《あんど》に似た思いが胸のうちに拡《ひろ》がってくるのを覚えた。

飴を口に入れて、いつまでも舐《な》めているのは気質おだやかなひと、パリパリと噛《か》んでしまうのは短気者、と聞いているが、甘いものに飢えた戦時中は飴玉どころか、一つまみの砂糖でさえも長いあいだ舌の上に遊ばせて惜しんでいたものであった。そんなことを思い出しながら、いま綾子は自分の焚いた芋飴を、誰に何の斟酌《しんしゃく》も要らず音を立てて嚙み砕き、その甘い汁を吞《の》み込みながら、ああおいしい、と思った。

眼下に流れる仁淀川、その青い帯と白い河原の向うには、蛇行する川の形に沿って緑濃い藪《やぶ》と堤防が視野のなかにあり、いま綾子の腰をおろしている位置の真向いから少々上手の辺りが自分の家か、とおぼしい。

空を仰ぐと一筋、刷毛《はけ》で刷いたような白い雲が向う岸へかかっており、それが時々刻々、水のなかの綿のように溶けてはまた流れてゆくのを見ているうち、一個も飴の売れなかった気落ちも一緒に消え去ってゆくような感じがあった。

思い切りよく立上り、もんぺの埃《ほこ》りをはたきながら、久しぶりの満語で、

「没法子《メイファーズ》（仕方ない）」

と呟《つぶや》くとさらにもう一つ飴を口に入れ、今度はゆっくりとそれを舌の上で転ばせながら歩き出した。

元来くよくよと思いわずらうたちではないが、ただ一つ気がかりはいちに責められること、しかしそれも、買ってくれる相手がなければいたしかたない、と気持を据え

ざるを得なかった。が、家が近づくにつれ足も重くなってくるのは当然の話、それに美耶もようやく馴《な》れたとはいえ、祖母より母親がいいに決まっている。ひょっとしてむずかってでもいればこちらはいっそう分が悪くなる、と胸のうちおだやかではなかったが、案外美耶は上機嫌でいちにおぶわれ、二人で門の前に立って綾子の帰りを待ちわびているふうであった。

小走りに駆け寄る綾子に、いちは、

「早う美耶を代わってや。要ひとりで沖の畑の芋を掘りよるきに、帰りの坂を押し上げてやらにゃあ」

と背中の美耶を渡し、その足で大急ぎで畑の方向へと遠ざかって行った。

綾子は拍子抜けし、美耶を抱いて釜屋《かまや》へ入ると、火鉢の前の道太郎はさすがに孫嫁の初商いが気になるのか、

「どうじゃったぞ、飴は」

と相変らず義歯の具合の悪そうな声で聞いた。

姑と違って祖父に向うのは気楽なところがあり、綾子はあけすけに、

「お祖父《じい》さん、ひとつも売れませんでしたあ。誰も買《こ》うてくれん」

というと、道太郎はいかにも可笑《おか》しそうに咽喉《のど》の奥を鳴らせて笑い、

「そうか、そうか」

とうなずいただけで何もいわず、なお小さな声で笑い続けた。

これはいちも同じで、その夜、綾子から、

「全然いかん、誰も見向いてもくれませんでした」

と報告すると、目を小さくして笑い、

「まあそんなもんよ。最初から素人《しろうと》が儲《もう》けたら商売人は困る。そのうち売りもんが好きになるわね」

と慰めてくれたが、のちのいちの働き振りを見ていると、このとき姑《しゅうとめ》は、町から来た嫁に何が出来る、という自負いっぱいの思いがあったに違いなかった。

綾子には耳馴れない売りもん、という言葉は、字のとおり、農家の女たちが小遣い稼ぎのために畑の野菜をリヤカーに積み、近郷へと売りに行くのを指すのだが、いちはこの売りもんの達人で、綾子はさまざま見習うことになるのであった。

その日、「状が来ちょったよ」と道太郎から渡された葉書は兄健太郎からのもので、岩伍によく似た達筆の文字は、おふくろがもとの場所に開店しました、暇をみつけて一度見に行ってやって下さい、という知らせであった。

綾子はそれを要にだけ見せて誘ったが、やはり一緒に行くとはいわず、いちの手前、日帰りで岩伍のもとへ行ってくると告げて、翌日高知へと向った。

引揚げて来て以来、綾子の高知通いはまことにひんぱんで、三日にあげず、の言葉どおり、何かといえばあの山小屋の岩伍のもとを訪ねている。実家の居心地のよさに引かれてのことだが、他にいえば、町の灯のなつかしさも町生れの綾子にとって大きな魅力だったのではなかろうか。

岩伍の死後、残されたその日記をめくったとき、至るところに「本日、綾子来る」、「綾子、美耶と共に泊る」の文字があり、数えてみれば十月は五回、十一月は四回もの記述があった。

姑にも聞かされているとおり、農家から農家へと嫁いだ娘が天下晴れて実家に帰ることが出来るのは、慶弔事以外に秋の神祭と旧正月くらいのもの、それだけに、すぐ高知へと飛び出してゆく綾子を見ていて、いちはさぞかし腹に据えかねる思いではあったろうし、要も内心、困ったもんだ、と考え込んでいたに違いなかった。

しかし二人とも綾子に向っては何もいわず、それはまだ九月から始まったばかりの新しい五人家族のなかで、お互いどうやって過し合ってゆくか、手さぐりの段階であったからかもしれなかった。

それに、村中を見渡しても高知の町から来た嫁はどこにもいないだけに、こんなにたびたび実家に帰ることも、仕方ないこと、とあきらめているところもあったかと思える。

いちはときたま、皮肉まじりに、

「まあようもすいすいと高知まで行くことよ。私らにとっては、高知は遠うて、めったには行きとうないが」

というのへ、人の言葉の裏など考えたこともない綾子は明るく、

「あらお母さん、高知は近いもんじゃないですか。いずれは荒倉峠もトンネルが抜けてもっと近うなるし」

「嫌じゃよ、あたしゃ。バスは酔うきに乗りとうはない。遠うても伊野まで歩いたほうがええ」

「いやあ、すぐ馴れますよ。バスは早いしねえ」

と屈託なかった。

もとの場所にもとどおりの家、という喜和の店は、両隣とも以前と同じく復興しており、北隣は染物屋、南隣は運動具店、という昔見馴れた三軒のその店構えを、綾子は表に立ってしばらく眺めた。高知の町も、訪れるたび少しずつきれいになっていて、道路のゴミの山も無くなってゆくが、建築はいずれも急造のもので、喜和の家を含め

てこの近辺も皆、屋根は杉皮葺《ぶ》きであった。

それでも入口には昔乍《なが》らの八幡《やはたや》家、と染抜いた紺のれんを垂らしてあり、これも以前どおり隣の角を曲れば裏口から入れるような構造になっているが、綾子は今日は表から暖簾《のれん》を分けて入って行った。

店内は以前より一まわり狭くなっている感じで、テーブルに椅子《いす》席が五つと、帳場のあった座敷は三帖《じょう》の小間ひとつ、そして裏はやはり水仕場になっている。

ちょうど客が立てこんでおり、白いエプロンの喜和は食べものを運んだり、金勘定をしたりでものをいう間もなく、やっと一段落したあとで、

「やっぱり忙しいほうがええ。さて美耶は何を食べるぞね」

とガラス張りの陳列棚を指さしてくれた。

客が自由に取りやすいように、そこには皿に盛った稲荷《いなり》ずし巻ずし五目ずし、おはぎきんつば、こんがり焼いた焼魚、菜のおひたし、高野豆腐の煮付け、ともう綾子がここ四、五年、見たことも口に入れたこともない好物がずらり並べられている。

「わあーすごい、全部食べたーい」

と喜ぶ綾子に、

「困った親じゃこと。自分よりもさきに美耶に食べさせせんかね」

と喜和は笑いながらいくつか選んですすめてくれた。

こんなに多くの品数を、お母さんひとりで？　という綾子の疑問に喜和は、いまはヤミ屋という便利な人たちがいて、統制の目をかいくぐり、スマシという酒はゴムの氷枕《まくら》に入れて腹に巻きつけ、米はやはりリュックだが手入れのない日を調べて運び、菓子類は大きめのバッグに入れてそれぞれ運んで来てくれるという。

終戦まえ、八幡家で働いていた三人は、いまはもう散り散りで消息も知れないが、暖簾を掲げていればまた戻ってくる可能性もあり、それまではヤミの運び屋に頼って何とか一人でやれないことはないと喜和はいう。

喜和は四十歳を過ぎたころ、子宮筋腫《きんしゅ》の大手術をして生死の境をさまよって以来、貧血に悩まされていたが、富田家を離縁され、この八幡家を始めるころからめきめきと丈夫になった、と本人もいい、周囲もそう見ていたものの、しかしいま、世情なお不安のこの繁華街で、夜も一人で過すのは多少なりとも心配は残る。

小学生のころから病身の喜和のもとで過してきた綾子はそれが気掛かりで、

「夜なかに胸のドキドキはもうせんようになったの？」

と聞くと、喜和は明るく、

「せんこともないが、気にしたら果てがないからねえ。

昨夜も、まだ宵《よい》のうちじゃった。天井から蜘蛛《くも》が糸引いて目の前に下りてきよる。この蜘蛛が畳へついたら、私の心臓が止まるのやないかと思うたら冷や汗が噴き出てね」

という話をしたが、それは中味とは裏腹に、後に残らないようなからりとした響きだったので、綾子はアハハ、と笑い、

「お母さんも兄さんの癖が伝染《うつ》ったんじゃない？　思い過ごしよ」

と聞き捨ててしまった。

水商売の人間は何につけひどく縁起を担《かつ》ぎ、朝の蜘蛛は神の使いだから仇《かたき》に似ていても殺すな、夜の蜘蛛は悪魔の使いだから親に似ていても殺せ、などといい慣わしているが、それと関わりなく、健太郎は蜘蛛が大嫌いで、たとえ小さなものでも便所などにいれば、すぐ飛び出してくる、とみんなで囃《はや》したものであった。

いま喜和がいったのは、迷信の話でも健太郎の癖でもなく、心臓の変調を訴えたものだったが、それをすぐ理解する力は綾子にはまだ無く、その場限りの話として気にも止めなかった。

それよりも、綾子がこの場所で暮したのは小学六年の十二月から翌年一月末までの二ヶ月で、この年月、自分の運命の明日をも知れない不安に怯《おび》え続けたことを、いま

はたまらなくなつかしく思い出しているのであった。

喜和が富田を去るとき、綾子は岩伍に逆らってこの八幡家へついて来たものの、生活の激変と、間近に迫った女学校の入試にどう立向ったものか、子供ながらに困り入り、頼りなく淋しい明け暮れだったのを思い出す。

八幡家の二階で一人机に向っていても、階下や往来の騒音に少しも身が入らず、所在なさに窓を明ければ目の前はネオンの明滅する盛り場で、泥酔者の大放声が遠慮なく飛び込んでくる。

そんな記憶を蘇《よみがえ》らせつつ、その夜、綾子は喜和に美耶を預け、近くの通りを歩いてみた。

まだバラックばかりで昔のようなネオンはないが、どの店も間口いっぱい、路上にまで灯《あか》りを撒《ま》いていて、それは戦争中のあの強制された燈火管制から解放された喜びを、街全体でせい一杯、表現しているのだと綾子には見えた。

目抜き通りの帯屋町京町種崎町など、もとの店の一軒一軒よく憶《おぼ》えており、あ、ここは前の通りや、ここは別のお店になっちょる、とうなずきながら歩きつつ、綾子は桑島村の自分たちの住居を思い浮べた。

つい先ごろ移った納屋《いなや》の二階には、手もとも定かに見えぬ五燭《しょく》の電燈が引かれてあり、これでは新聞も読めないので、村の雑貨屋で四十Wの電球を買って来てつけ替えた。

するど翌晩、近所の寄り合いに出ていたいちが息せき切って帰って来、階段の下から、

「あんたら、何ということをしよる。

三好の納屋の二階は毎晩、昼より明るい電気を点《つ》けちょるが、豪勢なお客でもしよるかよ、といわれ、私しゃえらい恥を掻《か》いた。これほど明るい電気なら一里四方まで見え渡るよ。

早う消して、消して。みっともない」

と怒鳴られ、綾子はあわててスイッチをひねってしまった。

とたんに美耶が泣き出し、それを宥《なだ》めながら真っ暗闇《くらやみ》のなかでもとの五燭電球を捜すまでのイライラを思い起すと、ことはまるで別世界のような感じがある。

田舎の夜は、夜なべといっては藁《わら》仕事か粉挽《こなひ》きか、字を読むこともないままどこの家の内も暗く、街燈のひとつもないだけに道はいっそう暗い。月も星もない夜、もらい風呂《ぶろ》に行くとき綾子は一度、危く川に落ちそうになり、「懐中電燈を」というといちに一蹴《いっしゅう》され、「ここら辺のひとはそんなことはせん」と「人並み」をいう人だけに、

綾子は二度とはいい出せなかった。

いま、全身光を浴びつつゆっくり町の中を歩いていると、綾子はすっかりいい気分になり、ふっと、引揚げ以来、自分がひんぱんに実家を訪れるのは親許《もと》の居心地のよさもさることながら、しんじつ恋しいのはこの町の灯りと賑《にぎ》わいではないか、と思った。

あの不気味な田舎の闇は自分にはそぐわぬ、生れた町のこの煌々《こうこう》たる灯りこそ自分に似合っている、と思うと、ほんの一瞬ではあるが、このままもう桑島村へは帰らないでいようか、という誘惑があった。

が、綾子の思いはすぐ美耶にひきもどされ、喜和がひとりで困っていはしないかと考えると、足はしぜんにもとの道に引返すのであった。

喜和の店は、まだまだ物資不足の折柄、八幡家へゆけば昔ながらのものが食べられる、と目指す客でよく繁昌《はんじょう》し、繁昌すれば精も出るらしく、生き生きと働く喜和を見ていればあの蜘蛛の糸の心臓不安は、綾子もすっかり忘れ去っているのであった。

こんな喜和の様子を、山小屋の岩伍はたぶん健太郎の口から聞いて、かなり詳しく知っていたらしい。綾子自身は、岩伍とのあいだで互いに喜和のきの字も口にしたことはなく、それは照に対する気兼ねの他に、綾子が「中の橋のお母さん」の話でもしようものなら、いまなお岩伍の胸中にたちまち暗雲拡《ひろ》がる気配を、綾子は察しているからでもあった。

岩伍は、綾子が生《な》さぬ仲の喜和とぴったり密着していることになおやみ難い思いを抱いていることは判《わか》っており、とくにいま、一方は手作りの小屋で煙草《たばこ》巻きの逼塞《ひっそく》生活、一方は繁華街の一等地にもとどおりの商いを再開、ともなれば、それを綾子の口から聞かされるのは屈辱この上ない思いであるくらいのことは綾子も容易に察しができるだけに、無理してもその話題は避けているところがある。

が、男の子と男親とは話も違うのか、健太郎はずっと以前から、照のまえで平然と「うちのおふくろ」の話をしており、このたびも八幡家を再開するいきさつをつぶさに報告しているらしかった。

そのことを綾子が確信したのは、桑島村上の恒例の神祭のときで、綾子が前以《もっ》て山小屋まで案内に出向き、

「来《きた》る十一月十二日、当村鎮守様の秋のご神祭ですきに、何もございませんがどうぞお揃《そろ》いでおいで下さいませ」

という口上を述べたのに対し、岩伍は、

「わしはもうよう行かん。桑島は遠い。代りに照をやることにする」

との返答で、こういう弱音を聞くと綾子はやはり父親の年齢を意識せざるを得なくなってしまう。

富田の家は、岩伍が常日頃、

「我が家は先祖代々、郷には親戚《しんせき》が一軒もない」

といっているように、昔からずっと縁組は町同士で、身内の慶弔には人力車以外乗物など使わなかったのがおかしな自慢だったが、このたびの綾子の結婚でそれは敢《あ》えなくかき消えてしまい、岩伍の人生では後半かけて思いがけなく桑島村という郷との付き合いが始まることになってしまった。若い父親ならば遠路ものともせず、一人娘の嫁ぎ先に駆けつけるであろうが、いまの岩伍にとっては大儀過ぎ、美耶の生れたときも照を寄越していたから、綾子はべつに失望もせず、

「そんならお父さん、お土産をお母さんにどっさり言付《ことづ》けてあげるからね」

と約束してあった。

岩伍よりは二十も年下の照は、暮し万端が窮屈になってのちは富田家の主戦力となっており、以前にも増して身を粉にして家のために働いているのであった。

綾子はただ、照に母親役を頼んだ場合、このひとのものごし、挨拶《あいさつ》の仕方、言葉遣いなど、がさつ者の綾子から見ても少々気恥ずかしくなるようなものがあるだけに、

大ぜい村人の集る神祭には顔を出して欲しくないような気持もないではない。しかしながら、子供のころから綾子は、弁《わきま》えとしてこのひとを非難するのは酷《むご》いことだと考えており、それに岩伍の体力が衰えれば、誰であれ母親役のひとがいなければ三好の家につけても肩身が狭かった。

当日、このひともバスに酔うたちで、百笑《どめき》でバスを下りたのち、真っ青な顔をしてしばらく待合所で休んでいたらしいが、義理は務めねばならず、長道を懸命に歩いて三好家にやって来た。

綾子は三好家の人となってのち、自分が釜屋《かまや》を受け持つ客宴はこれがはじめてだけに、前日からいちに聞いて料理を決めたのち、倉に入って皿鉢《さわち》、物据え、徳利《とっくり》、盃台、お手塩《てしょ》を取出し、滅多に掃除しない表座敷も拭《ふ》き清めた。

その日、暗いうちから要が自転車を漕《こ》いで浜へ魚を買いにゆき、やがて、魚とともに氷を詰めた木箱からぼとぼと滴《しずく》を垂らせながら戻るのを待ち兼ねていてそれを料理する。お定まりの鰹《かつお》の刺身、庭で藁火を燃やして作るたたき、鯖《さば》の姿ずし、他には組み物という一枚の皿鉢に奇数の品の盛合わせには間に葉蘭を敷いて巻ずし、高野豆腐の煮付け、水ようかん、芋の天ぷら、剝《む》きまんじゅう、たたきごぼう、数あわせにはみかんの切ったのもつけてどれも山型に盛り上げる。

どの料理も店の出来合いを買ったものは一つもなく、全部自家製なので、要が魚を捌《さば》くそばではいちがごぼうを切っており、すしと甘いものの得意な綾子はすし飯を作ったり、あんこを作ったりの大活躍だが、やがてそれも昼近くにはほぼ出来上がる。

こんな皿鉢がざっと二十枚、どれにもふわりと新聞紙を被《かぶ》せて釜屋の隅に並べておく。いまどき、これだけの豪勢な品が揃うのも食糧を持つ農村ならではのこと、米か麦かを持参しなければ雑魚《ざこ》の一匹分けてはもらえぬ実状を考えれば、綾子はこれらの全部を父親に食べさせてあげたいなどと強く思った。

そのうち、鎮守の森からは神輿《みこし》渡御の太鼓が村中に響きはじめ、それを聞くといちは綾子に、

「早う支度しいや」

と催促する。

そのころ、本日の客となる照も到着、先に来ていた佐代や、道太郎の娘で亡《な》き友義の姉にあたるひと、いちの実家の弟嫁などと挨拶を交わし、佐代から贈られた晴着を着た綾子とともに、門前を通って仁淀川原へと向う神輿のあとにぞろぞろと従う。

川原での神楽《かぐら》は、格別面白くも何ともないが、これを見物しながら久しぶりに会う知人と話を交わす楽しみもあるらしく、そこここでいかにも懐《なつか》しげな声が聞えてくる

なかで、綾子はいくたりかの人に、

「まあお前《ま》さんは三好の嫁さんじゃねえ。遠いところから皆さん息災でお帰りになったとねえ。お姑《かあ》さんも何ぼかお喜びじゃあろ」

という懇《ねんご》ろな言葉をかけられた。

そういわれると綾子は、誰かに肩を揺すられたような感じがして、改めてこの白い川原に立っている自分の姿に目を当てた。桑島村にも外地に赴いて戦ったひとはそここに居《お》り、げんに三好よりは少し川上の島山家では、関東軍として満州に出征した一人息子はいまだ消息が判ってはおらぬ。

綾子たちが戻った日の夜、島山家の母親が早速に訪れてきて、息子の噂《うわさ》でも聞かなかったか、とたずねられたが、終戦前、満州にはもはや一人の関東軍もいなかったという、当てにならぬ風聞をそのまま伝えただけで、この母親の気持を慰めることはできなかった。

すごすごと帰ってゆく母親の胸のうちには、さぞかし要たち三人を羨《うらや》ましくも思い、また我が子の無事を祈る気持も一入《ひとしお》強かったことであろうと考えれば、いまさらの如《ごと》く、幼な子まで連れて三人無傷で戻れた自分たちの運の良さに感謝しないではいられなかった。

しかも、引揚者のほとんどが、戻りついても自分の家もない状況のなかで、その夜からもとの家のもとの座に納まり、わずかながらでも所有の土地を耕せば食べてもゆかれるし、嫁の自分も、こうして人並みに晴着を着て村の集りにも出ていられる、それを思えば綾子はいま、天の光り、川の瀬音、神楽の囃子《はやし》、人のざわめきすべてが、生きてある自分を祝福してくれているような、そんな充足感があった。

それは、ただ働きたい、働かねばならぬという個人的な目標だけでなく、首尾よく生きて戻れた人間がこれから背負ってゆかねばならぬ、抜き難い一つの使命に似た思いではなかったろうか。

川原での神楽はまもなく終り、見物客はまた前後しながらそれぞれの家に戻って行ったが、その道すがら、照のいうことに、

「うちもねえ。今年いっぱいくらいで山を下りることにしよる」

という言葉があった。

「いつまでも居食《いぐ》いはできんからね。貯金の封鎖も解けるし、お金のあるうち小さい家でも買うて商売でも始めようか、とお父さんがいいよる」

「商売？　どんな？」

「そうやねえ。お父さんはもう弱ってしもうて、これといった仕事もできんから、まあ私がうどん屋でもしたらどうかと思いよるけんど」

「うどん屋？」

と聞き返した綾子の頭を咄嗟《とっさ》に過《よぎ》っていったのは、岩伍は喜和の真似《まね》をしている、ということであった。

喜和の店はまだ一度しか訪れてはいないが、時分《じぶん》どきもあってよく客が入っていたし、何より戦前からの暖簾《のれん》がものをいって常連が多い。その繁昌の様子を、岩伍は健太郎の口から聞いたに違いないと綾子は思った。

小商いなどしたこともない岩伍が、これも未経験の照とともにうどん屋を、という話は綾子が途端に動悸《どうき》をおぼえるほどの驚きだったが、いつもの習慣で綾子は照に何もいわなかった。

「そう？　それで場所はもとの朝倉町？」

「いやあそこは商売には向かんと。もっと賑やかなところをいま捜してもらいよる」

「そう？　ええ場所が見つかるとええのにねえ」

といった辺りで家に戻りつき、家に戻ればすぐエプロン姿で客をもてなす側に廻らねばならなかった。

帰りは、「バスはもう嫌」と照はいい、そんなら伊野までの長道にその表つきの下《げ》駄《た》では歯を欠いてしまう、これ履いて帰って、といちも綾子もともどもいい、さし出したこちらのふだん履きの下駄で、照は土産の折をぶら下げて戻って行った。

宴終り、客は今夜は泊る、という佐代一人になったとき、さきほどからの驚きを胸に包み切れなくなった綾子がとうとう、岩伍のうどん屋の話を皆に打明けたところ、案に相違して誰も驚かなかった。

「お父さんも、山小屋ではご不自由じゃろきにねえ」

というのが佐代で、いちは、

「そりゃええ考えじゃこと。素人《しろうと》には食いもの商売がいちばん向いちょるというよ」

と歓迎の意向で、要は要で、

「お父さんのことじゃもの、必ず成功するに決まっちょる。何ぞ手伝うことがあったら俺にもいいつけてもらいたいが」

という反応であった。

綾子はいままでも、岩伍の紹介業という職業が自分の人生を狭めたと怨《うら》んでいるほどの嫌悪《けんお》感を抱いているが、さりとて、客に揉《も》み手しながらうどんを売る姿については、やはりかなりの抵抗がある。

それならばいっそ、人に顔をさらすことのない煙草《たばこ》巻きの内職のほうがはるかにましではないかとこだわり続けたが、それは引揚げの際、なりふり構わず働く、と決意して帰国した自分の考えとはかなり矛盾していることに気がつかなかった。

いまは日本全国、もとの仕事が何であろうと、法の網をかいくぐってヤミ屋、担《かつ》ぎ屋をする人が増えており、それも「食う為《ため》」とあらば大目に見てもらえるいまの世情を、綾子も十分に承知していながら、話が父親のこととなると、急に納得し兼ねるのであった。

それに一点、拘泥《こだわ》るのは、かつて離別した妻が、捨身で取り付いたうどん屋という商いを見て、成功しているから真似てみようと思いついたからではないかという疑いであって、もしそうだとすると、綾子は父親の安易さをなじりたくなる。

しかし現実には、昔のように正面切って父を難詰《なんきつ》することはなく、当りまえに振舞いつつ相変らず山小屋を訪れており、この態度が唯一《ゆいいつ》、綾子の成長といえるものだったろうか。

そろそろ寒さの始まったある晩、いちが少し改まって、

「あんたら二人に話がある」

といい、卓袱台《ちゃぶだい》の前に坐《すわ》った。

いちは少し気負っていて、心なしか声がふるえており、綾子たちが坐るやすぐに、

「今日からね、家の財布を一切あんたらに渡すことにしたからね。そのつもりでこれからは家のこと全部、二人でやってつかされ」

といい渡した。

綾子には咄嗟にその意味が判《わか》らず、要の顔を窺《うかが》うと、要は至極当りまえのようにそれをうなずいて聞いており、

「それはええが。あんたはよ？」

といちに向ってたずねると、いちはほっとした笑顔になって、

「私はええ。何でもして働くきに心配要らん」

と受け、そしてかたわらの蠅入《はえい》らずの引出しを指して、

「家の要用《いりよう》はこの箱のなかから取出して使いや。大きなお金は農協の通帳にある」

と告げた。

綾子の、金銭に対するうとさはかなりのもので、このときも二人の会話は皆目理解出来なかったが、実のところはこの五、六日まえ、三好家の持つ耕地の半分以上が不在地主から譲渡されるということがあった。これはGHQによる農地改革政策の一端で、農地は、実際に耕作に当っている人の権利が大きく認められ、地主は小作に極め

て安い価格で売り渡さねばならなかった。

この改革で日本の地主の殆《ほとん》どは大きな打撃を受け、上田《じようでん》一反の値が子供のパンツ一枚分にも足りなかったという話もあるほどだったが、小作のほうからいえば、長いあいだの桎梏《しつこく》から解き放たれ、晴れて我が持物となったという革命的な出来ごとだったのである。

いちは、ほんの涙金で譲り受けた土地の名義を、この際、自前のものと合わせて全部要の所有としたが、これが若い者に「財布を渡す」直接のきっかけとなったのではなかったろうか。

桑島村上を含む吾南平野は、肥沃《ひよく》な土地、温暖の気候に恵まれ、一年中を通じて作物がよくとれる故《ゆえ》に土佐のデンマークともいわれている。それだけに富裕農家が多く、一町以上もの耕地を持てば当然人手も必要で、どこの家でも三夫婦同居というかたちは珍しくなかった。

大家族ともなれば暮しかたにもしぜん秩序というものがあり、その陣頭指揮は家長たるお父さんで、このひとがしっかりと一家の財布を握っている。

お母さんといえども、お父さんから金をもらわなくては家の帚《ほうき》一本買うことはできず、まして若い嫁など口紅ひとつにさえ不自由して、実家へ泣きついて用を足してもらうのだという。いちの話では、賢い嫁は家の畑のものには手をつけられないので、誰も通らない田のあぜに野菜の種を撒《ま》き、そこで育ったものを売って自分の小遣いに当てるのだそうであった。

こんななかで育ったいちは、どこの家でも一旦《いったん》握った財布を家長が年老いてもなかなか離さず、そのために家の内がもめる噂をずい分たくさん耳にしていたと思われる。それだけに、自分は早々と、きれいさっぱり息子夫婦に代を譲ろうと決めていたのではないかと考えられるし、折よく農地改革で要も腰を落ちつけて農業に精を出すという見通しも立ったこともあったろう。

このとき、いちは四十六、七歳あたりではなかったろうか。

こんなゆくたての全く判らない綾子には、この夜のいちの興奮気味の様子もまるで呑《の》み込めず、ただぽかんと聞いていただけだった。が、こういう話はどこからか洩《も》れるものと見えて、二、三日後、お種さんが中敷《ちゅうしき》の障子から顔を出して、

「姐《ねえ》さんよ」

と綾子を呼び、

「あんた、お母さんと何ぞあったが？」

と聞いた。

怪訝《けげん》な顔をする綾子に、

「ここら辺りじゃ聞いたこともないよ。四十代で子に財布を渡すという話は」

といい、それは言外に、あんたら若夫婦は後家の母親を追い詰めて財布を取り上げたのじゃないかね、という非難めいた響きがあったが、それすら綾子は察することができなかった。

それでも夜、納屋《いなや》の二階の部屋でくつろいだ時間、要に話したところ、要は、

「大げさな」

と一蹴《いっしゅう》し、

「それは大家の話よ。うちらのような小百姓に親から譲ってもらうほどの金がどこにある。

蠅入らずの引出しにもいくらも入っておりやせんし、農協の通帳もゼロのほうが多いと思うよ。うちは米は売るほどないきに、通帳へ入りようもない」

と説明してくれたが、それを聞いて綾子は不安を感じたわけでもなかったし、逆に安堵《あんど》したというわけでもなかった。

このころ、綾子は自分の小遣いをいったいどこから得ていたろうか、と振返って不思議に思う。

農地から上がるものはほとんど家の用ばかり、ときどき仲買人がやって来て、これだけは少し余っている甘藷《かんしょ》や裸麦を庭先で売り渡したとき、蝿入らずの引出しには小銭が入るが、ひょっとするとそれらは全部、綾子の高知行きの電車賃に使われていたのかもしれなかった。

満州で、あの地獄のような難民生活を経て来ていても、綾子の金銭感覚の無頓着《むとんちゃく》さは一向になおってはおらず、その金が夫と姑《しゅうとめ》が額に汗して得たものであろうとなかろうと、べつに斟酌《しんしゃく》などしはしなかった。

それでも自分の手で金を得たいという望みはずっと持ち続けており、芋飴もあのあと、二回ほどまた焚《た》いて、同じように売りに行ったが、買ってくれた人の顔かたちから言葉まで、のちのちずっと忘れられなかったほどの数しか、売れはしなかった。

芋飴の次は、お種さんの提案で、「蒟蒻《こんにゃく》炊いて売ろ」の誘いに乗り、お種さんが安く仕入れて来た蒟蒻芋をふかし、納屋の隅の石臼《いしうす》で搗《つ》いたが、臼のなかで芋はずるずると逃げ回り、その労力は一通りでなかった。

もっとも綾子が杵《きね》持つ番のときは要が肩代わりしてくれたし、混り気なしの蒟蒻は近間だけですぐ売り切れたが、お種さんは、

「蒟蒻はしんどが儲け、というがほんまじゃ」

と弱音を上げ、これは二度と手を染めなかった。

ただいま田畑は芋掘りと麦播《ま》きくらい、一年中で比較的暇な時期だが、こんなときのいちの過しかたを見ていると、一日たりとも無駄にしないのに綾子は目を見張ってしまう。

ある朝、納屋の下からいちの呼声があって要が下りてゆくと、

「倉の中に機《はた》があるきに、それ出して来て中敷へ据えてや」

とのこと、やがていちと二人で持ち出してきた機織り機は、一旦《いったん》坪庭に出して埃《ほこ》りをはたいた上で、丁寧に拭《ふ》き磨かなければ木目も見えぬほどの古いものであった。見た目もまことに単純な組み立てであって、こんなもので布が織れるものだろうか、と珍らしげに眺めている綾子に、いちは雑巾《ぞうきん》を使いながら、

「これはどうも、あんたらのひばあさんに当る人の持物じゃねえ。私がこの家へ来てからは、誰も機は織りはせざったきにね」

といい、とすると、いまの道太郎の母親の嫁入道具というわけになり、ざっと数えても百年以上も昔のものということになる。

「そんな古いもの、もう毀《こわ》れちょるに決まっちょる。座敷へ上げても邪魔になるばっかりじゃ」

と要は反対したが、一旦思い立ったら後へ引かぬいちは息子の制止など聞かず、部品の足りない個所はあり合わせの腰紐《こしひも》などでつないで、それを中敷の窓際《まどぎわ》に据えてしまった。

機のことなどまるで判らない綾子などいちの相談相手にはならず、いちはそのあと、朝早い時間や夜なべのときを使ってどこかへ出かけてゆき、機の織りかたを習っているらしかった。

そのうち綛《かせ》売りの男もやって来て、初めは稽古《けいこ》織りに番手の太いものから、などとすすめながら母家《おもや》の縁側に腰かけて二十番手、三十番手などの生のままの綿糸を選んでいたが、代金は麦や芋で支払っていたのではなかろうか。

いちはこの木綿機《もめんばた》に熱中して、

「縦縞《たてじま》にしようか、格子縞《こうし》がええかね。それとも無地がええかもしれん」

と話題はしばらくそればかり、綾子は聞いて有難いことや、と思った。着るものとてろくにない嫁のために、姑は古い機を取出してきて習い、土いじりに馴染《なじ》んだ太い手で一枚一枚織ってくれるという。古い腰紐のそっちこっちにぶら下った機は外見も何だかちょっと可笑《おか》しいが、これからは自分も習ってみようと考えるのであった。

冬のやわらかな陽《ひ》ざしが坪庭いっぱいに充ちている風のない朝、綾子が糸巻の軸を押さえていると、梭《おさ》に通した木綿糸をいちが長く長く、庭の端から端まで伸ばし、もつれないよう、櫛《くし》で糸の目を揃《そろ》えながら、その軸を巻き上げてゆく。

やがてそれを機の台に上げ、杼《ひ》に通した抜き糸を縦糸にくぐらせては梭で打ち込み、糸を一本一本織ってゆくのだが、仕掛けさえしてもらえば綾子も何とか織れるようになった。

買った綛糸を縦横使うのはもったいない、といちはいい、家中のどこに蔵《しま》ってあったのか籠《かご》いっぱいの苧《お》の切れ端を出してきて、わずか二センチか三センチの短いそれを夜なべに爪《つめ》つなぎにし、手間暇かけて長くしたものを横糸に使うのも、綾子は時折手伝った。

いちは根を詰め、電燈を引き寄せて毎晩夜なべにもいそしんだが、その成果はめざましく、腰紐を引っ張って修復したこの古い機織り機から、綾子たち親子三人の作業着から長着などつぎつぎ生まれ、綾子はそれを裁ったり縫ったり忙しかった。

ただ、綛糸は市販の小瓶入り「みやこ染め」の粉末を買ってきてのいちの手染めなので、たびたび水をくぐらなければならぬもんぺなどに仕立てると色は容赦なく落ちてしまう。

それでも「純綿」もののない時代だから、ごわごわしても丈夫な布なら有難く、それを着て山小屋を訪ねると、岩伍も照も体裁はいわず、

「何でも自給自足が出来るというのは大したもんじゃねえ」

といい、お母さんに感謝せないかん、とつけ加えるのを忘れなかった。

たしかに、この時代田舎といえども木綿機を織る家はもはや無く、とんからり、とんからりの音を聞きつけてのぞきに来る人もあっただけに、外地から裸で戻った嫁のために機を織る姑、というのはひとつの美談ではなかったろうか。

いちはまた、財布を譲って身軽になったせいか、これまでにも増してよく働くようになり、人手の足りない家の手伝いはむろん、暗いうちに起きて伊野、高岡の町へリヤカーを引いて売り物にも行くのであった。

このリヤカーは、時節柄、ゴム輪も無くて金輪のままの引き難い代物《しろもの》だが、いちはこれに、家の余り物、つまり漬物桶《おけ》の底の古たくあんや干芋、ひとり生えのげんのしょうこやせんぶりまで積み込んで売ってくる。

ときには遠い村の、葱《ねぎ》畑を作物そのままで買い、リヤカーを引いていって畑の中で葱を引き、小売り用の束をこしらえ、これを町に運んで売るという、大胆な商いまでもやれるひとであった。

いちはこうして家の金には手をつけずに自分の小遣いを作り、その金で、よく裁ち縫いする綾子のためにミシンまで買ってくれたが、財布を握っているはずの要たちのほうが貧乏で、綾子は年中金がなかった。

こんななかにいて、綾子が少しずつ目覚めてくるのは日本の国の変りようであって、それは生れたときから軍国教育を受けつつ育った少女には、何を見ても胸にずしんとくるような驚きであった。

農村ではさしたる変化は見えないが、山小屋を訪れるたびに通りすぎてゆく町の本屋には、綾子が今まで見たこともない「世界」「展望」「群像」など、薄く紙質も悪い雑誌が積まれてあり、手に取ってめくると、綾子など取りつくしまもないような難解な言葉の並んだのが見える。

そんな経験をするたび、はっきりしたかたちではないが自分は遅れている、この新しい世の中に取り残されている、というかすかな悲しみが胸を過《よぎ》ってゆくのであった。

先日も山小屋で、恒子が宿題をしながら口ずさんでいる〽可愛《かわい》い小さなスイートピー、スイートピー、という歌を聞いたとき綾子は愕然《がくぜん》とし、

「その歌、誰の歌？」

と聞くと、恒子はこともなげに、

「知らん。みんな歌いよる。ラジオでもやりよる。大流行や」

「歌《うと》うて」

というと、恒子は、

「何を思うか、祈るのか、

胸に手を当て、目を伏せて、

それで判《わか》った、それで判った

スイートピー、スイートピー」

と歌ってくれたが、たったこれだけのことが綾子には大きな衝撃であった。

まだ女学生気分の抜け切れない綾子が大好きなスイートピーの歌、ということもさることながら、一度聞けば覚えてしまうに違いない自分好みのこの歌を、綾子は全く知らなかったことの、いいようもないさびしさであった。

どうしたらいい、このままではただの田舎のひとになってしまう、何かしなくては、とそればかり繰返しながら桑島村へ帰って来たが、そのあと、綾子が行きついた結論は、英語の勉強をすることであった。

釜屋《かまや》に古いラジオはあり、すごい雑音だが結婚前の記憶ではたしか早朝に英語講座があるはず、勉強しておけば必ずよいことがあるにちがいないと思った。

いまは町に進駐軍があふれているし、その用には直接必要なくても、世界の共通語を身につけるのは一種の教養でもある。女学校時代は敵性語として英語の時間は少なかったし、その上赴任して来た男の教師は片っ端から軍隊に召集されて行き、綾子の英語力は初歩にも届かない程度であった。

一旦思いつくと綾子は救われた思いになり、勉強は是非とも要と共にしようと考え、それを打明けた。

すると要は生返事をし、

「英語ねえ、朝の六時くらいじゃったら、おふくろが釜屋で火を焚きよるろう？　そのわきで英語の勉強が出来るかねえ」

と逡巡《しゆんじゆん》するのへ、走り出したら止まらない綾子はそんな心配など歯牙《しが》にもかけず、

「真面目《まじめ》に勉強しようとするのに、お母さんが反対するわけないじゃない。もし機嫌が悪かったらラジオは要らん。テキストだけでもできるから」

と押し、要の困惑など全く考えなかった。

綾子はいそいそとＮＨＫの初級英語講座のテキストを買い込み、要の予想どおり朝飯の支度をしているいちのかたわらで、自分は卓袱《ちやぶ》台《だい》の前に坐り込み、ラジオに耳をくっつけながらアナウンサーの声をなぞった。

いちは最初は驚いて目を見張っていたが、綾子が前もって、

「お母さん、私明日からラジオで勉強するきに。かまいませんか」

との許しを乞《こ》うていた手前、言葉は発せず、ひとりで朝飯をすませて釜屋から出ていった。

おそらくいちは呆《あき》れ返り、どう対処していいか判らないまま座を外したと思われるし、たぶん要も、この場には居辛《いづら》いまま、外で立働いていたのではなかろうか。

姑は土間で朝餉《あさげ》の支度、嫁はラジオに齧《かじ》りついて英語の勉強という図は、この家はじまって以来の出来事にちがいなく、ゆっくりと起きて来た祖父が驚いて、

「何事ぞ、これは」

と声を挙げたのをみても判る。

綾子自身は一向に平気で、翌日も翌々日もずっと続けていたが、家中の誰からも、ついに止《や》めろ、という言葉はかからなかった。

これは、いく分の遠慮はあったにしろ、綾子はいまだに実家に在ったころの学生の気分をそのまま引きずっており、そのことにいささかの屈託もまた懸念《けねん》もないのにひきかえ、いちも要もその明るさに気押されていたというべきだったろう。この家の者は皆、町から来た嫁に対する扱いの難しさに、頭を抱えていたにちがいなかった。

こんな綾子から見れば、引揚げて来て以来の要は予想に反してたよりなく、その暮しぶりは失望、というものに等しいと感じることがしばしばある。

岩伍はかねてから、自分も健太郎も酒は一滴も吞《の》めない下戸であるところから、酒吞みの男を疫病神《やくびょうがみ》のように忌《い》み嫌い、それが昂《こう》じて、

「綾子は酒を吞む男には絶対嫁《や》らん。苦労するのは目に見えちょるきに」

といいいしていたが、幸か不幸か、綾子が結婚する昭和十九年には、酒は慶弔の折に特配が少々あるだけで、自由に手には入らない時代であった。

初対面の日、要に、

「三好さんはこちらのほうはどうですか」

と吞む真似をして問うたとき、要はたしか恐縮した面持ちで、

「いや、このご時勢ですから」

とあいまいに答えたのを、岩伍はすっかり取り違え、

「ま、吞めん様子じゃし、堅いお人らしいのう」

と勝手に好ましい方向へと、考えかたを振り向けていったらしいふしがある。

それというのも、要との結婚は家が農家であることや、本人が師範学校を出ていないことなどから岩伍も健太郎も反対で、最初は容易に許してくれそうもなかったとい

ういきさつがあった。

何といっても綾子はまだ満で十七歳だったし、これには照が頑固にこだわり、

「あたしが継母じゃきに、年端《としは》も行かぬ娘を追い出したと世間から悪ういわれるに決まっちょる」

と自分の身内に相談にも行ったりした。

この状態が急に好転したのは、綾子の、自分にやさしくしてくれる男性なら誰でもよい、一刻も早くこの呪《のろ》われた紹介業の家を出たい、という熱意は無論だったが、初対面のときの要の印象のよさに先ず岩伍が折れたのがきっかけであった。

要も綾子もまだ山間部の小学校勤務だった昭和十九年の一月、のちに仲人《なこうど》となる小学校前の郵便局長任せだったこの縁談について、要自身が出向いて綾子の両親に挨拶《あいさつ》したいという話になり、日曜日の朝、要が訪れた。

綾子の家に客は多いが、将来娘婿《むこ》となるかも知れぬ男の来訪には皆々緊張し、わけても恒子は尻込《しりご》みして挨拶にも出なかったものの、ひそかに指先で障子に穴を明け、息をこらしてのぞいていたらしい。

要が帰ったあと、恒子がああ可笑しい、と身をよじらせて笑い出し、

「あのひと、靴下にこんな穴が明いちょった。シャツの衿《えり》も皺《しわ》だらけじゃし」

あんなひと見たことない、というのへ照もうなずいて、

「身装《みなり》にかまわんお方じゃねえ」

と同感の意を示すのへ、綾子もつられて笑っていたところ、岩伍は至極まじめな顔で、

「いやいや、立派なもんじゃ。

いまは国を挙げての戦の真っ最中じゃというに、まだまだ伊達《だて》っこきの男たちがおる。

靴下が破れておろうとシャツが皺であろうと、堂々とそれで人前へ出る勇気は大したもんじゃ。

三好さんは案外見どころのある若者かもしれんぞ」

と首を振り、感じ入った体であった。

綾子はそれを見て、お父さん何をカン違いしちょる、という滑稽《こつけい》さと、三好先生を毛嫌いしないでよかったという安堵《あんど》で何やら複雑な思いがした。

岩伍が身を置く世界は見栄《みえ》と粋《いき》とのかたまり、明日の米代が無くても今日人に会うためには床屋に行き、質屋から取出してきた一帳羅で身を飾るのが心意気というものならば、「破れた靴下、皺だらけのシャツ」は、尾羽打ち枯らした姿でしかない。岩

伍はしかし、いまそれを要に見たとき、ひどく新鮮な感動を得たのではなかったろうか。

弊衣破帽とまではいかなくとも、身装かまわぬ自然体で臆《おく》するふうもなく岩伍の前にあらわれた要の姿に、岩伍はハッと目覚める思いがしたのではあるまいか、と綾子は思った。

そのときの男二人の会話のなかで、岩伍は酒はいけますか、どの程度ですかの質問をしており、のちに結婚式のとき、特配の酒瓶を見て、

「当節はこの程度で客にも我慢してもらわねばなりますまい。ま、要君が下戸じゃそうなきに、助かっておるが」

といっていたのを綾子は聞いており、それは要が岩伍にそう答えたためだと、そのとき確信したのを綾子は覚えている。

が、戦後の解放は多岐にわたり、舅《しゅうと》の手前、下戸を装《よそお》った要も、いまは氾濫《はんらん》する酒の魅力の前には屈せざるを得ない様子であった。

第四章　町から来た嫁

酒が自由販売になるまでの期間は密造酒の氾濫《はんらん》で、米の融通が利《き》く農家では仕込んだ酒桶《さかおけ》に毛布を被《かぶ》せ、山中に隠したりしているところも多かった。濁酒《どぶろく》やスマシといった酒が出廻り、酒好きは不自由な思いをせずとも手に入る時代になったのだが、そうなると制御は自身の心の問題となる。

夜、仕事を了《お》えたのち納屋《いなや》の二階に上ってから寝るまでの時間、綾子にとっては無上にたのしいひとときで、美耶を寝かしつけながら雑誌類のページをひらく。以前五燭《しよく》の電球を明るいのに取り替え、姑《しゆうとめ》にきつく叱《しか》られたが、綾子がそのまま我慢で き通せるはずもなく、なかば居直ってやっぱり四十Wの電球を点《とも》しつづけている。姑もあきらめたのか二度といわないのをよいことに、明るい灯のもとで活字を辿《たど》ると、大半はむずかしくて判《わか》らないものの、これだけでも今、自分が何かに励んでいるという充足が得られるのだった。むろん英語の勉強も細々続けており、簡単な英語の童謡など美耶に聞かせてやると、片言ながらおぼえてうたうのを、いちや要はどんな気持で聞いていたろうか。

綾子は再三、夜のこの時間を勉強に当てよう、と要を誘ったが、それどころじゃない、俺は忙しい、と毎度かわされ、遅く帰って来るときはいつも必ず酒臭かった。

たしかに、農繁期以外は夜、ときどき寄り合いがあり、それは各集落ごとの話しあいや、小学校の友達の集り、綾子にはよく判らない名目のものなども入れて、出席しなければならぬものはたびたびある。

綾子は、出掛けてゆく要の行先についてはまるで無関心で、話してもらっても判らないが、稀《まれ》に、今晩は何の会？　とたずねて、

「温床での苗の育てかたの研究会」

とか、

「将棋の勝ち抜き」

とか聞いても、そんな会にお酒が出るのかしらん、とぼんやり感じるだけであった。

いちは、要が翌日になるほど深酒して戻り、二階の寝床に辿りつくまで、バタンバタンとあっちこっちの戸や柱に突き当るほど足もとが乱れているのを知っていても、ほどほどにしいや、とは一言もいわず、むしろ、どこかで分けてもらった密造酒を息

子の晩酌につけてやることもある。

綾子は、花街に育ちながら、家の内に酒の瓶の一本も無かった下戸揃《ぞろ》いの娘であったせいか、酒といえば匂《にお》いも嫌い、飲むひとも大嫌いというほどの潔癖性で、泥酔する要の姿は見たくなかった。

結婚まえ、岩伍には酒は呑《の》まぬ、と言明しておきながら、あれは方便だったのかという深い失望とともに、この家の、要の父親ももとはといえば酒が原因で命を落とした話をいちから聞いていれば、息子の酒を黙って見すごす姑にもやはり不満を感じずにはいられなかった。

かといって、要に向い、

「断固《こわ》お酒はやめて頂戴《ちょうだい》」

と強意見するつもりもなく、それというのも、人にはそれぞれ楽しみがあり、要が唯一《ゆいいつ》酒にそれを求めるのなら、いちは機《はた》を織ることであり、自分はラジオに齧《かじ》りついて英語の勉強をするという後めたさがある。

この家に、英語の勉強をする嫁がそぐわないことは感覚として判ってはいるものの、この行為が曲ったことでない限り、誰にいわれてもやめようなどと綾子は思わなかった。

その年の十二月はわりとあたたかく、寒の来るのが遅かった。

暮近く、三好家とは同じ集落の三軒ほど奥に、いちの実家のある三つ石村から嫁いで来ている嫁があり、そのひとが言付かって来た便りがあった。それによるといちの実父が少し長い風邪を引いており、大したことはないが、手の空いたときちょっこり顔見せてやってはくれまいか、という老母からの要請で、いちはその嫁に「おおきに、おおきに」と礼を述べ、互いに実家のある三つ石村の噂《うわさ》話などしたのち、帰ってもらった。

この辺りでは、親戚《しんせき》一統の消息を確かめるのに郵便などまず使わず、その代り、各家の嫁の在所が案内図の役を果して、互いに言付けのやりとりをする。大体、縁組みは吾南《ごなん》一帯に限られているので、自分の実家の近くからこの桑島村上へ嫁いでいるひとがあれば互いにすぐ親しくなり、頼んだり頼まれたりが常識なのであった。

三つ石からの言付けを聞いた夜、綾子は気を利かして、

「お母さん、明日三つ石へ行ってあげますか」

と水を向けたところ、いちは動ぜず、

「明日は行かん。私も用事がある。ま、大したことはありますまい。私の父《とと》さんというひとは、若いころから寝るのが大好きじゃきに、風邪じゃといい繕うておるだけじ

ゃと思うよ」

とさすがに、若い嫁のように飛立っては行かなかった。

それから四、五日経《た》った十二月二十日の夕、いちは食事のあと急に、いまから夜なべに三つ石へ行ってくるといい出し、ほんなら夜道を戻るのは危いきに、泊めてもろうたら、という要の乞《こ》いを入れて、一泊してくることになった。

ただ家に八十過ぎの舅《しゅうと》を抱えていれば、日常嫁たるいちのしなければならぬことはいくつかあり、そのうち夜寒の始まったころからの、道太郎の行火《あんか》は欠かせぬものとなっている。

よく熾《おこ》して赤い火となった炭を行火の鉢に埋め、それに寝巻をかけてあたためておくと年寄りは快く眠れるらしいが、この火種が夜なかに消えたりすると一大事で、暗《くら》闇《やみ》のなかから、

「おーい、行火の火が消えたぞう」

と助けを求める道太郎の声を、綾子はいく度か聞いている。あれはお母さんが、夜の寄合いに急ぐあまり、十分熾ってない炭を入れたせい、と綾子はひそかに思うこともあるだけに、今夜は、

「お祖父《じい》さんのことは私がしますから」

といい出してみたところ、これはぴしゃりと、

「ええわね。これは私の仕事じゃきに」

と断わり、いつものとおり炭を熾して火種を作り、行火を入れてのちいちは出掛けていった。

道太郎が寝床に入ったのを見届け、美耶を抱いて二階に上った綾子が新聞に目を通したあと、灯《あか》りを消して眠ったのは九時頃ではなかったろうか。

要はどこかへ出掛けたらしく、綾子は眠りに入るまえの時間、広い母家《おもや》でお祖父さん一人だと、私を呼んでも聞えないのではないかしら、と不安な思いが頭を掠《かす》めたが、それは睡魔を退けるほど強いものではなかった。

綾子はよく眠れるたちで、日頃は一旦《いったん》寝付けば朝、辺りが白むまで目覚めないのだが、この日、大きな地鳴りとともにむき出しの梁《はり》からパラパラと埃《ほこり》が落ちて来たのに突然起されたとき、窓の障子はまだ真っ暗であった。

梁はギシギシと無気味な音をたてて揺れており、あれが落ちて来たら、と思うと咄《とっ》嗟《さ》に綾子は自分の体でかばうようにして美耶を抱き、梯子段《はしごだん》を駆け下りた。

暗黒のなかに天地は大きく左右上下に揺れており、その恐ろしいこと、恐ろしいこと、自分も美耶も体は木っ端微塵《こっぱみじん》に吹き飛んでしまうのではないかと歯の根も合わぬ

ほどふるえながら坪庭のまんなかにしゃがみ込む。

そのうちにも頭のなかは母家でひとり寝ている道太郎のことでいっぱい、暗い奥に向って綾子はありったけの声で、

「お祖父さあん、お祖父さあん」

と呼びつづけた。

美耶さえいなかったら飛込んで行って手を引いてあげるのに、と心は焦《あせ》るのに、真っ暗な空からは間断なくものが降って来、それが地面で砕け散る轟音《ごうおん》の響きと土煙りにむせそうになる。

この恐怖がどれだけ続いたろうか。綾子には一時間近くと思われたが、その実、五、六分かその程度であったかもしれなかった。

一しきり瓦《かわら》とおぼしいものがどどーっと天から緞帳《どんちょう》を下ろしたように母家の前に降ったあと、奥からあらわれた白い寝巻の要が道太郎をおぶっており、それを見た途端、安堵《あんど》で綾子は大声を挙げてしまった。

あたりは、その道太郎の姿が摑《つか》める程度に闇はようやく薄れてきており、大人三人と幼児一人、寒さにふるえながら坪庭のまん中にかたまったまま、すっかり夜の明け放たれるのを待った。

すべてのものが鮮明に捉《とら》えられるようになったとき、綾子は、あれだけの大きな揺れにもかかわらず、屋敷うちの建物はひとつも倒壊していないことにむしろ驚く気持であった。ただ、いくたびかの轟音、破壊音は、母家の廂《ひさし》、納屋の棟瓦《むねがわら》、便所風呂《ふろ》場の廂と倉の屋根瓦など屋根裏の土もろとも崩れ落ちており、割れた瓦が庭いっぱいに散乱しているのを見て、これかと判った。

なかでも、屋敷の東南隅に建っている二階建ての倉の屋根瓦はほとんどが落ちてしまい、倉の屋根はいま、すっかり板葺《いたぶ》きとなってしまっており、それを見たときには、いまさらのように胴震いする思いであった。

さして大きな倉ではないけれど、屋根の二面の斜面を掩《おお》っている瓦が雨あられのように落ちてくるその下にいたら、と思うと、家族四人、倉のそばに身を寄せなかったことは何よりの僥倖《ぎょうこう》だったと綾子は思った。

しかし、大きな揺れのあとは余震も少なく、朝の支度のため綾子が釜屋《かまや》に入って行っても格別の損傷もなかったところから、家中の誰も、これが大地震とは受取っていなかった。

何しろこの屋敷内の建物は、釜屋と納屋を除いては道太郎がもの心つくころから既にあったもので、

「何せ古いもんじゃきにのう。ちょっとの揺れでも瓦くらいは落ちるじゃろう」

といえば、たしかに百年ほどは経っているものばかり、とくに倉はいちばん古くて、

「どうやら、わしの親か祖父さんの代に建てたもんじゃなかろか」

というほどなら、地震の大小に拘《かか》わらず、もう建物も寿命がきておるらしい、という話になってしまうのも無理なかった。

この地震が、四国を中心に近畿・中国・九州地方から東海の一部にまで大きな被害を与えた南海道大地震であることが判ったのは、それからまる一日近くも経ってからのことであった。

当の二十一日は朝飯のはじまるころ、三つ石からいちが戻り、

「宇佐へは津波が来たそうなよ。皆、山へ逃げたと」

という噂を聞かせてくれたが、それが事実だとしても、戦争直後で、日ごろから災害の知識も対策も何も知らない者にとっては、「まあそれはそれは」という程度の受取りかたでしかないのは仕方なかった。

ようやく事の重大さが判って来たのは、一日一回、夕方近くに配られてくる新聞配達の小母《おば》さんが、大声で、

「地震で高知の町が水に浸《つ》かってしもうたと。人もようけ死んじょると」

と怒鳴りながら歩くのを聞いた翌二十二日のこと、紙面には大活字で、

「南海道沖の激震、中部以西の日本各地を襲う」

とある。

新聞屋の小母さんと呼ぶ、前歯の欠けた中年女性が大きなニュースの折には大声で触れながら配るのは、それは皆が日ごろ新聞を読まないためであって、では何のために新聞を取るかといえば、これはさまざまの用に当てるのが目的だという。蚕を飼う家では蚕の糞《ふん》を取る下敷きに古新聞は無くてはならぬもの、そのあと便所の落しにも用いるし、その他もろもろ、家中の紙の役目はすべて新聞紙が必要なのであった。

小母さんは、読まずに処理してしまうひとのため、田圃《たんぼ》の畦道《あぜみち》を歩きながらも怒鳴ってくれるわけで、その甲斐《かい》あって十二月二十二日からしばらくのあいだ、新聞はよく読まれたにちがいなかった。

それによると、

「震源地は高知市の東南二百五十キロの地点、最大震幅五十ミリ以上で震度は強震、震動の種類は水平動で東方動」

とあり、被害は、

「静岡県から九州沿岸まで太平洋岸に津波来襲、死者千三百三十人、行方不明百二人、

家屋全壊一万一千五百九十一」

等、この時点の集計数字が出ており、なかでも高知県の被害は最も大きくて、「罹《り》災《さい》者七万二千人、死者六百七十九人、全壊家屋五千四十八戸、半壊九千九百六戸、そして津波の高さの最高は宇佐の三・九メートル、最低は〇・六メートルの高知市だが、この高知市東部は海水が舟入川から逆流したため、十五平方キロに亘《わた》って浸水し、とくに下知地区では堤防決壊もあって現在もなお水が引かない状態である」

との記事の他に、海水に浸って屋根だけしか見えない町並の写真が大きく出されている。

「下知地区というたら兄さんところやね」

と家中で案じ、地震で家が無くなった上に津波をかぶれば家族一同無事でいるとも考えられぬ。

こんなときはやはり男が頼りで、要から、

「明日朝、ともかく山のお父さん家《く》へ行ってみよう。あそこなら消息も判るじゃろ」

といってくれたのは、綾子には嬉《うれ》しかった。

家も米は不自由だが、こんな場合はその貴重品を差出すことこそ手厚い見舞いになるはずで、いちは黙って三升の米を袋に入れてくれた。高知まで交通網もどうなっているかまだ判《わか》らず、ともかく伊野町まで要が自転車飛ばして出掛けたあと、綾子は一人で心配しつづけた。

高知県だけでも死者が六百八十人も出ていれば、小さい子供のいる兄の家では怪我《けが》人くらいは免れないのかもしれぬ、それにしても戦災の上にまた震災とは踏んだり蹴《け》ったりといおうか、泣きっ面《つら》に蜂《はち》というべきか、と綾子は坪庭の瓦礫《がれき》を片付けながら考えることしきりであった。

この家では、坪庭の片付けはすぐに終ったが、倉の屋根の分は脇《わき》の植込みやまわりの石垣を埋めつくして小山のように盛上っており、いちはそれを見て、

「これはしばらく放っちょこ。こんなことに手を取られよったら家の仕事が出来ん」

といい、綾子もそう思った。

夕方、要は戻って来、

「兄さん家は全員無事じゃったよ。ただ家がつぶされたきに、その晩は山小屋へ逃げて来たが、あそこじゃ何しろ七人もは収容しきれんし、近くの昭和小学校の講堂が罹災者の避難場所になっちょると聞いてそっちへ移ったと。

俺はすぐ追いかけて昭和小へ行き、兄さんに会《お》うて米は渡して来たが、下知一帯はいちめんの海じゃ。ズボンまくりあげ、自転車担《かつ》いでようよう避難所へ辿《たど》りついたこ

とじゃった」

という報告を聞かされた。

この地震は、午前四時二十分の発生とあって火はどこからも出なかったが、間髪を入れず押寄せて来た津波のためにどこの家でも家財道具の一つも取出せず、しかも居据ったままの津波のなかで避難所は孤立し、困難を極めているという。

要の話にいちも道太郎もいたく心を動かされたと見えて、しきりに、

「そりゃあ、ぜひとも身の者が見舞いに行ってあげんならん」

とすすめてくれ、もとより飛立つ思いで綾子が駆けつけて行ったのはそれから三日後であった。

リュックに芋を詰められるだけ詰め、担いでは試しながら結局三貫目ほどは入れられただろうか。

バスは何とか通じており、百笑《どめき》まで要の自転車で運んでもらったのはよかったが、終点のはりまや橋から昭和小学校までの道程《みちのり》は、綾子の体力に余るものであった。三分歩いては休み、五分歩いては荷を下ろし、汗を拭《ふ》き拭き辿る道で思うことは、兄妹とはいいながら十八歳もかけ離れているため、考えてみればこのひとと話らしい話をしたことはたった一度だけ、綾子が東京の女子大受験を志したとき、父親説得のため

助けを求めたときのみだった。もともと無口なひとではあり、それに、ずっと別居していたせいも加わって、綾子の意識のなかに兄妹の存在は全くなかったし、まして兄のために何かしてあげたという事実も皆無であった。

それにひきかえ、三好の家では道太郎の弟妹、いちの弟たち、要の姉佐代も皆々兄妹どは手厚くつきあい、大切に扱う。これは確かに醇風美俗《じゅんぷう》の一つにちがいなく、それに、婚家先に対して身内の多いのは家の勢力ともなることを考えれば、これからは兄を大切にしなくてはと綾子はいまさら気付くのであった。

昭和小学校が見えてくると、同時にそれはいちめん浸水の風景でもあった。汚水のなかに浮んだ母校の講堂をさして綾子はもんぺをまくりあげ、方言で「ぞぶる」の言葉どおり、脛《はぎ》で水を漕《こ》ぎながら近づいていった。

半分傾いた家、潰《つぶ》れて屋根のみの家、立木は曲り、橋は沈み、すっかり変った町の様相のなか、コンクリートの土台と建物の小学校だけは無傷で、講堂も昔のままであった。が、内部は綾子の経験した営城子《えいじょうし》の難民収容所そのままで、そっちこっちに疲れた様子の罹災者の群れが固まっている。

見れば「義援金受付所」との立札があり、綾子がその前でリュックを下ろし、兄の名を告げたところ、机の前の書記係はうしろを向いて、

「おーい、会長、会長。お客さんです」

　と手招いた。

　すると、講堂の前方、昔「御真影」と呼んだ天皇の写真を納めてある棚の下辺りの群れのなかから、戦争中の国民服にゲートルという姿の健太郎が小走りに寄って来て、

「おう綾子か」

　と呼んだ。

　九月に引揚げて来てのち、山小屋や喜和の家にはひんぱんに訪れても兄の顔は見たこともなかっただけに、これが兄妹の一別以来の邂逅《かいこう》だったが、いまはなつかしさよりも目の前の災害の見舞がさきであった。

「要さんわざわざ有難う。米おおきに」

　と健太郎から礼をいい、次いで綾子から受け取ったリュックを受付のまわりの人に見せながら、

「妹がね。桑島村へ嫁《い》っちょるきに、ほらこんなに芋を持ってきてくれてね」

　と披露したが、その言葉やうれしそうな表情を見て綾子は兄さん、ずい分と変ったなあ、と深い思いがあった。

　無口は即《すなわ》ち無愛想でもあり、仕事は岩伍を手伝って収入は潤沢にあったと思われた

だけに、このひとは誰にもこびへつらわず、いつもお洒落《しゃれ》であった。ソフトをちょいと傾け、縞《しま》の背広を着て颯爽《さっそう》と歩く姿、和服もよく似合い、夏、白い下着の透ける上布など着て、博多帯を貝の口に結び、雪駄《せった》をちゃらちゃら鳴らしながら歩くのも粋《いき》だったし、それに、昭和初年、すでに運転免許を取得し、高知に二台しか無いという、陽暉楼《ようきろう》所有のフォードの運転手をしていたのも話題を呼んだものであった。

小夜子をはじめ子供たちは、片隅に茣蓙《ござ》を敷いて固まっており、綾子はそこへリュックを運んで中のものを逆さにしてぶちまけた。しばらく土埃《つちぼこ》りをあげている芋を二、三個ずつ、健太郎はまわりの人たちに分けながら、

「桑島村の芋です。妹が届けてくれましたきに」

と口上をつけ、なお親しい人たちには、

「三日前には義弟が米も背負うて来てくれましてのう」

と誇らしげにいうのへ、中には、

「会長さん家《く》は田舎に親戚《しんせき》があってええですこと」

と礼の代りの言葉ももらい、滅多に笑わない健太郎がうれしそうにうなずいているのを見て、綾子はこれでよかったかなと思った。

いまは食糧を生産できる人がいちばん偉いとされ、「百姓の時代」などといわれて農村も好景気の雰囲気だが、綾子の結婚話がはじまったとき、「郷へなど嫁ってどうする」と強く反対したのはまず健太郎であった。

先祖代々町で生きて来た人たちには町の人間としての誇りがあり、妹が肥桶《こえおけ》担ぐような暮しに自ら求めて入ってゆくのは、兄として耐えられなかったものであろう。

綾子にその気持は判らなくはないが、当時まだ世のなかを知らぬ十七歳に農村生活がどんなものやら理解できるはずもなく、それに、教師の同僚としての要は、綾子の目には町の若者と少しも変らぬ、むしろもっと生真面目《きまじめ》な好青年に見えた。

それがいま立場は逆転し、十八もの年下故《ゆえ》に頼りにはならぬと思っていた引揚者の妹が、リュックいっぱいの芋を届けてくれたことは、健太郎には望外の喜びであるらしかった。

上機嫌で綾子に向い、

「こんな有様で、この辺には綾子を案内するキッチャもないが」

といい、綾子は噴き出して、

「兄さん、きっさ(喫茶)でしょ。まだ昔のくせが直っちょらん」

「ま、そんなことはどうでもええ。そこまで送って行こ」

と帰りを急ぐ綾子と連れ立って入口へ急ぐあいだにも、罹災者の群れからは、

「会長、どちらへ？」

「会長、あとで聞いてもらいたいことが」

と声がかかる。

「兄さん会長？　えらくなったがやね」

となかば揶揄《やゆ》すると、

「どうってことはない。要するに遊びよる人間じゃきに皆に使われよるだけのことよ」

とこともなげにいってのけたが、それを聞いて綾子はハタと何かに突き当る思いがした。

姑にいわれたとおり、この戦争をくぐり抜けて来たひとは誰でも辛酸を嘗《な》めて来ているといえるが、綾子はいままで、自分の苦労のことばかり、兄がどんな暮しなのか考えたこともなかった。ずっと父親の仕事を手伝って来ていたし、このせつ、小さな子供五人を抱えてもきっと昔のように悠然と暮し、相変らずお洒落もして、のんびり過しているだろうと漠然と感じていたのだが、気付いてみれば、岩伍は煙草《たばこ》巻きの内職で細々と生計を立てている。

むろん昔の仕事ではないし、だとすれば父親と袂《たもと》を分かった健太郎は、いま何をし、どうやって暮しているのだろう、と大きな疑問が湧《わ》いてくる。

このひと、県立一中を中退して以来、一時期遊び半分にフォードの運転手をした他はずっと家業の手伝いばかり、それをただいま三十八歳で突然世間に放り出されては、食べざかりの子供たちをどうやって養っているだろうかと思い至ると、綾子はふっと胸のつまる感じだった。

講堂の外に出た健太郎は、あたりを見回して植込みのわきのコンクリートの台座を指さし、自分から先にそこに腰をおろしながら、

「満州では苦労したろう？　親父《おやじ》から詳しゅうに聞いた。ようも生きて戻れたねえ」

とのねぎらいから始まり、

「三好のお祖父さんは元気かね？　お母さんはお前らが戻って安心なさったろう？」

とこちらの消息もたずねてくれ、そして、

「こんな世になって、いちばんめげんのはうちのおふくろじゃね。前よりも張り切って商売に精出しよる。よう繁昌《はんじよう》しよるらしい。おかげでこちらもうるおうが」

「ほんなら兄さん、暮しのほうはお母さんが助けてくれよる？」

「というほどでもないよ。何というてもこちらは七人。向うは一人じゃもの。全部凭《もた》れかかったら倒れてしまう」

「ほんなら兄さん、前みたいにお母さんの店のレジからかすめ取りよる？」

「ま、それに似たようなことじゃ」

と健太郎はにやりと笑ってそういった。

昔、綾子が八幡《やはたや》家食堂の店番をしていると、裏口から風のように健太郎が飛び込んで来てガチャンとレジを開け、二、三枚の紙幣を自分のポケットに捻《ね》じ込むのを見て、綾子は義憤に堪えず、

「何しよる、兄さん」

と声を挙げようとすると、健太郎はシッと人差指を唇に当て、銀貨を一枚、綾子の手に握らせ、また裏口からさあーっと消えていった。

兄から握らされた口留料のこの銀貨の記憶は、長いあいだ綾子を苦しめたが、奇妙にそれは金を盗んだという罪の意識ではなく、ふだんはろくに話も交わさぬ腹違いの兄と、このときだけ通じ合ったことの後めたさであった。

ひょっとすると、喜和は昔から息子のこの行為を知った上で許していたかも知れず、だからこそいま健太郎は悪びれもせず、にやりとしたのかもわからなかった。

腹違いではあっても、兄妹して母親を語るのはしみじみした思いがあり、次は当然父親の噂《うわさ》となったとき、健太郎は急に渋い顔つきになって、

「こんな話、お前より他にいえもせんが、親父は案外たるこい男じゃったねえ。わしはがっかりしたよ」

と、昔なら親の悪口をいえば口が腫《は》れる、と戒められたことをいい、綾子は驚いて問い返すと、

「わしがなんぼ勧めても、以前の商売をもうしようとはせんのじゃから。

うん、いや判っちょる。鑑札の要る紹介業というのは、終戦と同時にこの世から消えてしもうた。

消えてはしもうたが、いまの世相というものを見てみい。進駐軍の兵隊やら新円成金やら、戦争中の何倍もの数で男は女を欲しがっちょる。いや、女のなかでも目はしの利《き》くのは辻《つじ》に立ったり、暗がりで客引きしたり、それなりに商売しよるらしいが、何にもできんやつは、昔の伝手《つて》を頼って親父のところへひっきりなしに駆け込んでくる。

いまはパンパンなどの客引きが違法じゃちゅうのは誰も知っちょるが、そんなら手職のない女やら、長いあいだ娼妓《しょうぎ》をしてきた女は、いまさらどうやって食ってゆけと

いうんじゃ。

体売ってしか生きれん女たちは、『富田の大将、助けてや。働かしてや』とすがりついて行ったらしいが、親父はもう見向きもせざった」

「それは」

綾子は聞いていて、胸の奥から突きあげてくるものがあり、強く反論しようとして、結局は、

「お父さんもう年じゃもの。無理よ」

と思ってもみなかったことをいうと、案の定、ぴしゃりと、

「年の問題とは違う。親父はずっと、『これは無一物の貧乏人の手助けじゃ。おれがやらいで誰がやる』とわしにもいうてこの仕事を続けてきた。

ところがどうじゃ。終戦後は『おれは東條英機などの舌先三寸に踊らされて、人身売買などという極悪非道の職業に身を投じて来た。何という愚か者じゃったかと慚愧《ざんき》に堪えん。これからはせめてもの罪滅ぼしに、徹底して貧乏する。飢え死にも厭《いと》いはせん』と百八十度の転換じゃ。

挙句、わしには『お前はお前で何でもして生きてゆけ。それくらいの才覚はあろ

う』と説教たらたらでおさらばじゃった。

もし親父にほんまの義侠心《ぎきょう》というもんがあったら、巷《ちまた》に溢《あふ》れちょる女たちを、条件のええところへ世話してやってもええじゃないかとわしは思うよ。そうすりゃ、あの吹けば飛ぶような山小屋で煙草巻きなどせんでも、昔に近い暮しができるのじゃないかねえ」

終りは嘆きの響きになるのを聞いて、綾子は逆に胸がふくらんでくるような喜びをおぼえた。引揚げて帰ってきたとき、自分の結婚の選択にまで深い影響をもたらしたあの家業が自然消滅したとばかり思い、心ひそかに安堵《あんど》したのだったが、岩伍は岩伍なりの信条あってきっぱり手を引いたのだと知ると、綾子はあの山小屋の逼塞《ひっそく》した暮しも十分納得できるように思われた。

さらに聞けば、岩伍がもと使っていた益さんや良さん、義さんたちは皆、いまだその道から足が抜けず、当局の目をかいくぐって暗躍しているという。

「昔と違って客も女も芸なし猿、カーテン一枚で区切った小部屋へ女を送り込むのはさすがに味気なくて嫌気がさすそうな。これは益さんがいいよった。

わしかね？　わしは親父と違うて建て前だけでは生きてはゆけん。五人もの子を養わんならんから」

といっておいて、健太郎はふっと自嘲《じちよう》的な笑いを浮べ、

「ただねえ。さっきのいいぐさとは矛盾するが、紹介人の世界にも多少のうぬぼれというもんはあってねえ。ま、富田岩伍なら西じゃ一番、といわれた家の者が、いまさらパンパンの斡旋《あつせん》なんてのは、なんぼわしでもできん。いまはヤミの担《かつ》ぎ屋じゃ。何でもやりよる。お前の留守に桑島村へ醬油《しようゆ》を売りに行ったこともあるよ」

といい、そのあと頰杖《ほおづえ》をついて急に黙り込んだ。

この講堂の先、十メートルまでいまだ引かぬ津波の海水は押寄せてきており、その濁った波の上に浮んでいるさまざまの汚物が風に揺れるのに、健太郎はぼんやりと目を投げているらしく、その視線を辿《たど》って綾子もしばらく眺めていたが、

「兄さんそれでは私、これで帰る」

と立上り、思い切って、

「いろいろなことが今日はよう判りました。兄さんもヤミ屋で捕まったら困るから、何か月給取りさんのような公明正大の固い仕事があるとええね」

というと、

「わしも綾子に意見されたか」

と笑い、

「水のなか、気をつけてぞぶりや。この水は地盤沈下のためじゃというきになかなか引かんらしいよ」

と注意し、お互い手を上げて別れた。

空のリュックを背で揺らしながら綾子は、これから山小屋の父親のもとへ寄ろうか、どうしようか、と道のわきに立ってしばらく迷った。

綾子が結婚まえ、あれほど呪《のろ》った家業をやめたことについて、今日まで父親が何もいわなかったのを、行って一言責めるべきか、それともいままでどおり、触れずにすませるべきか、心はしきりに揺れたが、やっぱり足先は一路帰るべく、バス停の方へ向っているのであった。

父親にいいたいことは胸のうちに重いばかりに詰まっており、いま会ってもきっと以前の自分と同じく言葉は支離滅裂、前後逆さまとなって、思いもしないことを口走る恐れなしとはいえず、それよりはまず一人で考えてみるのが順当だと、向う見ずの綾子にしては珍しく冷静な判断をしたためであった。

何よりも綾子が恐れをなしたのは、世が変わり、紹介業が人身売買の賤業《せんぎょう》であることを知らされたとき、岩伍が「東條に騙《だま》された」と激怒した事実であって、それは喜和や綾子が単にこの職業を嫌ったとか呪ったとかの次元では割り切ることのできない、何かすさまじい意気がそこにあったのではないかという発見であった。

政治好きの岩伍は、友人の県会議員を通じて中野正剛《せいごう》の東方同志会に入り、神戸で行なわれた錬成会には綾子も同道して行ったことがある。それが縁で、綾子の女学校卒業後は女手の少ない中野家に行儀見習いとして入る話も進んでいたらしかったが、昭和十八年中野正剛は自宅で割腹自殺を遂げてしまった。

その直後、富田家には同志会の人たちの出入りが激しく、岩伍も特高に尾行されていたこともあり、仲間のあいだでは声をひそめて東條が、東條が、と口にし合っていたのを綾子は記憶しているが、岩伍が直接ときの首相から何かの伝言をもらうとか、或《あ》いは人を介して頼まれるとかの事実があったとはとうてい考えられなかった。

とすれば、要が先輩の岡本先生とともに「この戦況に内地にじっとしてなどいられぬ」とばかりに満州へ飛び出していったと同じく、岩伍も単に、一国民として東條首相の仕組んだ「聖戦完遂」や、「撃ちてし止《や》まん」の国策に積極協力すべく、老いの情熱を燃やした挙句、それが見事に裏切られたというところかもしれなかった。

それにしても、男たちの国を愛する思いというのはすごいものがあった、と綾子はもはや過去になった戦争中のことを思った。自分も軍国少女だったから、太平洋戦争開戦の日は、日本負けたくなさにわあわあと泣きながら学校から帰宅したのだったが、その闘志をどう表わしていいか判《わか》らず、結局は要とともに満州に骨を埋めればいいのだと、漠然と考えていたことを思い出す。

これに比べれば、否応《いやおう》なしであったとはいえ、同年輩の男たちは行きて帰らぬ壮烈な戦いをして来ており、その行為を毎日のように見聞きしていれば、明治生れの一徹な老人が家業に励みに励むのも当然のことだったろう。

綾子は現実に、父親が戦時中、夜の目も寝ずに働いていたという記憶は持っていないが、少ない知識で考えればたぶん、戦場たる大陸に向って懸命に女たちを送り込むということではなかったろうか。

綾子はのちに父親の死後、その残された日記帳と人名簿、営業日誌を繰ってみて、その余白という余白に赤インクで憤懣《ふんまん》をぶちまけてあるのを読み、その激しさに思わずたじろいだものであった。

終戦後日本へ戻れば、戦争中さまざま軍に協力して来たひとたちがいまはてのひらを返すように戦争の悪を口にするのを見て、綾子も狐《きつね》につままれたような気持のすることが再三再四ある。

無学で一途《いちず》な老人は上を疑うことを知らず、ひたすら勝利を信じていたのだと思うと、綾子はいまはじめて自分の父親を哀れに思えた。

ともあれ、終戦によって人身売買は消滅し、ヤミの紹介業には金輪際手は染めぬ、と岩伍が強い意志を露《あら》わにしたのは、綾子にとって大きな安堵であった。

生れ落ちたときから家職は紹介業、その後もずっと自分は紹介人の子で、いつどこでも、素人《しろうと》社会の子供たちとは一線を劃《かく》されて来た人生であった。とくに学校の先生たちの自分を見る蔑《さげす》みに充ちた白いまなざしは、はっきりと言葉でいじめられないだけ、どれだけ綾子の人生を暗くしたことだったろうか。

ようやく教師という固い職業の相手と結婚することによって、そのおぞましい家から逃れ得たが、実家がなお看板を掲げている限り、世間の蔑視《べっし》はいまだついて廻る、という事実を実感している綾子にとっては、紹介業との縁切りは肩の荷の下りた思いであった。

考えながら家に戻りついたが、綾子はこのことは要にもいわなかった。あの山小屋を訪《おとな》うていれば、岩伍がもとの商売をしていないのは一目瞭然《りょうぜん》だし、今後もうどん屋でも、と目指していればそれはおのずと判ることであった。

この年も押し詰まったころ、いちが村の農協の役員からの話として要さん、うちに勤めてみんかよ、と勧められたと伝えてくれた。

実は引揚げ以来、もとの教職に復するよう、あちこちからの勧誘はあったものの、このころの教師の俸給は平均二百円ほどで、これでヤミ米を買うならわずか一升ほどのものでしかなかった。一ヶ月米一升の報酬では自分一人の口過ぎさえできないが、食糧生産の手段を持たない人はいたしかたなく勤めているものの、農家の長男などは早々に教師には見切りをつけて農業専業にする人もあった。三好家は耕地も少なく、専業農家でやってゆくにはとても苦しいが、さりとて家一の労働力が毎日勤めに出るのではいちが心細く、引揚げて四ヶ月、何となく家を手伝っていたというところではあった。

その辺り役員も心得ていて、というのは、農協の職員というのは大てい村内の農家の子弟であって、農繁期農閑期には互いに休みを融通しあうのが通例となっており、給料は安いが教師ほど気骨の折れる仕事ではないところから、この話はその場で決まったようなものであった。

要は年明けから川下の百笑にある農協へ出勤することになり、綾子はいちの織った木綿でさっそくにジャンパーを仕立てて着せた。要はまたサラリーマン暮しに戻ったが、朝晩は田畑を手伝う、という取り決めが、朝は守られても夜はほとんどの日、飲んで遅い帰宅となるため、家のうちの間柄がぎくしゃくする原因のひとつともなるのであった。

　昭和二十二年の元日は美耶とともに綾子は正月礼に山小屋にゆき、翌日要が迎えに来て一緒に帰ったが、岩伍は要の就職祝にと一着だけ残っていたアルパカの三つ揃《ぞろ》いを贈ってくれた。

　ただ、小兵の岩伍の寸法は五尺五寸の要には合わず、しかしこのせっ背広の贈物とは夢のような幸運として、要は裄丈《ゆきたけ》の短いそれを、ずっと大事に着続けるのであった。

　正月礼のお返しは田舎の旧正月で、この年は、おなかいっぱい食べさせてあげるからおいで、と健太郎の子供たちにも呼びかけ、甥姪《おいめい》三人に恒子、譲までやって来て、皿鉢《さわち》料理を振舞った。

　席上、甥の一人が、

「綾ちゃん家《く》は食べるもんいっぱいあるねえ。親戚《しんせき》中でいちばん金持ちじゃねえ」

　と生真面目《きまじめ》な顔で感想を述べたのに対し、いちは目を細めて、

「そう思うてくれるかね。おおきに。おおきに」

　と満足げで、要は鷹揚《おうよう》に笑い、

「金持ちではないがね。こんなもんでよけりゃ、いつでも食べに来なさい」

　と太っ腹にいい、そして綾子は複雑な思いで苦笑するばかりであった。

一月下旬の旧正月が終った辺りから桑島村一帯には名物の清滝おろしが吹きはじめ、午後になると決まって家の前の往還は西からの砂埃《すなぼこ》りが間断なく舞上がるようになる。寒くなれば美耶を連れてたびたびは山小屋へも行けず、しぜん毎日、二階の部屋にこもって美耶を遊ばせながら縫物をしてすごすのだが、こんな静かな時間が綾子は大好きであった。

その日も、晴天なのにごうごうと西風が吹き、こんなときは坪庭に小さなつむじ風が舞うのを美耶に見せようとして綾子が障子を細めに開けたとき、川下から歩いてきた男女ふたり、門の前で立止まり、確かめるように前後左右を見廻してのち、母家《おもや》のほうへ入ってくるのが見えた。

坪庭の、落葉をくるくる廻しているつむじ風を除《よ》けながら入って来た男女を一瞥《いちべつ》した瞬間、それが誰であるか、綾子はすぐに判った。

男の名はたしか江原、女は紛《まご》うかたなき弘子であって、二人には偶然引揚げの途中、新京《しんきょう》の町で綾子は会い、一度ならず二度までも食事を振舞われている。

あれは、団員に発疹《はっしん》チフス患者が出て、新京郊外の小学校にしばらく止めおかれたときのこと。暇つぶしにぶらぶらと出たダイヤ街で、声をかけられたのはかつて岩伍が新京の妓楼に世話をした娼妓《しょうぎ》の弘子で、二人とも奇遇に驚きつつも、誘われるままに彼女のアパートについて行った。

このときの綾子の大きな発見は、終戦後満州にいた日本人は皆、集団生活を余儀なくされているとばかり思っていたのに、弘子はそのアパートの一室で米の飯を炊《た》き、味噌汁《みそ》を作り、旦那《だんな》の江原とともにごく普通の暮しをしていたことであった。

このとき最低の難民であった綾子は、かつて裏長屋で貧乏暮しをしていた弘子にあわれまれ、冷飯と冷汁をごちそうになり、そして引揚者は一人千円の現金持ち帰りしか許されぬため、江原から乞《こ》われるまま、綾子たち三人分三千円の金を受け取って帰って来たのであった。

江原はこのとき確かに、

「預かって下さい」

とはいったが、

「必ず返して下さい」

と念を押したとはおぼえておらず、一文なしの難民の身には何よりの金とて綾子は小躍りし、この金で引揚げの道々親子三人が栄養を摂《と》りながら家に辿《たど》りついたことは記憶に新しい。

弘子は高知の下町の出身だが、江原は他県言葉だったことを思えば、二人してここまで何をしに来たのだろう、と先《ま》ず綾子はその疑問が浮び、そして会いたくないな、と強く思った。

それは、いまもしや金を返せといわれても、三千円はおろか千円の金さえ無いこともあったけれど、それ以前に、この二人の前でかつて、襤褸《ぼろ》をまとい、飢えてガツガツしていた自分の姿を思い出させられるのは、いまさらもう味わいたくない屈辱であった。

あのときはいたしかたなく難民だったが、いまは曲りなりにも当り前の暮しをしている自分の前に、何でいまごろ疫病神《やくびょうがみ》みたいに現われたのかしらん、とそればかりに拘泥《こだわ》っている綾子はやっぱり世間の恐《こわ》さをよく知らぬ若さがあったらしい。

それというのも、満州では終戦後の混乱に悪知恵の働いた手合いはごっそりと儲《もう》け、儲けたものの一人千円の持ち帰り限度額の前にはいたしかたなくそれを湯水の如《ごと》くバラ撒《ま》いて使ったという話もある。終戦を境に、在満の日本人は悉《ことごと》く難民となったと信じ切っていた綾子は、こんな話を聞くとへえ、と驚くばかりだったが、頭のなかでは江原の金も、何やらうさん臭いものではなかったか、とどこかで疑っていたのかもしれなかった。

でなくては、持てる人は工夫して着物の衿《えり》や帯に札《さつ》を縫い込んだり、靴底に敷いたりなどして少しでも多く日本へ持って帰ろうとしているのに、江原がむろんそれに思いつかないはずはないし、綾子に頼んだ金はその余りの、あてにはしていなかった程度のものではなかったろうか。

綾子にそこまで読む能力はないが、考えの一隅には満州の金は満州限り、というふうに、佐世保に上陸したときから忘れ捨てていたのかもしれなかった。

江原と弘子は母家の前に立って訪うているらしく、二タ声ばかり聞えたが、綾子は立っていかなかった。居留守を使おうとするまでの魂胆はないが、何やら足が萎《な》えてしまい、立ち上れなかったのである。

が、幸か不幸かいちが釜屋《かまや》にいたとみえて出て迎え、そして梯子段《はしごだん》の下から、

「お人が見えちょる。満州のお方じゃと。

下りて来てや」

と呼んだ。

呼ばれれば仕方なし綾子は下りていって美耶をいちに預け、玄関に廻ると、二人はつい五ヶ月ほど前、新京のアパートで会ったときと同じ雰囲気のままで、色白の顔に唇だけ異常に赤い江原は中国の人民服に似た上下、弘子はぞろりとだらしなく着物羽織を着、髪を大きく結っている。

誰が見ても尋常な夫婦とは見えず、そういう二人連れと綾子が満州で付き合っていた姑《しゅうとめ》に思われるのにまずたじたじとなる感じがあった。

そのひるみから綾子の顔はすでに硬《こわ》ばっていたらしい。簡単に挨拶《あいさつ》すると、どこへ招じ入れようかと見廻したが、西風の吹く日は母家は雨戸を閉め切っており、縁側は土埃りで真っ白であった。

仕方なし綾子は釜屋に入って雑巾《ぞうきん》と座蒲団《ざぶとん》三枚抱えて来、大急ぎで縁側の埃りを拭《ぬぐ》うと、そこに座蒲団を並べた。

江原は真っ先に腰をおろすと、手と足を組み、

「三好さん、預けてあったものを返してもらいましょうか」

といきなり切り出した。

よもやの催促はずしんと綾子の腹にこたえ、

「ええっ？」

と目を見張ると、江原は威丈高に、

「あんたら九月の半ばごろにはここへ帰って来ていたっていうじゃないの。私はその前に帰っていたから、今日は送金してくれるか、明日は持って来てくれるか、首を長くして待っていたんだよ。

とうとうしびれを切らして今日、たずねたずねて来たってわけさ」

という口調は、かつての難民綾子に話しかけた様子そのままで、その腹立たしさもさることながら綾子は、

「待って下さい」

と話を押しとどめ、

「あなたの日本の住所を、私に教えていてくれたんですか」

と糺《ただ》すと、

「ああ教えたさ。メモに書いて渡したじゃないか」

「いえ何にも頂きませんでした。私のここの住所も書かなかった」

綾子の目に浮ぶのは、三枚の紙幣を懐《ふところ》に捻《ね》じ込むように渡され、こちらは金をもらう屈辱もあってそのまま逃げるように帰って来た光景であって、あの際メモを使っての受け渡しなど全く考えられないのであった。

その点を明らかにしておきたい綾子に、江原は苛立《いらだ》って足を組みなおし、

「ともかくここに至ってはそんなことはどうでもいい。

返してもらいに来たからには、さあ耳を揃《そろ》えて出してもらいましょうか」

と迫ってくる。

手続きはどうあれ、三千円を受け取ったのは事実だが、あの金は親子三人無事内地に戻れるよう、薬買ったり豚饅《ぶたまん》買ったりして健康保持のためなしくずしに使い、佐世保で上陸したときにはもう小銭しか残っていなかったことを綾子はおぼえている。

しかし金の無くなるのと同時に、その金の出所もすべて忘れてしまい、今日こうして二人に会うまで思い出しもしなかったのは、迂闊《うかつ》も迂闊、綾子の大失策というべきであった。その意識の底にはどうせあれは満州限りの金、と考えていたのは確かではあるが、それはいま口には出せぬいいわけであった。

恥ずかしさに目を落とし、

「ごめんなさい。お金はいまないのです。突然だったもので」

と綾子が謝ると、江原は声を大きくして、

「三好さん、そりゃないだろう。借りたものは返さなくちゃいけない。あなたはいま難民じゃないんだ」

といえば、弘子も江原の肩越しに、

「綾ちゃん、お百姓さんはいま景気がええそうじゃないか。こんな立派な家も倉もあって、三千円がないとはおかしいよ」

と交互に浴びせかける。

どうしたらいいか、海千山千と思える二人を前にしては綾子はただ困り入るばかり、ここで開きなおる度胸は綾子にはなし、進退極まったとおもえるそのとき、背後で自分の名を呼ばれたような気がして綾子は振向いた。すると納屋《いなや》の入口にいちが立っていて手招きしている。

いまの話を聞かれたんだと思うと綾子は真っ赤になったが、小走りに駆け寄るといちは自分のエプロンのポケットに手を入れ、

「三千円でええがかね」

といいつつ、重ね合わせた千円札を取出し差出してくれた。

このとき綾子に、姑の大事に困って来た金を簡単に借りていいものかどうかの分別が働かなかったのは、当然といえば当然ではなかったろうか。

目の前に降りかかった災難を払うためには、いかなる金であれすぐ三千円が欲しかったから、綾子はためらわず手を出し、

「お母さん、ありがとう」

とそれを受けとり、江原に手渡した。

金さえもらえばえびす顔で、江原はそれを腰のポケットに納めながら、

「ほら、金はあるじゃないか。ま、すぐに返してくれたからには利息はかんべんして

あげよう」

といい、弘子を促して、じゃ、とだけの挨拶を残し、西風の中を川下のほうへと帰って行った。

綾子は二人を見送りもせず二階へ駆け上り、ぺたんと畳に坐ったまま、しばらく放心状態であった。

腹立たしさ、恥ずかしさ、申しわけなさ、自己嫌悪《けんお》、さまざまの思いに打ちのめされ、顔も上げられぬていたらく、何といっても姑にどう詫《わ》びたらいいのか、考えても考えても悔やまれてならぬ。あのひとはたちの悪い満州ゴロで、引揚げの日が迫っているため、捨てるよりはましと綾子に金を恵んでくれただけのこと、日本に帰って生計が立てば忘れているはずの金だったのに、たぶん暮しにも困り、八方手を尽して桑島村を捜し出し、威《おど》しをかけたにすぎません、と説明しようか、いやそれもいいわけがましい、ともかく金を預かったのは明々白々の事実だし、それは一時期、親子三人には命綱ともなった金なのだから。

綾子は日暮れまで二階に呆然《ぼうぜん》と坐り、夕餉《ゆうげ》の支度に釜屋に下りて行って姑と顔を合わしたときも、やはり何もいえなかった。

いまどき三千円はなかなかの大金で、いちはそれを、へそ繰りを入れてある仏壇の引出しから取出して来たにちがいなく、しかも、先ごろ家の財布を渡されている嫁としては単にすみません、で済むような話ではないのだという自責の念がある。お母さんに大きな大きな借りを作ってしまった、と思えば思うほど何もいえなくなり、綾子はとうとう、この件についてはいちに謝りもせず礼もいわず、そして金も返さずに終ってしまった。

そしていちもまた、一言も綾子には問い糺さず、話の種にもしなかった。この辺り、ふだん見馴《みな》れない人の訪れは村中の話題になり、姑もそういう噂《うわさ》が嫌いではないはずなのに、どこのお人？　とも、あの人らご夫婦？　とも詮索《せんさく》せず、ずっと素知らぬ顔ですごしてくれたことについては、綾子は恐れ入るより他なかったのである。要にはあの日、帰りを待って一部始終を報告したが、これといった感想もなく、ふうん、とうなずいただけであった。

もしいちと要と、母子《おやこ》のあいだだけでこの話題が出たとしたら、きっと要は「どうせ綾子のしたこと」と距離を置いて話すにちがいなく、そういう要に較《くら》べていちはつくづくえらい人だな、とこの件を境に綾子は姑に頭が上らなくなってゆくのであった。

終戦後半年辺りから昭和二十二、三年まで、復員兵も含めて外地からは続々引揚船が到着し、それに乗って戻った引揚者たちは日本国中のあちこちに散らばって行ったが、そのありようはさまざまであった。

飲馬河《インバホウ》開拓団も小学校職員たちも、終戦後は避難経路の選択次第でバラバラになり、綾子たちの引揚船のなかには学校職員の顔はもう一人も見なかった。故郷に落着いてのちも、互いに連絡を取り合うでなく、お互い消息の知れないまま過していたが、この江原と弘子が現われた直後、助教だった若い豊永先生が突然あらわれ、一晩泊って帰って行った。本人がいうとおり、

「僕は飯食らいに来ました。三好先生家は農業じゃと聞きましたから」

とあけすけにいって事実驚くほどの食欲を見せ、

「こうして食糧のあるお宅をたずねて一宿一飯のお恵みにありついています。僕はいま担《かつ》ぎ屋。教員の給料は雀の涙ほどですが、助教はそれよりもっとひどい。蚊の涙ってとこですかねえ。それでは食ってゆけませんからね」

というのを、三好家では全員正直な人と好ましく受けとり、また来て下さいともてなしたが、そのあとは二度と現われなかった。

あとから思えば、この辺りまでは三好家の内も綾子の気持も穏やかで、家中が跡取り息子たち三人が無事外地から戻ってきた喜びにいまだ酔っているところもあったのではなかろうか。

加えて、ちょうど農閑期ではあり、九月末以来、田は麦と大根を播《ま》き、畑は芋の収穫のあと冬野菜を播いただけの仕事量だったから、要といちだけの労働で十分であった。

が、陽《ひ》あしが少し長くなると、いちは意欲満々で、

「今年は手も出来たし、温床の苗は増やして西瓜《すいか》もやってみよう。しばらくぶりで蚕も飼おうと思うて桑苗も頼んである」

と披露し、それについては永年一しょに暮して来ていちの仕事ぶりをよく知っている道太郎が遠慮がちに、

「蚕は仕方ないが、西瓜はやめておいたほうがようはないか。あれは肥えどきに逃さず肥えをやらんと、順調にはふとらん。要も勤めよることじゃし」

といさめると、いちは猛然と舅《しゅうと》に立ち向い、

「いや、何もようけ作るというのじゃない。南瓜《かぼちゃ》と胡瓜《きゅうり》のわきへちょびっと植えておけば、夏になりゃ美耶も喜ぶ。

今年の夏は暑いそうなきに、西瓜はええ値で売れるというぞね」

と有無をいわさぬ口調で押し切ってしまった。

作り物に関する会話は綾子には何も判《わか》らないし、自分に関係のあることとは思っていなかったが、田畑の苗が伸びてくるころから、近所隣もざわめき立ってくる感じだし、いちの顔つきも変ってくるようであった。

日の出も早くなれば、障子の白みはじめたころあいにはいちはもう起きて動いており、苛立って階段の下から、

「要、要、早う起きて来てや。いつまで寝よる」

と呼び立てることもしばしばとなる。

庭先に板囲いしての温床作り、その中で育てる苗類の世話、育った苗を植えるための田畑の畝《うね》作り、とき到《いた》れば田もすき返して水も通さねばならず、耕作地は少しばかりであっても、時期を外すと実りが悪くなるため、焦《あせ》りに焦るのである。それに、大農の家だといずこも牛馬を飼っており、自分の都合のよい日に使えるが、小百姓ではいちいち牛馬持ちの家に伺って頼まねばならず、その段取りもなかなかに忙しい。

要は五時起きで田畑へ飛び出してゆき、朝食後もう一働きしてのち、自転車に乗っての出勤となるが、いちはその背に向ってさえも、

「明るいうちに戻ってや。桑に肥えやらんならんきに」

と必ず用をいいつけるのを忘れなかった。

少しずつ仕事が増してくるこんななかで、綾子の日常は全く変らず、ただ傍観しているのみであった。

自分の主婦としての務めは、家の内を掃除し、煮炊《にた》きし、美耶を育てることだとばかり思っていたから、常にも増してその役目に励んでいるという自覚はある。家の前のひとり生えの草花を摘んでコップに生け、釜屋に置いてみたり、朝の英語もしばらく休み、山小屋へ行くことも控えていて、三月四月はその回数も少なかった。

いちは、目の廻る忙しさのなかでも、来客もないはずの玄関の縁側を綾子が雑巾がけしたり、庭の花を生けるための花器を捜しに倉へ入って行ったりする様子を、どんなに苛々しながら見ていたことだろうか。

その我慢がとうとう弾けたのは四月の日曜日の夜であった。

日暮れるまで要といちは外で立働いていて、釜屋に入ってくると綾子が二人をねぎらうように、

「今日はうどんを打ってみたけんど、どうじゃろか」

といいながら湯気の立つ大鍋《おおなべ》から椀《わん》によそうのをいちは見て、とうとう、

「このせわしいのに、そんな気の長いことしよったかね」

と強い口調でいい、驚いて目をあげた綾子に、いちは堰《せき》を切ったように、

「あんたがね、何故《なぜ》百姓を手伝わんか、私は要に問うてみた」

と、卓袱台《ちゃぶだい》の前に斜めに腰かけ、目は要を見ながらいい始めた。

それは、胸のうちに溜《た》まりに溜まった憤懣《ふんまん》を、今日こそいわしてもらおう、とする意気込みに溢《あふ》れていて、要も綾子も気圧《けお》され、口を差挟むすきもない雰囲気であった。

「そしたら要のいうことに、『あれは町の人間じゃきに、百姓はさせられん。うちに居《お》ってもろうたらええ』と、こうじゃった。

しかしねえ。なんぼ町の人間じゃとて、百姓家へ来たからにはそれでは通りますまいが。

ここら辺の嫁はねえ。起き抜けに座敷から庭へぱっとはだしで下りる。夜、仕事終えて寝るときにはじめて足を洗うて座敷へ上るもんじゃ。

私もずっとそうやってきた。

植付けの時期に下駄《げた》履いちょる嫁など見たこともない。うちは下駄どころか、座敷へ坐《すわ》ったなりじゃもの。その上、日が高うなってから起き出してきて洗濯じゃ。

洗い物はね、東側向きに干す嫁をもらえ、と昔からいいよるよ。陽が出た時分にはもう乾き上っちょるほど、早起きして洗えということよね」

「もうええよ、それくらいで」

とさすがに要がとめに入ったが、そのあいだ、綾子は土間に目を落し、もんぺの裾《すそ》までも泥にまみれた姑《しゅうとめ》の両の素足を眺めた。

冬、綾子が出産の折、この家にいたころはこのひとはたしか道太郎の編んだ藁《わら》草履を履いていたが、少しあたたかくなってからはいうとおり朝は寝床から土間へとはだしで飛び下りていたと思われ、夕飯どきのいまもなおはだしであった。

見れば要もはだしのままで箸《はし》を持っており、それを見て綾子の頭の中ではなるほどなるほど、と難問がすうーっと解けてゆくような感じがあった。一呼吸置いてから綾子はゆっくりと正直に、

「お母さん、そうやったですか。私はちっとも知らざった。誰も何にもいうてくれんきに、私は家に居って家のことをせんならんものと思うちょりました。教えてくれたら何でもやります。満州の生活を思うたらどんなことでも出来んはずはない」

と綾子が意外にも明るい声でいちの不満をさらりと受け止めたのに対し、今度はいちのほうが面食らってぽかんとし、要はなお慎重意見で、

「綾子は百姓したことがないきに、そんなに簡単にいうが、ほんまの百姓仕事ちゅうのは趣味の土いじりなどとは全くちがうよ。

ま、美耶もおるもんじゃし、どうしてもかなわんときは手伝う程度でええじゃないかね」

と抑えるのに対し、いちはやっぱり強硬で、

「ま、それで先々済むとは思えん。折角やるといいよるきに、明日から手を貸してもらおう。私も助かるし」

と主張してやまなかった。

第五章 結核の宣告

土仕事など平気、満州思えば何でも出来る、と考えていた綾子の農業観が揺らぎ始めたのは、毎朝はだしで飛び下り、田畑に出るようになってから一週間も経《た》たなかった。

いちはさすがに、素直に姑《しゅうとめ》に従った嫁をいたわり、何事につけ、

「美耶を見てやりなされ」

といって、自分は先に野良《のら》に出てゆき、昼休みは子を昼寝させて小休してもよく、夕は先に帰って煮炊《にた》きするよう、心づかいをしてはくれたが、やはり生れて始めて、青空のもとで一日中働くのはなかなかにきつかった。

綾子が案じるのは、満二歳と何ヶ月になった美耶を連れ出し、畑の隅で一人遊ばせたり、ときには畚《ふご》の中で眠らせたりの、いま成長期にある子に対し、よい環境条件を与えてやれない悩みであって、こうした美耶を見るたび、しぜん自分の育ったころと

比較しているのを感じる。

喜和も決して教育的な母親とはいえなかったが、てのひらの中にかこい、風にも当てぬようにして育てられたことはよくおぼえており、いま美耶が田畑を駆けまわり、ときにリヤカーに乗って遊んだりしているのを見ると、何やら子に対し、大きな罪悪を犯しているのではないかと思われてならなかった。

美耶にだけではなく、朝起きればすぐに自分と子供との野良行きの支度をし、あわただしく飛び出してゆかねばならぬいまの暮しは日が経つにつれて疑問が生じてくる。

これが私の生活というものか、田畑へ行くだけの、夜は疲れて寝床へ倒れ込み、ラジオはむろん新聞も開けぬ日々が私の暮しなのか、と思うと、では少女時代、両親が将来にそなえて茶道華道などの稽古《けいこ》ごとをすすめてくれたのはあれは何だったのか、と思う。

綾子の気持がだんだんと暗くなってゆくのに反し、いちの機嫌は上昇し、鍬《くわ》の使いかたや作物の話など、あまり饒舌《じょうぜつ》ではない人がさも楽しそうに話すのを聞いていると、綾子はいくら年月経っても自分はああはなれない、とつくづく思う。

それでも田に水を引かないころはまだどこかのんびりしていたが、そろそろ田植えの準備が始まるころから外での労働時間はぐんと長くなった。

村の役場では朝五時と夜九時にサイレンを鳴らすのだが、五時のサイレンで起こされる人は誰もおらぬ、と皆いうとおり、外の明るくなる四時前からもう野良へ出る人も少なくなかった。

泥だらけの田圃《たんぼ》に入るとき、綾子がいちばん恐怖を覚えるのは蛭《ひる》であって、これが足などにぴったり食いつけば血を吸われ、引き剝《は》がそうとしてもなかなか離れないのだという。蛭がいなくてさえも、子供の時分から泥遊びなどしたこともない綾子は、このぐちゃぐちゃとした、足指のあいだから捻《ねじ》れ上ってくる泥の感触は気味悪く、その泥足のまま一日中いなくてはならぬのは、疲労を倍にするように思われるのであった。

忙しくなれば要も勤めを休み、家の力仕事は一手に引受けてくれたが、日長の一日は食事も四度、そのたびに綾子は美耶を連れて家に戻り、また後始末をして野良に出るというあわただしさになる。

夕方は手もとの見えなくなるまで外にいるのは農家の人たちの常識で、綾子たちもやっと暗くなって家に戻り、鍬と手を洗って食卓に就く、その足もとはまだはだし、箸《はし》を取るころには九時のサイレンが鳴り響く、という毎日がやってきた。

待ちくたびれた美耶は釜屋《かまや》の座敷の片隅でころんと横になって眠っており、そのわきで道太郎が団扇《うちわ》で蚊を追ってやっているのが助かりで、ようやく足を洗いに門の前の流れに出れば、空には薄月がかかっている。見上げると心の底から大きなためいきが突き上げてはくるが、この現実からは逃れようもないものであった。

いよいよ田植えの日は「ゆい」で、近所の人たちも大勢手伝いに来てくれ、綾子も教わりながら横一列の行列に加わる。左手の苗束から指で苗四、五本をひねり出し、右手でそれを足の左に二もと、足の間に二もと、右側に二もと、という間隔で泥の中に挿し、一足ずつ退《さが》ってゆく。

「あら姐《ねえ》さん、はじめてじゃのになかなか上手」

と皆にはやされ、そういわれると綾子よりはいちが喜んで、

「早うに私ほどになってもらいたいと思うちょります」

などといい、聞くと綾子は内心暗澹《あんたん》とする。

家の田圃は小さい切っ端二つしかないが、それでも植付けが終った日は前の晩、夜なべに五目ずしなどを作っておき、当日は田へ持ち込んで手伝いの人とともに田の畦《あぜ》でさなぶりの祝いをする。ああこれで田の仕事が終った、と胸を撫《な》でおろすのは浅墓というもので、田も畑も日照時間の長いこれからが農家の人たちの働きどきとなる。

植えつけた田は朝晩水の具合を見廻らなくてはならず、これは綾子では用は足りないが、育つまで五回、という田の草取りは「死んだほうがまし」と綾子がつくづく呟《つぶや》くほどつらいものであった。

草取り機械はあるが、これでは田の隅へは届かず、這《は》う、というとおり、四つ這いになって手を泥に突っ込み、かきまわして雑草を掻《か》き退《の》けるのである。

うつむいたまま、稲の六株のあいだをゆきつもどりつ、何時間もかかって田の一切れがやっと終るが、夏に弱く、心臓も弱い綾子は田を這いまわりつつ自分の心臓がまるで咽喉《のど》から飛び出しそうに早く打っているのを感じる。

苦しさに途中でいく度も田から上り、畦で休んでいる姿を近所のひとに見られ、いちに告げ口されるばかりでなく、

「町から来た嫁さんはねえ」

とあわれみを込めたかげ口をたたかれているのは知っている。

そのうち梅雨が始まり、雨の日は内で家事が出来るかと思ったら、この時期は外でしなければならぬ仕事がいっぱいあった。

蓑笠《みのかさ》着て肥料のアンモニアを撒《ま》きにゆく仕事、露地ものの夏野菜の苗を植える仕事、芋の蔓《つる》を植えるのも雨の日がよく、そして綾子がこれだけはどんなことがあっても手

伝うのは嫌、と頑強に拒む養蚕の仕事があった。

大体綾子は動物が好きでなく、というよりもとてもおそろしく、生来、犬猫以外は触った記憶がほとんどない。

農家なら必ず鶏は飼っているが、その強靱《きょうじん》そうな嘴《くちばし》を見ただけで足がすくみ、鶏小屋へもめったに近寄らなかった。

蚕は鶏の嘴よりももっと気持悪いが、いちは春の初め、新川の町にある種蚕を売る家に行き、春蚕《はるこ》を三グラムほど買って戻り、それを見たとき綾子はちりけが寒くなるほどの嫌悪《けんお》感を持った。

生れたばかりの蚕《こ》は蟻《あり》よりも小さく、三グラムといえば一塊となって小指の頭ほどしかないが、そのうごめいている姿は不気味としかいいようのないものであった。

キャッと叫んで飛び退いた綾子を見ていちは笑いながら、

「なんでそんなに恐《こわ》がることがある。これほど可愛《かわい》らしいもんがあるかね。精出して世話しよりやどんどん太って、やがて上等の絹糸をどっさり吐いてくれるもの」

といったが、綾子はこの最初の一瞥《いちべつ》から世話するなんて絶対嫌、と固く思ったのだった。

種蚕が家に来ると、いちは嬉《うれ》しそうにいそいそと立働き、まず母家《おもや》の畳を、道太郎と自分の寝る部屋だけを残して悉《ことごと》く上げ、納屋《いなや》に積み上げて蚕室を拵《こしら》えた。床板だけの空間にはこれも納屋から蚕棚の資材を取出してきて組み立て、えびら、という竹製の広蓋《ひろぶた》ようのものをその棚のあいだに入れ、ここに蚕の寝床を作るのである。

この手はずは、いちが長年やって来たことだったが、戦争中食糧にならぬ桑の木は供出しなければならなくなり、かたがた手伝っていた佐代もいなくなって、止《や》むを得ず休んでいたものが木綿機と同様、これで着物の一枚でも、との欲が出、復活させたものであったろう。

それにいちの目論見は、佐代に代る手伝いに綾子があることを恃《たの》んだと思われるが、綾子は蚕室から立ちのぼる虫の臭気にも耐え難かった。

蚕が日を追うて太り、桑をたくさん食《は》むようになれば、大人が三人は優に入れるほどの大きな桑籠《くわかご》をリヤカーにのせて桑畑に行き、指につけた桑摘みの鉄《かね》で一枚一枚桑の葉を摘み取り、籠を満たして帰らねばならぬ。

いちばん大変なのは、生れて三週間ほどすれば蟻ほどだった蚕が十センチの芋虫ほどに成長し、上蔟《じょうぞく》しはじめるときで、放っておけば蚕は糸を吐いてどこにでも繭《まゆ》を作るから、時をおかず処置をしなければならないのであった。

上蔟《あが》りはじめた蚕を入れるのは、藁《わら》で作ったまぶしか、蜂の巣というそれに似た小窓のたくさんある箱だが、このときは蚕を手摑《てづか》みにして一匹一匹入れなければならず、その感触が綾子には身ぶるいの出るほどおそろしかった。

上蔟が近づくと蚕の食欲は旺盛《おうせい》となり、いっせいに桑を食むそのざあーっという音はまるで屋根を叩《たた》く豪雨のよう、釜屋にまで聞えてくるが、綾子はこの音に、のちのち夢のなかまで追いかけられることになる。

音だけでなく、蚕には特有の臭《にお》いがあり、成長してくるとその臭いは家中に満ちて綾子はいつも食欲を失ない、いつまでも馴《な》れなかった。

この過程を見ると、養蚕という仕事がいかに多くの人手を要するか驚くばかりだが、いちはこのあと年々量を増やして飼うばかりでなく、春蚕《はるこ》、夏蚕《なつこ》、初秋と年三回休みなく続けるのであった。

もっとも、綾子には無理強いせず、町から来た嫁が頼りにならないと知ると佐代にたのみ、佐代は馴れた仕事とて自家の仕事のあいまを見て自転車を飛ばして来る。あわただしくいちを手伝い、また帰ってゆくのだが、綾子は最初、佐代が来るたび申しわけなさに胸の痛む思いがしたものの、馴れてくるとまた別の見かたも出来るようになった。

いちが蚕を好きなのは、もちろん繭がいい値に売れるためではあるが、蚕飼いには余得ともいうべきものがあり、それをいちも佐代も楽しみのひとつにしているのだと思った。

上蔟した蚕がきれいな繭を作ると、その繭を毛羽取り機にかけたのち桑籠に入れて新川の町へ売りにゆくのだが、その際、売りものにならないいびつな形や汚れた繭が必ず出、それが自家用として活用できる。

一夏の忙しさもようやく一段落したころあいになると、いちは納屋の隅からダルマという糸取り機を取出して来て土間に据え、鍋《なべ》に湯を入れてそのなかに繭を浮かせ、糸を取るのである。

こんな技術をいちはどこで習ったのか、湯のなかで繭はくるくると回転しながら一筋の細い細い糸となって上部の穴に吸い上げられてゆく。

見ていると白い丸い繭玉はみるみるうち裸になり、鍋に浮いているのは醜い蛹《さなぎ》の姿となる。はじめはもの珍しくそのさまを眺めていた綾子だったが、やっぱりこの蛹の独特の臭気には耐えられなくなり、ダルマのそばへは寄りつかなくなってしまった。

いちはかつて、結婚まえの佐代とふたり、蚕に桑をやりながら、

「今度の蚕さんの糸ではどんな着物作ろうかね」

「そうやねえ、糸に撚《よ》りをかけてもろうて無地染めのコートはどうじゃろか」

「それはええ。今年の蚕はええ蚕じゃきに、糸もええ糸が取れるじゃろ」

などと語り合いつつの作業は楽しみなものじゃった、とは、いちの機嫌のいいときの述懐だったが、それはとりもなおさず、蚕を嫌い続ける嫁への、せいいっぱいの怨《うら》みの言葉であったらしい。

同時に、佐代に手伝ってもらえばその報酬として、着物の一枚も作ってやらねばならぬことを、予《あらかじ》め、綾子に知らせておく必要からであったとも思われる。

それに綾子は、養蚕を手伝えばいちの絶対的命令下に置かれることもひどくおそろしかった。要のふとこぼした言葉に、

「うちのばあさんは、果てしのない人じゃ。何を手伝うてやってもここまででええ、ということがない。次から次へといつまでも用事いいつける。あれには参る」

といっていたのを綾子はうなずいて聞いており、確かに姑の歩調に合わせていると自分もきっと倒れるだろうという予感はあった。

それというのも、田植えの終ったころからなんとなく体がだるくなり、自分でも目に見えて元気の無くなっているのが判《わか》る。日長の一日せいいっぱい働けばいきおい睡眠時間の短かくなるのは当然で、体の不調は寝不足のせい、と思いつつ一日の休みも

許されなかった。

ときどき、息が止まっているのではないかと思うような苦しさもあり、とくに陽《ひ》の沈む夕方の刻限は疲れがひどく、野良に立っていてもしゃがみ込みたくなってしまう。

それでも綾子はまだ、自分が病気だとは少しも思っていなかった。元来体が弱いのを、喜和がいっそう大げさに庇《かば》い立てて育てたので、子供のころから無理なことは何ひとつしてはおらず、それを考えればいま自分は馴れぬ仕事をしているため、体が拒否反応を起しているに過ぎぬ、というふうにとらえられなくもない。

満州のあの、人間としては生きるギリギリの暮しのなかでも、ふしぎに綾子は風邪ひとつ引かなかったことを思えば、いまきつい労働とはいえ、その代償として飢えの不安が取り除かれているとすれば、そこに病気の発生など全く考えられないことであった。

綾子にはもともと、ひどくのんきな面もあり、とくに自分に都合の悪いことは忘れていられるところがあって、ああしんどいな、と思いつつも、畑には西瓜《すいか》や胡瓜《きゅうり》や南瓜《かぼちゃ》も日々肥《ふと》って世話してもらうのを待っているし、油断すればすぐ雑草が生い茂り、いちと仕事に追い立てられる日々ばかりであった。

農繁期にはさすがにひんぱんには高知へも行けなかったが、それでも岩伍のうどん屋の計画は昨年から少しずつ進展していて、まず土地を高知駅前通りに百五十坪ほどのものを確保し、その上に三十坪ほどの家を建てつつあった。

引っ越しは四月四日で、その旨《むね》岩伍から葉書が届き、終りに「山にて暮すこと約二年、激動の世相のなかにあって静かな明け暮れであった」という添え書があった。

綾子はふと、押せば倒れそうなあの藁葺《わらぶ》き屋根の小屋を目に浮べたが、いまはすこしもそれがいたましいという思いはなかった。かえって、紹介業を悔いた父にはそれがもっとも似つかわしい住居であったかもしれぬ、とさえ思えてくる。

もし岩伍の紹介人としての働きを罪というならば、山小屋の逼塞《ひっそく》でそれは償えたのだろうか、とすれば、うどん屋という馴れぬ商いに取り組むのは、あの人にとって新しい人生の出発というべきものかもしれないと、綾子は考え続けた。

もしそうなら、子として父親の再出発に何か祝品を贈ってあげたいな、とあれこれ考えたが、高価なものは手が出ず、結局、商売にも役立つかも、と思い及んで皿を十枚、これは農協のトラックに乗ってたびたび高知に行く要に買って届けてもらうことにした。

帰ってきた要に、

「どんな家だった？　屋号は何と？」

と問うと、要は首をかしげながら、

「駅前町というからさぞ賑《にぎ》やかな場所かと思うたら、まわりは倉庫ばかりのさびしいところじゃった。

屋号どころか、暖簾《のれん》もないし、捜しまわってようよう見つけたが、ガラス戸が閉まっちょる。素人《しろうと》家よりもっと地味な家の風でね」

「そう？　けんど内では商売しよったでしょう？　何かごちそうになった？」

「狭い土間に、学生寮の食堂のような長い机と長い腰掛けがひとつ。お母さんがきつねうどんを作って出してくれたが、これは美味《おい》しかった。しかし壁には品書きもなし、あれで商売になるのかねえ」

といい、土産にもらったというイカの一塩を渡してくれた。

聞いて綾子は、そういう店構えはいかにもお父さんらしい、と自然に顔が綻《ほころ》んでくる。以前は自分の世界を持ち、大胆に金を使って臆《おく》するところのない人だったのに、いまこうして小商いを始めればそれはまるきり武家の商法、と思われ、綾子にはそれがいっそ小気味よかった。

その様子を自分の目で確かめに行ったのは、開店後一ヶ月も経《た》ってからのことで、背後から、

「今日は忙しいきに、泊らずに帰って来てつかされ」

のいちの声を聞きつつ美耶とともにバスに乗り、移転後はじめて訪ねて行った家は、要のいうとおりであった。

大体町のなかの家なのに敷地百五十坪に家は三十坪とは、と見れば、スレート瓦《がわら》の引棟の家のわきには広い庭を取り、岩伍の好きな木々を植えてある。家の前には一筋、小さな流れがあり、一またぎの木橋を渡ってガラス戸をあけると、内は正しく学生食堂であった。

左手に帳場格子はあるものの、室内に花の一本生けてなく、その殺風景な様子は、この家の主が店を可愛《かわい》がって手を入れているありさまとはほど遠かった。綾子は心のうちで、あの八幡家《やはたや》をとてもいとしみ、料理の工夫や客へのサービス、部屋のなかの装飾を楽しそうに語る喜和を思い浮べながら、ハッと気づくものがあった。

それは、岩伍もこういう小商売は初めてではあろうが、実際に店をやっているのは照であるということであった。

岩伍は金の工面や建築などの交渉はしても、料理を作ったり運んだりはできるはずもなく、店の仕切りは全部女手でなくてはならず、それを思うと綾子はすべて納得ができた。

いまさらいうことではないが、照の気の廻らなさは「何年富田におってもいまだに山出しの女中じゃ」とつい先頃の災害見舞の折も健太郎の嘆いていたとおりで、そのひとに気《き》の利いた店構えを求めても頭から無理だと綾子は思った。

座敷は意外に広く、六帖八帖《じょう》を庭に向って大きく取り、次の間に三帖の小間がついている。ここに岩伍が火鉢を抱えて坐《すわ》り、照ひとり土間に下りて働き、譲は地方裁判所の事務官試験に合格して毎日通い、恒子は卒業後、コレンスの洋裁学院へとこれも昼間は出ていってしまう。

要するにこの家の作りはうどん屋ではなく、家族四人が庭を眺めながらくつろいで暮すためのものであって、食堂はそのほんの一部に申しわけ程度についているに過ぎなかった。

綾子は岩伍に祝いを述べ、美耶とともに座敷に上ったが、陽ざしのきつくなった町なかを歩いて来て、ひどく胸が苦しかった。

「水、頂戴《ちょうだい》」

とたのみ、

「お父さんちょっと横になってもええですか」

というよりも早くそばの座蒲団《ざぶとん》をひきよせて頭にあてがい、上り端《はな》にながながと寝た。

親の前で、足をのばして寝そべる姿など、この家では見たこともなかっただけに、最初岩伍はちょっと苦々しい表情だったが、綾子の胸が喘《あえ》いでいるのに目を止め、

「どうした、綾子」

と呼び、照の差出したコップの水を飲む綾子をじっと見つめ、

「お前、病気じゃないか？」

と聞いた。

綾子は、そうたずねる父親の顔が一ヶ月ほど会わぬまにまたがっくりと老《ふ》けているのを見て、

「うん、ちょっとしんどいだけ。すんぐになおる」

と笑顔を作り、畳に肘《ひじ》を突っ張って無理に起き上った。

綾子は子供のころから夏病みがひどく、例年暑さとともに体はだるくなり、学校の夏の行事は何ひとつ参加できなかったし、女学校時代には転地療養して夏をやり過ごしたこともあった。

昭和二十二年の夏も、きっとまたその伝だと考え、駅前町ではほんの一時間足らず休んだだけで、美耶を連れて出た。

山小屋では、来たら必ず一晩泊って帰った綾子が、今日はあわただしく帰ってゆくのを岩伍は糺《ただ》したが、表向きの理由は「農繁期だから泊らずに戻るように」と姑《しゅうとめ》にいわれたから、というのは事実としても、ほんとうはやっぱり喜和のもとに行ってしばらく寝転んでいたかった。

苦しいときはこの人に甘えるのがいちばんで、まず美耶を押しつけておいて、

「お母さん、うちしんどい」

と訴えれば、喜和はすっかり呑《の》み込んでいて笑いながら、

「それは夏病み夏病み。この店のもん、綾子の好きなだけ食べてみなさいや。そしたらすんぐに癒《なお》る癒る」

と子供をあやすようにいってくれれば事実その通り、田舎では口に出来ぬ美味ですっかり満腹したあとはふしぎに元気が湧《わ》いてくるようであった。

食べながらの話題に駅前町の店の印象を説明すると、喜和はすでに健太郎から聞いていたらしく、

「あそこは地代も高かったろうし、家も建てりゃあお父さんのお金はもう尽きたのやないかねえ。もともと貯金なんかある人やないし。何とか商売がうまくいくとええねえ」

と決して悪くはいわなかった。

家相というのか、駅前町の家は何となく客を招くような雰囲気にはできておらず、それは綾子をも拒否しているようで、急に敷居の高くなった感じであった。おかしなもので、六帖一間の山小屋にまるで芋扱《こ》ぎのように詰め合って眠れば隔ても取れて親しいが、いまの家ではまた昔どおりの、恐《こわ》い父親になりそうで少々気が重くなる。それに何より、駅前町の店はもはや岩伍ではなく照のものであって、そうなると綾子には少なからず遠慮というものが生じてくるのは当然であったろう。

村へ帰ればまた文字通り猫の手も借りたい日々の連続で、次から次へと仕事は押寄せて来、その忙しさは人間の嘆息や愚痴など容赦なく轢《ひ》き殺してしまうような、まるでブルドーザーに似た非情さなのだと思う。

要もいちもてんてこ舞いをしているそばで「しんどいからちょっと休みたい」とか「だるいから家におりたい」とかの言葉を口にできるわけはなく、あーあ、と思わず出ようとする溜息《ためいき》は急いでのみ下さねばならなかった。

それに、しんどさが倍になる、と要が時折口にするのは、家の財布は譲っても、田畑の運営に関する「先やり」はいまだにいちが握っていることで、今日はここの草取ったからこれでよし、と要が出勤しようとすると、いちは、

「草取りは晩方戻ってからでええ、とあれほどいうたろう？　それより先に桑を摘んでもらわな蚕の上蔟《あが》るのに間に合わん」

と喰いちがいを見せ、その主張の前には要も妥協せざるを得ず、服を着換えてもう一度雨のなかリヤカーをひいて桑畑へと出かけてゆく。

「明日は朝、西瓜を取って農協へ出荷し、どことどこの畑の草、削る」

と前の晩いったことは、日が暮れようとも終るまではやめず、毎日のように泥足のまま頭上で九時のサイレンを聞きつつ晩飯を取る、こんな生活は、綾子にはもう息も絶え絶えとばかりに思われるのであった。

七月はじめ、岩伍から葉書が届き、来る《きた》六日、高知市柳原で戦後初めての花火大会が開催されるに付き、都合がつけば美耶に見せてやってはどうか、という文面であった。

岩伍はひそかに、前回綾子が来たとき、あまりの窶《やつ》れように心を痛めたらしいが、それは口には出さず、花火にかこつけて綾子の様子を見たかったらしい。

この時期では、以前のように勝手に家を出るわけにはいかず、葉書を見せると、いちは案外すぐに承諾し、

「美耶ちゃんよ。パチパチ花火をしっかと見て来て、おばあちゃんにも話して頂戴

よ」

などと機嫌良く送り出してくれた。

土産には重い西瓜を持たせてくれたものの、そのために喜和の家へ寄ることもできず、綾子はまっすぐ駅前町へ行ったが、座敷に上るとすぐ横たわらなければならないほど、体がしんどかった。

柳原の花火は、恒子が美耶を連れていってくれたので、綾子は久しぶりに子無しの時間でくつろぐことができた。岩伍はいく度もその顔をのぞき込み、

「医者へ行かいでもええか？」

と聞いてくれたが、綾子はなお夏病みだと思い込んでおり、久しぶりに岩伍と新しい家の内でゆっくり寝たのだった。

翌日は、喜和のもとを訪れたが、駅前町から中の橋まで、じりじりと夏日に照らされながら傘もささず歩いたせいで、八幡家の裏口に辿《たど》りついたときには胸は大きく喘ぎ、異常なほどの汗であった。

一間しかない座敷はあいにく客が二組使っており、喜和はあわてて椅子《いす》のひとつを引きずって来て裏口の路地の日かげに綾子を休ませたが、衿《えり》もとから見える、痩《や》せた鎖骨のそばで脈打っている心臓の動きを見て、少なからず驚いたらしい。

冷たいタオル、冷たいのみもの、と綾子にすすめつつ客とのあいだを往復する喜和も丈夫な体ではないだけに思い当ることもあると見え、昼どきの客がすっかり引いたとき、真顔で綾子にいった。

「美耶は私が見よるきに、いまから医者へ行てきなされ。行かんといかん。すぐ行きなされ」

「ええよ、お母さん。お医者さんはめんどくさい。行きとうない」

「いかん。健太郎の家の近所に診立てのええ先生が開業したそうな。親身に診て下さると。

何なら健太郎に連れて行てもらうかね」

「かまんよ。一人で行けるけんど」

綾子はしぶしぶ立上り、

「そんなにいうなら、お母さんのために行ってあげよか」

などと恩着せがましくいい、喜和の日傘を借りて電車に乗った。

下知一帯の例の洪水は十二日目からようやく引きはじめ、いまはほとんどもと通りになっており、被災者対策も少しずつ進んで、健太郎は市の建てたバラックに入っており、同時に定職を持つ必要にも迫られて、鏡川べりの中クラスのホテルのフロントに就職したのだという。

昔、綾子が小学校助教の職を得たとき、岩伍は「月給取りなどというケチな金を取るは先祖の名折れ」と罵《のの》しってやまなかったが、世は変っていまはなりもふりもかまわず、生きてゆくための手段として岩伍も総領息子の遅きに過ぎた就職に安堵《あんど》しているそうであった。

水の引いたあとの地区に建てられたバラックは、高い所に小窓一つあるだけの、まるで穴ぐらのような家だったが、小夜子に子供五人は変りなく過しており、綾子がしかじかのわけを話して病院の所在を問うと、小夜子は珍しく先に立って案内してくれた。

「それはそれはええお医者さんよ。どんな病気でも必ず癒してくれるから」

と小夜子は道々褒めて話し、それというのも、さきごろの避難所生活中、小夜子は肺炎を発病し、高熱に襲われて命も危ないというとき、この先生がペニシリンの注射を打つことをすすめてくれたという。

ペニシリン、とは誰も初めて聞く薬名だが、その効力は著しいものがあり、一本か二本、これを打てば高熱はただちに下るそうであった。ただ、いまだ市販されていない輸入品のため非常に高価で、一本千円もすると聞いて健太郎は困り入り、思案の末泣きつく先は親のもとしかなく、結局二本分二千円という大枚は喜和が八方工面して負担し、小夜子は無事恢復《かいふく》したという。

小夜子はこれについては、

「うちのお父ちゃんは、駅前町のお父さんの所へさきに行き、手をついて頼んだそうじゃけんど、どうしてもお金は出してくれざった。お父さん昔はあんなお方やなかった。嫁が命の瀬戸際《せとぎわ》というのやったら、家財道具みな売り払うても助けてくれるお人やった。

変ったもんよねえ」

とべつに怨《うら》みがましくはないものの、しみじみ語るのを聞いて綾子は内心、お父さんかわいそうや、と思った。

富田の商いも盛業のころは、健太郎一家のめんどうは岩伍がよく見てやり、子供のみか小夜子の着るものまで心配してやっていたのを綾子は知っているだけに、逆にこの話からいまの岩伍のふところの工合をしたたかに知らされた思いであった。

林内科、と小さな看板の出ている医院は、健太郎と同じ地域に建つバラックで、ドアを開ければいきなり診察室になっており、四十がらみとおぼしい先生が一人、坐っている。

すすめられて丸い回転椅子に腰かけ、容体を話すと、先生は聴診器で念入りに、ていねいに綾子の胸を診、背中を軽く叩《たた》いたあと、

「一まず注射をしましょう。横になって下さい」

とかたわらの黒いレザーを張ったベッドを指した。

透明な液の入ったアンプルはかなり大きく、それが血管の細い綾子の腕に射《さ》し込まれて少しずつ注入されてゆくのにつれ、まず口のなかがか一っと熱くなり、その熱さは全身に回って、異常な気分であった。動悸《どうき》もし、大きな息を吐かないではいられなくなって、

「先生、熱いです。気持わるい」

と訴えると、

「カルシュウムの注射ですから。しばらくじっとしていればおさまります」

といいつつ、注射針を腕から抜いた。

しばらく天井を見つめていると、なるほど熱さは少しずつ冷めてゆき、息も整って起上がると、先生はふたたび、

「ここへ」

と回転椅子を指差した。

「肺にラッセルがあります」

と先生は静かな声でいい、

「うちにX線の設備があればいいですが、聴診器でもはっきり捉えられますから、肺結核に間違いないでしょう」

と告げてから調子をかえて、

「ところで、入院はできますか。入院が可能ならばそれがいちばんですが」

といわれて綾子は瞬間美耶の顔が過《よぎ》り、

「入院？　それはできません。三つの子供がおりますから」

と答えると、先生はカルテをのぞき込み、

「そうですか。おうちは桑島村じゃね。それじゃあここまでバスに乗って注射に通ってくるよりは、家でじっと寝ていたほうがいいよ」

「先生、お薬はないのですか。お薬があったらもらって行ってうちで飲みますが」

と綾子が身を乗り出して聞くと、先生はおだやかな笑みを浮べながら、

「あのねえ、肺結核にはお薬はないの。

強いていえば、いましたようなカルシュウムの注射を打つか、食後に消化剤を飲むことですね。

昔から結核療養の三原則というてね。大気、栄養、安静を守ることがまず第一。おうちは田舎じゃから大気はええね。あと安静を守り、滋養になるもん食べよったらええでしょう。

それから、と」

と先生は首をかしげて、

「村に保健婦さんがおいでるね」

と聞き、綾子があいまいにうなずくと、

「容体を書いてあげるから、それ持って行って保健婦さんに定期的に注射してもらって下さい。

そしたら少しずつでも快《よ》うなるかも知れん」

「注射？　先生あの熱いのをですか」

と思わず聞き返すと、

「皮下に打てるような簡単なの、ザルソーという小さいのにしようかね」

と診断書に記し、それを折って封筒に入れると綾子に手渡してくれた。

「先生、有難うございました」

とお辞儀し、またパチンと日傘を開いてから綾子はもう小夜子の許《もと》には寄らず、停留所まで歩いて電車に乗った。

肺結核、という重大な宣告を受けたにもかかわらず、綾子の気持は案外に平静で、かくべつ取乱してはいなかった。

何よりも肺結核に対する知識が全くといっていいほど無かったし、それに林先生のそれを告げる面持ちが終始にこやかで、かりにも死病を語る雰囲気ではなかったことも、綾子に緊迫感を強いなかった一つの理由かも知れなかった。

しかし、病気の全貌《ぜんぼう》が摑《つか》めないながらも、ただいまの医師の診断がこれからの自分の暮しに何らかの変革をもたらすほど重要であったことだけは感覚として判《わか》り、電車の窓から後へ流れる町並みに目をやりながら、そういう宣告を下した林先生の顔をぼんやりと思い浮べたりした。

子供のころから体が弱い弱い、といわれ、三日にあげず医者の門をくぐって来た身ではあるものの、治療についてはいつも岩伍や喜和など、まわりの者がその都度適切な処置を講じてきてくれただけに、綾子自身が真剣に自分の体、自分の病気というものについて考えたことがなかった。もともと、保健や衛生を含む科学全般、綾子の興味の外であり、たとえ林先生がいたましげな表情で肺結核を告げたとしても、綾子は質問攻めにしてこの病気の知識を得ようとする気にはならなかっただろう。

それというのも、特効薬とて無かったこの時代、亡国病ともいわれた結核に斃《たお》された若者の数は実に多く、綾子の長兄龍太郎、要の父友義と弟尚、それに小夜子の実家の兄と母、また綾子の親友関規子までもこの病魔に奪われており、一家に一人は必ず肺病やみありとまでいわれていたころであった。

一旦《いったん》この病気にかかれば、急速に或《あ》いはゆるやかに、まっすぐ死の淵《ふち》のなかに吸い込まれてしまうのは犠牲となった死者たちの例でよく判ってはいるが、いま綾子にはそれらの人と自分を結びつけられはしなかった。

症状は、結婚まえにはお馴染《なじ》みだった夏病みのしんどさとよく似ており、ま、秋風が吹きはじめたら癒《なお》るかもしれん、と考えて中の橋へ戻ると、喜和は客あしらいのあいまに盥《たらい》へ水を入れ、ブリキの金魚を浮かせて美耶と遊んでやっているところであった。

「どうやった？　先生のお診立ては？」

と聞く喜和に、綾子は何の身構えもなく、

「肺結核やと。村の保健婦さんに注射してもらいなさいとおっしゃって、診断書書いてくれたよ」

といってのけたとき、綾子は喜和が軽く、

「まあ、そう」

と受け流し、

「まじめに養生しよったら癒る、癒る」

と力づけてくれるものだとばかり考えていたが、実際には喜和はしゃっくりのときのように大きくひくっと息を引き、みひらいたその目をすぐに伏せた。

「林先生やさしいお方やね。入院したほうがええ、とすすめてくださったけんど、それは出来んから、ときどきはこっちへ来て林先生に診てもらおうか」

綾子がそういいつつ、胸を濡《ぬ》らした美耶の服を着換えさせようとすると、喜和は客に呼ばれて店に入り、しばらく戻ってこなかった。

陽盛《ひざか》りに行動するのはしんどいが、肺結核という病名がついたからには家に帰って姑《しゅうとめ》と夫にそれを明かさねばならず、帰り支度をととのえて店に行くと、客のいないテーブルの前に喜和一人ぽつんと坐《すわ》っており、綾子が帰る旨《むね》の挨拶《あいさつ》をすると、くるりと振向いて、

「綾子、お前は龍太郎のこと、覚えちょるかね」

と聞いた。

「知らん。覚えちょらん。兄さん死んだのはうちの五つのときじゃったもの」

「龍太郎はねえ。家の離室《はなれ》で六年ものあいだ、肺病に苦しめられた。かわいそうに若い身空でどこへも行けず、蒲団《ふとん》に縛られて天井見つめるばっかり。

綾子、肺病ほどむごい病気はないぞね。いよいよダメといわれた半年ほど、息が次第に細り、それはもう見ておれんほど苦しゅうなっても、頭のなかは澄み切って何でもよう判る。死にとうない、死にとうないと心のうちでどれほどもがいたことじゃやら。

いっそ眠り薬どっさり飲ませて殺してやってつかされ、と私は泣いてお父さんに頼んだこともある。

子に先立たれるがどれほどつらいもんか、お前も美耶の母親なら判るじゃろう。私は龍太郎のときのような地獄を、もう二度と再び味わいとうない」

いいつつ喜和の目からはとめどもなく涙が溢《あふ》れ、エプロンの裾《すそ》で拭《ぬぐ》いつづけるのへ、綾子も力ない声で、

「お母さん、うちはまだ死ぬと決まったわけやない。ひょっとして林先生の診立て違いかも知れん。夏を越したらもとどおりになるかも知れん」

というと、喜和は苦笑いしつつ、

「そうやったねえ。やっぱり夏病みかも知れんもんねえ。今年はとくにひどい夏病みじゃったとしたら、どんなにか嬉しかろ」

と涙を拭ってから、

「けんど綾子、肺病にしろ夏病みにしろ、お前がこんなに弱ったのは、満州から骸骨《がいこつ》みたいになって戻ってからこっちというもの、休みという休みもなし百姓仕事をさせられよるのが病いのもとじゃと思わんかね。

馴れん土仕事に朝から晩までこき使われよったら、どんな丈夫な人でも病気になるわね。去《い》んだら、お姑さんにわけを話してしばらく畑仕事は休ませてもらいなされや」

と懇々といい、綾子のそばへ寄ってきて、昔、子供のころいつもそうしたように綾子の前髪をかきあげた。

とたんに瞼《まぶた》がじわりと熱くなってきたのを綾子は隠し、

「ほんならね、お母さん」

と美耶を促し、表に出た。

いまの喜和のいたわりは何ともうれしいが、しかし三好の家でこき使われたため病気になったのとは少し違う、と綾子は思った。

確かに、栄養失調の体に俄《にわか》に一日十五時間近い肉体労働をしたため、肺結核に罹《かか》ってしまったのは事実かもしれないが、それは姑や夫にこき使われたからではなく、自分からあの家の習慣に従おうとしたからだと考えている。こき使われた、といういいかたは好きでなく、そうせざるを得なかったから、そうしたのだと綾子は思いたかった。

喜和は以前から、綾子を贔屓《ひいき》するあまり、何かことが起ればそれは悉《ことごと》く相手が悪い、と受取りがちだけれど、病気の原因がそうとばかりもいえまいと考えられるだけ、綾子もほんの少しだけ、成長したのかもしれなかった。

百笑《どめき》でバスを下りたとき、綾子は立っていられないほど体がだるくなり、動悸もしていて、待合室の板張りの椅子《いす》に腰かけてしばらく休んだ。

幸い美耶という子はいつも喜和が褒めあげるほどおとなしく、母親のそばでじっとしており、いまはそれが恃《たの》みで、

「美耶、お母さんを助けてくれる？」

というと、こっくりとうなずく。

「ほんなら、これ持って。重いけんど、持てるかねえ？」

と、喜和が土産にと包んでくれた魳《かます》の干物の包みを差出した。

ただいま二歳半の美耶は口が遅く、自由自在にはまだしゃべれないが、このごろ目立って大人のすることを自分もしたがるようになり、母親にそういわれると嬉《うれ》しそうに包みをしっかりと胸に抱いた。

魳六枚の包みでも、一時間もバスに揺られた病人の身にはかなりの重みに感じられ、それを美耶に代ってもらえば大助かり、綾子はその美耶の片方の手を引いて川沿いの道を歩き出した。

長い砂利道には人影も全く見えず、西に傾いた陽を浴びながら黙って母子《おやこ》でゆっくりと歩いているとき、ふと、何につまずいたか美耶が前のめりに泳ぎ、同時に抱いていた包みを取り落した。油の滲《にじ》んだ紙は真ん中から裂け、中味の魳は飛び出して散乱し、砂利まみれになって路上に横たわっている。

綾子は思わず大声を挙げ、反射的に美耶の頭を思いっきり叩《たた》いた。

「バカやね。何故《なぜ》しっかり持ってなかったぞね」

と叱《しか》りつけると、失策におびえていた美耶はとたんに泣き出し、綾子はそれを放ったまま、あわてて路上の魳を拾い集めた。

田舎の暮しではなまぐさもの、と呼ぶ品々は何よりの貴重品、綾子が実家から土産に持ち帰る魚類を家中誰もが心待ちにしていることが判っているのなら、たとえ砂利にまみれようと泥に浸《つ》かっていようと、みすみすここで捨て去ることなど、あまりにもったいなかった。幸い自転車の一台も通っていないなら村の人に見咎《みとが》められることもなく、綾子はあわてふためいて鯆を全部拾い上げ、破れた包み紙を重ね合わしてそれをくるむと、泣きながら突っ立っている美耶をもう一度、

「とろい子やね。ぼやぼやして」

と叱ると、足を早めて歩き出した。

美耶は置き去りにされると思ったのか、いっそう大声を挙げて泣き、走りながらついてくる。

美耶がものを取落したり、よく骨折したりするのは成長期の幼児のころ、難民収容所でろくに食物も与えられなかったことが原因だとは思われるが、綾子はそこに思い至る余裕もなく、子の失敗《しくじ》りを一方的に叱るばかりであった。

川沿いの長い白い道、憤懣《ふんまん》やるかたない思いのまま、振り返りもせず先を急ぐ綾子と、悲しそうな泣き声を放って追いかける美耶、このときの光景は綾子の脳裏にくっきりと刻みつけられ、その後も美耶を叱るたび必ず目先にちらついてくるが、思うにどうやら、このあと家に帰りつけば夫や姑に自分の病状を告げねばならぬための、内

心の不安や苛立《いらだ》ちに自分自身も少なからずおびえていたらしい。心のふるえを紛らわせるのには、何かに当り散らすよりなく、その対象が家中でいちばん弱い美耶に向けられたのは、安易な方法であるとはいえ、いたし方なかったともいえようか。

しかし恐れていたその日の夕餉《ゆうげ》どきに、綾子は姑に報告することができなかった。要の帰宅が遅いこともあったし、まもなく「初秋」という蚕が出はじめるため、姑はそそくさと食事を済ませ、蚕室となる表座敷へ立ってしまったということもある。

また綾子は、打明けたところでどうせ入院など出来はしないと判っており、それなら何も嫌な話など持ち出さないほうがいいとも考えてためらったこともあった。

このまま放っておこうか、誰にも何にもいわずに、ひた隠しておく方向へと傾くのは、こんな忌《い》まわしい病気に罹ってしまった自分の運命について、深くは考えたくないからでもあったろう。満州の難民暮しのなかで、まるで死に神に薙《な》ぎ倒されたようにバタバタと死んでゆくまわりの人を見ながら、何故か風邪ひとつ引かないで無事日本に帰って来られたのに、いまさらこの自分が死病とは、と歯ぎしりしたい思いがある。

やっと乗り込むことが出来た引揚船が佐世保の港に着き、検疫のため沖合でまる一日ほど碇泊《ていはく》を余儀なくされたときのこと、船内で亡《な》くなった人があるというたましいニュースを聞いた。見も知らぬ人ではあるけれど、その人、日本の山河を前にしていかほどにか口惜しく無念であったろう、せめてもう一日、息があれば担架でなりと下ろされ、故国の土を踏めたものを、とそのとき綾子はひとごとながら胸が痛んだものだったが、いまの自分はそれに似ている、と思った。

天地の神々に祈りに祈り、ようやっと念願果してつつがなく故郷に戻りついたのに、いまになって薬も治療法もない病気に捕まってしまうとは、と考えはじめるとだんだん苛立ってくるが、しかし現実には、体中が溶けてしまいそうにだるくなるときがあるだけで、咳《せき》や高熱が出るわけでもなく、まして胸が疼《うず》くなどの症状は全くなかった。

兄の龍太郎が亡くなったのは綾子五歳の秋、そのころからきれぎれによみがえってくる記憶のなかでは、龍太郎は離室《はなれ》でいつもゆったりと本を読み、尺八や大正琴をいじり、喜和に美味《おい》しいものを運んでもらっていて、綾子から見ればむしろ楽しそうな療養生活であった。

ただ、岩伍も喜和も綾子が離室に近付くのを厳禁しており、それが子供心には不思議でならなかったのだが、少しものが判ってくるにつれ、龍太郎の病気は伝染の恐れあるため、綾子を戒めていたのだと知った。

そんなことを思い浮べていると、あの林内科の医者は伝染の危険などには全く言及せず、ただ入院を、とすすめただけだった、とそれがよみがえってくる。とすると、正真正銘の肺結核ではないかも知れない、もしそうであってもごく軽いものなのかも知れない、ひょっとしてひとりでに癒ってしまうこともあり得るのではないか、などとこの事態をよい方へよい方へと考えたくなってくる。

しかし、医者から勧められた村の保健婦に注射を頼む件については実行したほうがよいとは思っており、ついてはやっぱり家の者に打明けておかなくてはならなかった。

診断を受けて戻った週の日曜日、いつものように一日をいっぱいに野良《のら》で働いて夕食の時間になり、綾子は思い切って、

「私、このごろあんまりしんどいきに、こないだ高知の病院で診てもろうてきました」

といったところ、「それで?」とか、「医者は何と?」とか、姑なり夫なりが問い返してくれるものとばかり思っていた綾子の予想に反して、二人とも無言であった。

姑がはだしのまま、汁を注ぎに鍋《なべ》のそばへ立ち、湯気の立つ椀《わん》を持って卓袱台《ちゃぶだい》の前に戻るのを綾子は待って、

「胸のなかにラッセルとかいう音が聞えるといわれました。肺結核じゃと」

といったが、これにも誰も反応せず、加えて、

「お医者さんは入院するがいちばんええ、というたけんど、それは出来んと断わりました。そんなら役場の保健婦さんに注射してもろうたらええ、と診断書書いてくれたがです」

と、とうとう終りまで話してしまった。

が、卓袱台のまわりは、道太郎でさえ口を開かず、忙《せわ》しく茶碗《ちゃわん》と箸《はし》の音がするばかり、ややあって先に食べ終えたいちが美耶のそばに来、

「美耶ちゃんもうねむたいねえ。目がつぶれちょる。さ、ちょっとおいで」

と広い背中を向けた。

美耶はすぐその背におぶわれ、いちは両手を美耶の腰にまわしてほい、ほいと土間に立って揺すりながら綾子のほうを向き、

「お前《ま》さんのその病気は、実家《さと》から持って来たもんじゃねえ。うちで罹らせた病気じゃない」

といった。

え？　と目を上げると、いちの顔は、この人が機嫌のよいときに見せる柔和な糸目になっており、白い歯をこぼしながら美耶に子守唄を歌いつつ、表の坪庭のほうへ出ていってしまった。

綾子は狐《きつね》につままれたような気持になり、

「どうして？　実家から持って来た病気？」

と呟《つぶや》くと、要は茶を含みながら、

「尚のことを思い出したものじゃろ。自分の子が二人も肺病になったとは考えとうはないろうきに」

といったが、綾子は、それは違うのではないかと思った。

いつか綾子に話したように、いちは尚の入院生活のため金は底をつき、家の中の売れるものなら何でも売りたいと思ったことを考えると、いちが恐れているのは療養費ではないかと察せられ、それ故《ゆえ》にこそ、実家から持ってきた病気ならば実家で癒《なお》してもらいなされ、という意味だと綾子は受け取った。

結核は金喰い病といわれ、特効薬が無いだけに、あらゆる療法を求めて金はいくら注ぎ込んでも底無しという有様になってしまうのは、龍太郎を見ておおよそ判っている。

綾子は入院不可能だと自分から断ったのだし、それに、この家の財布は先ごろいちから譲られ、よしんば治療費に金がかかるとしても、いちに迷惑はかけないと考えているのに、何故あんなことをいうのかしら、と綾子の不審は解けぬ。

それに、嫁が肺病と聞いてどうしてあんなにおだやかで嬉しそうな顔でいられるのか、これも疑問であった。

前後片づけをして二階に上ったとき、それに拘泥《こだわ》り続ける綾子に要は、

「あまりの衝撃に、どうしてええか判らんときあのひとはあんな顔をよくするがね。あとからじわじわと、ちょっと綾子を働かせ過ぎたと困り入ってくると思うよ。前の尚のときもそうじゃった。尚が仕事をせん、働かん、というて年中叱言《こごと》をいよったが、それが病気のせいじゃと判ったときは後の祭りで、もう取り返しがつかざったきにねえ」

とわりあいに冷静な判断を下したが、これから先の綾子の療養生活については、要とてもこれといったいい知恵のあろうはずもなかった。

綾子は翌日から、自分で考えて野良仕事には出ないことにし、昼間は美耶を遊ばせながら納屋の二階で横になっていることにした。

いちはそんな綾子を見ても何ともいわないが、ただ要のいったとおり、家に病人を抱えて困惑の度は日増しに深まってくると見えて、次第に機嫌の悪くなってくるのがよく判る。

綾子が野良を手伝っても大した力にはなっていなかったとは思えるけれど、息子は

勤め、嫁は病人、舅《しゅうと》は目の衰えた老人、ともなると、たった一人で辛《つら》い運命を背負って生きる重さが両肩にのしかかっていたのではなかろうか。

綾子は、野良から帰ってくるいちがだんだん無口になるのに気付いていて、それを和らげるためにも夕餉の支度と風呂《ふろ》を沸かす仕事は休まなかった。

町の暮しとは違って水は井戸から釣瓶《つるべ》で一杯ずつ汲《く》み上げ、水槽に貯《た》めたり風呂桶《おけ》に入れたりだが、その釣瓶は重い鋳物《いもの》で、一握りもある棕梠《しゅろ》縄《なわ》を力いっぱい手繰らねばならず、そうやってバケツ二杯に満たした水を両手に提げ、納屋と坪庭を渡って風呂場まで運ぶのであった。

鉄の飯釜《めしがま》、鍋も同様で、竈《かまど》からの上げ下ろしの重いこと、町では台所仕事はこれだけで主婦の一人役だが、農家では仕事のうちに入らず、たとえ病人であれ、朝晩の水仕事ぐらいはするのが普通と考えている、と綾子には判る。

自分の病状というのはよく摑《つか》めず、ただ呼吸が涼しいか重いか、体が動くか動かないかの感覚だが、こんな綾子のもとに村の保健婦がやって来たのは夕方近くの時間であった。

風呂水を汲み込み、あまりの胸の苦しさに納屋の敷居に腰をおろし、目に涙を浮べながらハアハアと息をついているとき、門から自転車で入って来たのが若い古田保健婦であった。

先ごろ要が出勤の途次、林医師の診断書を役場に届けておいてくれたもので、指示どおりザルソー液一ダース入りを買って来てくれたのだという。ケースに並んだアンプルは一本に薄い黄色の液がかなりの量入っており、これを静脈に注射するため、

「腕を載せる台のようなもの、ありませんかねえ」

と古田保健婦は辺りを見まわし、恰好《かっこう》のものが見つからないのが判ると、じゃこで、と表の縁側を指さした。

縁には道太郎が腰掛けているのをわきに寄ってもらい、綾子は地面にしゃがんで袖《そで》をまくりあげ、腕を縁にのべ、古田保健婦は斜めに腰を下ろして注射器を取り出す。

綾子は生来血管が非常に細く、それが深く沈み込んでいて探り当てるのが容易でないが、林医師のような熟練者ならともかく、若い古田保健婦には難事だとみえて、ゴム紐《ひも》で締め上げた腕を思いっきり叩《たた》いたり、右に左に針をいく度も射しなおしたり懸命に格闘しており、そのうち両腕から血がにじみ出るのを見て、そばに立って見ていた美耶のほうがとうとう泣き出してしまった。

すみません、と謝りつづける古田保健婦も髪の生え際《ぎわ》にじっとりと汗を浮べており、

ようやっと、

「手の甲なら血管が浮き出ていますから、ここへしてもいいですか」

と聞いてのち、左手の甲から何とか液を注入することができた。

林医師はたしか皮下注射といったのに、と綾子が注射のあとを押さえながら問うと、

「注文どおりのものがなかったですから」

といい、重ねて、

「この注射を続けよったら病気はなおるがですか」

と聞くと、

「さあ、それは、私には判りません」

としんじつ何も知らないふうで、次の訪問日の約束もしないまま、そそくさと帰ってしまった。

このあと、しばらくしてもう一、二回来てくれたかどうか、振返っても記憶はひどくあいまいなほど、注射は綾子にとって頼りにはならなかった。たぶん、三、四ヶ村かけ持ちでたった一人の保健婦では手がまわらなかったことと、静脈注射の難しい綾子のような患者はなるべく避けて通りたかったと思われる。

暑さが加わってくるにつれて綾子の容体はだんだん悪くなり、暇さえあれば二階で

寝ている時間が多くなっていったが、それにつれて家のうちの空気も日ごとに暗くなってゆくのはどうしようもなかった。

ふしぎなことに、引揚げ以来、日常ほとんど忘れていて思い出さない満州の日々が体調が悪いときは強く鮮明によみがえってくる。

それも、道に転がっていた死体や、難民収容所の隅で死にかけている老人、どれも死につながっている凶々《まがまが》しい光景ばかり、そうかと思えば一転して、女学校時代よく歌った予科練の歌から思い出される特攻隊の姿が浮かんで来、そういうときは自分を叱咤《しった》する一つの材料ともなる。

もともと満州へは骨を埋めに行ったはず、そのころ、綾子と同年代の男子は命を的に戦っていたことを思えば、いま自分が少々死に後れたとしても、戦争世代ならいたしかたないこと、と無理して鼓舞しようとも思うのであった。

しかし現実に、気分の悪いときはどうしようもなく、美耶を中心に、綾子の直截《ちょくせつ》なものの いいかたなどがこの家を明るくしていた要素もあったと思われるのに、いまは自分の重い体を引きずるのものの憂《う》い綾子にとって、些細《ささい》なことも気に障《さわ》りがちで、それは大てい美耶を叱《しか》ることでやりすごしている。

そんなある日、今日は早昼食べて出勤という要は、朝からいちとともに肥桶を担いで一仕事し、そのあとさっと風呂を浴びてのち、卓袱台を囲んだ。綾子はこのところとみに食欲がなく、目のさめるような紫紺のいろに漬かった茄子《なす》の漬物を眺めても箸を出す気がおこらず、なずんでいたとき、門のわきで何やらたくさんの罎《びん》の触れ合う音がしたかと思うと、大声で訪《おとな》う声が聞えた。

「あい、あい」

とすぐ出て行ったのははだしのいちで、茶の間に坐っていた綾子が聞き耳を立てていると、

「まあまあ、それはそれは。ほんならこれは八幡家のお母さんから？」

というういちの大きな声が流れて来、あわてて下駄《げた》をはいて表に出て行った。

見れば麦藁《むぎわら》帽に汗のにじんだシャツ、半ズボンに地下足袋の男で、綾子を見ると、

「あんたが綾ちゃんかね。お母さんにこれ頼まれてね。わしは高知の町でミカン水とラムネを積み込み、それを伊野の町から八田村、この桑島村を通って高岡の町まで小売店へ卸して歩く商いでしてのう。

こないだ、中の橋の八幡家で弁当使いもってお母さんと話しよったら、娘さんが桑島村へ嫁《い》っちょると。魚のないところじゃきに、もし通り道じゃったら、これを届けてやってくれんかねと、わし頼まれたがじゃ」

といい、すでにいちに渡してあった包みを指さした。

高知の町から桑島村まで、ものを送るのには小包郵便しかないが、それだとたっぷり二日はかかるだけに生ものの魚類を、ここまで届けてもらえるなど、誰も考えつかないことであった。

きっと喜和は、この客と話しているうち、その商いの道が三好家の前を通ることを知り、咄嗟《とっさ》に荷をこしらえ、頭を下げて懇願したものに違いなく、それをまたこのひともこうして気軽に引き受けてくれたにちがいなかった。

綾子は胸がいっぱいになり、

「小父《おじ》さん有難う。まあ入ってお茶でも飲んでいって」

といえばいちも口を添えて、

「まあお前《ま》さん、高知から伊野を廻って高岡までとは長道じゃ。のども渇いたろう。入ってつかされ」

と二人で誘ったが、ミカン水売りは汗を拭《ふ》きつつも、

「いやいやそうもしておれん。何ちゃあ通り道じゃきに、これからも頼まれてあげますらあ」

というと、荷台へミカン水ラムネをぎっしりと積んだ自転車にまたがり、強い陽《ひ》ざ

しの下、賑《にぎ》やかに壜の音をさせながら川下へ遠ざかって行った。

もらった包みは包装の新聞紙にうっすらと血が滲《にじ》んでおり、そっと開けると、中味は若い鮪《まぐろ》でハツ、と呼ぶ綾子子供のころからの大好物であった。

「まあ珍しい。ええハツじゃ。よう手に入ったこと」

といちも驚き、

「八幡家のお母さんは行き届くお方じゃねえ。今晩さっそくご馳走《ちそう》になろう」

と顔を綻《ほころ》ばせた。

綾子はハツの包みを籠《かご》に載せ、家中でいちばん涼しい場所を捜して裏の背戸へ出て行ってみたが、ここだと猫に取られる恐れがあり、ならば自分で監視できるところがいいと考えて、納屋の二階へそれを持って上った。

少しなまぐさいその包みを籠に拡《ひろ》げて窓際《まどぎわ》に吊《つ》り、畳に体を横たえて眺めていると、綾子はしみじみと、喜和の心づかいを有難いと思わずにはいられなかった。

六年ものあいだ、龍太郎を看取《みと》っていれば、結核にどれほど滋養物が必要かはよく知っているはず、とすれば魚も肉も容易に口に入らぬ綾子の立場を考え、知恵を絞って思いついたのがこの方法だと判るのであった。

それにしても、こういう便がよくありもしたもの、高知から伊野町を迂回《うかい》して桑島村を通り、高岡町までの距離をいえばざっと五里、約二十キロの陽盛りの道を、壜を積んでいる木箱が撓《しな》うほど重い荷を積んでペダルを踏むあの小父さんも、すごいひとだと綾子は思う。

満州の体験から、引揚げて日本に帰れたら必ず働こう、働かなくては、と歯を嚙《か》みしめて辿《たど》りついたのに、芋飴《いもあめ》売り蒟蒻《こんにゃく》売りも挫折《ざせつ》、畑仕事もこんな有様ではこのさき、自分はどうなるのだろう、と何やら心細いものがこみ上げてくる。

第六章 両親の和解

この年の梅雨はなかなか上らず、来る日も来る日も雨音ばかり、たまの晴間もじっとりと空気が重くて息をするのも大儀でたまらなかった。

病気に湿気は何より悪いが、少しでも楽になるよう医者に行って治療しようという気もなく、また家中の誰もが綾子の病気について触れもしなかった。

農家にとって梅雨は慈雨、土が湿っていれば肥桶《こえおけ》かついで水をかける必要もなく、次から次へと秋夏野菜の植えものをしなければならず、またアンモニアのような化学肥料は上からふりかけるだけで雨水が根にまで浸透させてくれるので、その忙しさと来たら、猫の手も借りたいという昔からの形容は、全くその通りだと思う。

雨具はまだ、茅葉《かやば》で編んだ蓑笠《みのかさ》を使っており、要は出勤前、それを着て野良《のら》に出、一仕事したあと、シャツに着替えて出かけるが、姑《しゅうとめ》は一日中わさわさと、けだものの毛のようなそれを着たままでいる。昼飯どきだけは脱いで釜屋《かまや》に入ってくるが、蓑というのは前が重ならないため、着ている作業着の前は濡《ぬ》れて体なりに貼《は》りついたまま。

こういう姿を見ると、綾子が自分から病気の話題を持ち出せないのは当然であって、たとえいたわりの言葉をかけてもらっても、打ち消すか遠慮するかのどちらかであったろう。

ただ、自分も具合が悪いだけ、機嫌よく姑に接することはどうしてもできず、「お母さんすみません」とも、「お母さん大へんじゃったねえ」ともいえないまま、だんだん無口になってゆくのは致しかたもなかった。

病気を楯《たて》にとるつもりはないけれど、納屋《いなや》の二階への十段も心中「アルプス登山や」と思うほどの険しさ、上るなり畳に転べば胸はしばらく激しい上下動で、それでも波が静まれば畳に腕を突っ張って起き上り、夕飯の支度に下りてゆかねばならぬ。

綾子は決して多弁ではないが、それでも町から来た嫁ならこちらの日常にはたびたび突き当る疑問や驚きがあり、それを率直に口にすることで食卓が明るくなっていたことはある。が、異人種の若嫁が黙りこめば、唯一《ゆいいつ》の救いは幼い美耶だけれど、この子はまだ一人ではしゃぐことなど出来るわけもなく、それにこのごろ怒りっぽくなった母親の顔をまず窺《うかが》っているようなところもあった。

いちにすれば、自分は生来頑丈なだけに病気への理解が及ばないのはあたりまえで、この稀代《きたい》の働き者の目に映る嫁の姿というのは何ともはがゆく、なさけないものであったに違いない。

朝、辺りが明るくなればもう身支度を終え、鍬《くわ》を担《かつ》いで甲斐々々《かいがい》しく野良へ急ぐのは隣の嫁や向いの嫁ばかり、家の嫁など、姑より先に野良に出たことがないばかりか、実家からは治るあてのない病いを持って来ている。考えればどこまでも嘆きは深く、いら立たしくなると思えるが、その姑の気持を推し量る器量はまだ綾子にはないだけに、姑のとげとげしい態度は悉《ことごと》く自分へのあてつけのため、と受取ってしまうところがある。

喜和からの魚を運んでくれたあのミカン水屋は一週間ののちまたあらわれ、門のわきで綾子に包みを手渡しながら、

「この梅雨《ながせ》じゃきに干物はどれも塩からいが、生ものより安心じゃろ。晴れたらしっかりと干しつけて長《なご》うに食べて体を養いなされと、そうお母さんがいいよったよ」

とのことづけも聞かせてくれた。

前回もそうだったが、このたびも喜和の心遣いを受取ると、親とはありがたいもの、としみじみといまさらに感じる。

以前、女学校四年の夏、医者から転地療養をすすめられ、郷などに親戚《しんせき》は一軒もない、というのが自慢だった岩伍はその転地先を探すのに困ったが、幸い田舎育ちの照の奔走で高知市郊外の山沿いの家をみつけ、のんびりとそこで過したことがある。そのときの綾子の病気はたぶん夏病み、くらいであったと思えるが、岩伍と照は満員の汽車に乗って四、五日おきにヤミ物資を届けに来てくれた。夏の陽ざかり、衣類と交換して得た鰹節《かつおぶし》や、高いヤミ値の雑魚《ざこ》類などを両手に提げ、汗を垂らしながら二人が運ぶその栄養食を口にしても、綾子は正直のところ、いまほど有難いとはそのとき思わなかった。

美味は、世話をしてくれていたお婆さんや、馴《な》れていた猫などに惜しげもなく分け与え、これ嫌いあれ嫌い、と箸《はし》で取り除《の》けていた自分の姿を忘れてはいないが、そんな横着な娘を叱《しか》りもしなかった親心とは何と慈悲深いものかと判《わか》ってきたのは、満州でさまざま苦難の洗礼を受けたせいではなかったろうか。

いまはまたそのころよりはさらに食糧調達は困難となっており、それだけに喜和の才覚をあだやおろそかには思えなかった。が、届けてくれた干物はその晩、食卓に並べて全員がほとんど一度に食べてしまい、そのあとの皿を洗いながら綾子はためいきの出るような気持であった。

喜和は綾子の滋養のために、と送ってくれたのだけれど、一人だけそれを食べることは実際には不可能だと判っている。が、病人のひがみで考えれば、かつては尚を看病したいちなら、

「魚は病人だけが食べなされ。他の者は遠慮しよう」

とでも口を添えてくれれば綾子もかえって辞退したろうに、そういうことには一顧だにせず、

「あらまたお母さんが送って下されたの。それはそれは」

とだけで箸を取り、格別の感慨もなさそうにそれを食するのを見ると、綾子は悲しみを通り越して腹立たしい思いが突きあげてくるのをおぼえた。

お姑《かあ》さんは私の病気にも無関心、心づかいの一かけらもない、と思えばその憤怒は体中を駆けめぐり、出口がないだけ、いく日も溜《た》まって消えなかった。そのことばかり考えていれば、有難いはずの喜和の心やりにさえぶつかりたくなり、家に届けてくれても、私一人だけ食べられるわけがないじゃないの、どうしてこんなことするの、とやけっぱちに叫びたくさえなってくる。

納屋に寝ていれば不満はとめどなくふくれ上り、体の利《き》かないもどかしさの上に必ず追い討ちをかけてくるのは姑の、「その病気は実家《さと》から持ってきたもの」という言

葉であって、その言葉の毒を強く反芻《はんすう》したときには、ひとりでに涙を流していることもあった。

母親の寝ているわきでいつも一人遊びをする美耶は驚いて、

「お母さんおなかが痛いの？」

と目を見張って聞くが、それには、

「ねえ美耶、お母さんと高知へ帰ろうね。八幡《やはたや》家のおばあちゃんちへ帰ろうね」

と、目下唯一の救いの方法を話せば、美耶は何も判らずただこっくりとうなずく。

しかしこれは、美耶をなだめるだけの方便ではなく、この家にはもはや働かざる者の住む場所はないことは、骨身にこたえて判っているのであった。

ただ、家を出るのには当座の金が要るが、手許《てもと》に金がある道理はなく、いま金の代りとなる米も綾子にそれを持ち出す権利はない。田圃《たんぼ》の少ない三好家では収穫した米は家族一年分の用に満たず、そのぶんいちが近所隣の農作業の手伝いにゆき、労賃を米でもらって来て足してくれているという事情がある。

結局、月の二十五日に支給される要の月給を待つより他なく、その袋を手渡された夜、綾子は要に打明けた。

「しばらく高知へ行てくるきにね」

そういうと要は呆気《あっけ》ないほどすぐに、

「それがよかろ」

と同意し、しかしさすがに、

「高知はどっちの家へ？」

と聞いたが、綾子は言下に、

「中の橋のほうにおるつもり。お父さんには病気の話はしてないから。心配かけるといかんでしょう」

と答え、めんどうな話を嫌う要は、

「それもそうじゃね」

とだけであった。

翌朝、いちと道太郎にも一言そういい、百笑《どめき》まで要の自転車の前に美耶、うしろに綾子を乗せて送ってもらったが、病気の嫁は実家へ帰って寝るのが当然、とこの家の三人は納得していたのではなかったろうか。

梅雨もようやく上り、真夏の太陽が照りつける道を綾子はほんの手廻りの荷物を持ち、美耶の手を引きながら中の橋の八幡家へと向ったが、暑さに喘《あえ》ぎながらも、気持はまるで親鳥の羽の下へ戻ってゆく子鳥のような思いであった。

子供一人生み、自分が母親の立場とはなっていても、いま綾子の心情をいえば幼いころそのままで、もし許されるなら、

「お母さあん」

と大声挙げて泣きながら喜和に抱きついていったに違いなかった。

が、喜和は裏口から入ってきた綾子を見て驚き、

「まあお前、出て来たかね。高知は暑いぞね。田舎のほうがずっと涼しいろうに」

と荷物を受け取ってから、ようやく扇風機を買うたからね、と三帖《じょう》の畳の部屋へおいてあるそれのスイッチを入れてくれた。

見れば昔、富田家にあったような古い鉄製のもので、明らかに焼け残りの中古品らしいが、このせつは最高の贅沢品《ぜいたく》、

「生き返ったろう？」

と喜和はその風を当ててくれながら、

「ちょっと話がある」

と膝《ひざ》を寄せて、

「お前の病気のことじゃけんど、私は健太郎に話してあったところ、健太郎は駅前へ出向いてお父さんに打明けたらしい。

お父さん、見るも気の毒なほど心配して心配して、えらいこと沈んでおられたそうな」

と喜和は、最近雇い入れた通いのおばちゃんの所在を確かめておいて、声をひそめ、

「七日ほど前になるが、お父さんが一人でここへおいでたわね」

といった。

「えっ」

と綾子は飛び上り、

「それほんま？　またどうして？」

と聞くと、喜和は指を折りながら、

「離縁されて、お父さんとはもう一生会うこともないと思うちょったのにねえ。別れてからもう八年になるもんねえ。表から入っておいでた人を見て、私は最初どなたさんやら判らざった。

そしたら『綾子はこちらにおりますか』とその人が聞くやない？　見れば岩さんじゃった。

私は心臓が止まるかと思うたよ」

岩伍は長男龍太郎をこの業病で失なっているだけに、綾子の発病を聞いて、いても

立ってもいられないほどの気持になり、いく夜も眠れない夜を送ったあと、一生涯会うを禁忌としていたもとの妻のもとへ、まるでひき寄せられるようにあらわれたのに違いなかった。

もと夫婦は、かつての逆縁の悲痛な体験を共有しているだけに、いまふたたび娘の身に長男と同じ病名を聞けば打ちのめされた思いになるのもふしぎはないが、しかしもはや二人とも、手を取り合って嘆き合うほどの生々しい感情はなくなっているのか、あっても押し隠すだけの分別はあったにちがいない。

しかし岩伍は見るからに困惑しきっており、

「どうしてやったらよかろう？」

と喜和の気持を問い、

「何というても綾子は三好さんにあげたもんですきに、向うさんのいう通りにして頂くより他はありますまい。私はほんの手助けと思うて、たまに魚やら送りよりますが、それだけのことしかできません」

と話すと、岩伍はカンカン帽を脱いでていねいに礼をいったという。

結局喜和のいうとおり、綾子は三好家の人間なら、実家の親があれこれ手出しするのはいちにつけても申しわけない、というのが明治生れの両親の考えかたで、今後岩伍は葉書を書いては容体を知ることにしようという話になった。

帰りぎわ、岩伍はふと振返って、

「しかし綾子は、うちへは来いでも、ここへは折ふし来るかもしれん。来たらわしのもとへも来るよう、言付けてもらえんかね」

といい捨て、片手で暖簾《のれん》を分けて去って行った。

こんな一部始終を聞いて、綾子はふわりと心が軽くなり、大きな安堵《あんど》をおぼえた。綾子の学校時代から、この店の界隈《かいわい》に近づくさえ禁じ、未来永劫《えいごう》喜和とは不通、を宣言した岩伍が、よくもまあ思い立って一人でここに来たものよ、と深い驚きをくり返し口にすると、喜和もうなずきながら、

「それというのもお前の病気を案じてのことよね。

しかしお父さんも年取りなさったねえ。外見だけやないよ。自分から折れて出るなんてねえ」

と感慨深げな面持ちであった。

そして喜和は律義《りちぎ》に、綾子がここへ来たことはさっそく岩伍に知らさにゃ、といい、

「私も一緒に行ってみよ。お父さんにわざわざおいでてもろうたからには、私も魚籠《さかなかご》

でも持ってお礼にも行かにゃならんし」
と笑うのは、南天の枝を差した魚を手つきの籠に入れて挨拶《あいさつ》に行くのは婚礼の際の返礼の話、お目出度にかけての冗談で、
「ま、お父さんの店というのも見てみたいし」
と自分の店は通いのおばちゃんに頼み、すぐさま陽《ひ》ざかりの道を三人で駅前町へと向った。

喜和はちぢみのアッパッパにパラソルをさし、片手に美耶の手を引いて綾子と並び、綾子はいつか父親にもらった夏の絽《ろ》の僧服で仕立てた黒いワンピースを着て、三人は陽かげを選びながら追手筋を東へ、電車道に沿って駅前へと歩いてゆく。

暑さは綾子にはこたえるが、一度別れた両親と自分の三人揃《そろ》って相まみえるのは小学六年の暮以来のこと、それも、離縁話がこじれ、綾子をどちらへ引取るかのいさかいのまっさい中であった。あのころは、綾子は激しく父親を憎み、母親は自分が庇《かば》わねばならぬという義務感に燃えていて、こんな和解の日がいつやってくるのか、子供心にも全く考えたこともなかったのを思い出す。

あれから足かけ九年、そのあいだに綾子は結婚出産、渡満引揚げ、とあわただしく、実家の両親は表向きずっと岩伍と照で、喜和はかげに隠れたままであった。

これで三好家にも、この人が私を育ててくれた母です、と喜和を引合わせることができる、と綾子にはそんな喜びもあるかたわら、ではこれから会う照とはどうなる？と考えるとふっとゆき詰まってしまう。

岩伍と喜和が和解したのを、照が果して喜ぶかどうか、そんなことを思い浮べると何やら足も鈍くなって来るような気がし、そっと喜和の顔いろを窺《うかが》うと、こちらは何の頓着《とんちゃく》もない涼しい顔で美耶に話しかけているのであった。

岩伍の店は、相も変らず看板も暖簾もなく、小さな板橋を渡ってガラス戸を開けたが内からは何の応答もない。

「こんにちは、お父さん」

と呼びつつ座敷の上り框《かまち》へ行くと、

「おう」

と昼寝から起き上ったらしい岩伍が浴衣《ゆかた》の前を合わせながら出て来、左手の土間奥の調理場からはこれもアッパッパの照があらわれた。

この家の者二人、こちらの客三人、五人は塊になって上り框の前で鉢合せしてしまったが、誰の口からか、

「こんにちは」

「まあ暑いねえ」

「さあ上ってや」

「美耶ちゃん、おりこうさん」

などの言葉が飛び交っただけでめんどうなはずの対面の挨拶は終ってしまった。

綾子が胸を痛めていた喜和と照は、睨《にら》み合いもなければ、とげとげしい言葉のやり取りもなく、岩伍が、

「皆、暑かったろう。さ、上って。

氷搔《か》きの機械を店へ入れたきに、照、搔いてあげよ」

というと、照はあい、と返事して冷蔵庫から氷を出し、しゃっしゃっと涼しい音をたてて搔きはじめた。

綾子は、病気のことを先に喜和に打明けた件を、叱られはしないかと思っていたが、岩伍は、それには触れず、

「体はどうぞ?」

と聞くだけであった。

喜和がそばから、

「入院いうても、美耶の子守りも連れていかんならんし、その他に賄《まかな》いさんも雇わん

なりませんわねえ。入院して、日を限って癒《なお》るものならともかく、長い病いに入院は無理じゃ思います」

と、ずっと自宅療養した龍太郎のことを思い出したらしくそういうと、岩伍も同意し、

「そうじゃ。桑島村は空気がきれいじゃ。町の病院は埃《ほこ》りっぽくて体のためにはならん。それに、要くんもお姑さんも、お前と美耶が手もとに居《お》ってくれるほうを喜ぶのじゃないか。気晴しにこうやっと折々出てくるのはええが、静かな田舎でのんびりと休むことじゃ」

といい、そういったところへ照が土間から、

「皆、氷へは何をかけるぞね？　美耶ちゃんは赤いイチゴじゃね。レモンもあるし、メロンも白雪もあるけんど」

とそれぞれの好みを聞き、病気の話はそこで終ってしまった。

喜和の店にも氷搔き機はあるが、こうしてみんなで、青い朝顔型のガラス皿で搔き氷を食べるのははじめてのこと、イチゴで口のまわりを真っ赤にした美耶の顔を皆で

代る代る拭《ぬぐ》ってやりながら、ひととき和やかな時間が流れてゆくのだった。

それにしても、岩伍と連れ添った女二人、互いにお喜和さんお照さん、と呼んで短い会話を交わし、まるで古い知己のような雰囲気を見せるのを、綾子は舌を巻く思いで眺めつつ、そしてしみじみと嬉《うれ》しかった。

搔き氷で涼を取り、

「ああやれやれ、これで汗が引っこみました」

と三人帰り支度をして別れを告げ、しばらくもとの道を歩いたあとで、喜和はふっと、

「昼どきじゃのに、あの店は一人のお客さんもなかったねえ。しーんとして、淋《さび》しいお店じゃったねえ」

と小さく呟《つぶや》いたのを綾子は聞いた。

たしかにその通りだが、それに相槌《あいづち》打つよりも、いま綾子の胸にわだかまっているのは、岩伍も喜和も、このたび綾子がやって来たのは単に気晴し、と考えていたことであって、たぶん日帰りかまたは一泊くらいして桑島村へ帰るだろうとすっかり思い込んでいるのが、さっきの会話のなかでありありと読み取れた。二人とも私のことは、なんにも判《わか》ってない、静かな田舎でのんびり休めじゃなんて、と思うと、胸のわだか

まりは堰《せき》を切って溢《あふ》れ出し、綾子はとうとう歩くことができなくなってしまった。その目がうるんでいるのを見て喜和も驚いて立止り、

「どうしたぞね。お父さんはやさしかったじゃなかったかね」

というのへ、綾子は思い切って、

「お母さん、お母さんの家へうちと美耶をしばらく置いて頂戴《ちょうだい》。桑島村へは帰らん」

というと、喜和はさらに驚き、

「ええっ」

と唾《つば》ひとつ呑《の》み込んだあと、

「うちの店にお前と美耶を？　桑島村へ帰らんとはどういうこと？」

桑島村へは帰らんといった綾子の言葉に、喜和は少なからず動揺した様子で、一息入れるために、

「ちょっとこっちへ寄って」

と陽ざしを避け、かたわらのバラックの廂《ひさし》の下に身を寄せた。

「お前、要さんと喧嘩《けんか》して出て来たのかね。それともお姑さんと？」

とたずねる喜和のまなざしには急に不安のいろが拡《ひろ》がって来たのを綾子は見てとり、

あわてて、

「いやそんなんじゃない。田植も済んだことやし」

と打消した。

喜和は深くは問いつめず、美耶の汗を拭《ふ》いてやってまた陽ざかりの道を辿《たど》りつつ、

「店におるのはなんぼ居ってもかまんがね。嫁入り先で争いごと起すのはいかんよ。相手が少々阿漕《あこぎ》でも、黙っちょるのがいちばん。女子《おなご》がいい募るのはみっともない。うちに気が足るだけ居ったら、機嫌なおして帰りなされ。養生は田舎でしたほうがええ」

と珍しく意見を述べるのを聞きながら、綾子は心のうちでこのひともやっぱり昔気質のひとなんや、と思った。

綾子結婚のとき、喜和は涙ながらに翻意を求め、お前が田舎の家へ嫁《い》って勤まるわけはない、ととどめ、綾子の意志が固いのを知ると、嫌ならいつでも戻って来なされや、と慰めてくれたのに、いまは婚家でいさかいなどせず、黙って耐えよという。

そういえば、兄嫁の小夜子も極めて無口だし、喜和も富田家の人であるあいだは、ほとんど自分の意見というものは口にしなかった。そういう二人を見て育てば、いまさら説教されずともよく判っているが、ただ綾子の場合は、つよい言葉以上に、気が

向けばすぐ実家へと飛び出すという癖がある。自分では悪いこととは思っていないが、喜和から見れば子連れで突然やって来てしばらく置いてくれ、と涙声で頼むのは尋常とは思えなかったらしい。

しかも当人は厄介な病気持ち、その上三つの子連れ、とあれば喜和が何より案じるのは、自分は三好家に対しいまだ正式に親としての挨拶をしていないことであったにちがいない。万一綾子滞在中、ことが起れば、三好家にどういいわけするか、不安と躊躇《ちゅうちょ》をおぼえたとしても無理はないが、それを通り越して承知したのは、何といっても娘と孫が手もとにいる楽しみもあったのではあるまいか。

それにたったいま、富田の家とも永いあいだのしこりが解け、まさかの場合は岩伍が出てくれるであろうという信頼もあったかと思われる。

喜和も綾子もさきゆきの話には触れず、こうして美耶を中に八幡家へと帰ったが、この人の許《もと》こそ自分にとって最高の憩いの場所、と考えていた綾子に、早くも惑いが生じはじめたのはその夜からであった。

以前綾子は、美耶を喜和に託し、しばらく一人で夜の町を散策したことがあったが、思い返してみれば、あれはこの店にとって極めて稀《まれ》な、閑《ひま》の夜であったらしい。

喜和の八幡家が成功し、素人《しろうと》ながらも戦争中の疎開《そかい》を経てふたたびこの地に再建できたのも店が繁昌《はんじょう》するためであり、店が繁昌するのはこの場所がよいこと、加えて喜和が一所懸命で商いに取組んでいるせいなのだと綾子には判っている。

とくに、岩伍が同じ店をはじめてのちはその比較ははっきりとできるようになり、駅前町では日曜祭日は休み、平日も夜はせいぜいで七時、その時間になるとさっさと雨戸をおろし、あとは家族で以前のように団欒《だんらん》している。

喜和のほうは、居抜きで買ったもとの八幡家の持主から、

「商売は休んでは客がつきません。元日であれ盆であれ年中無休、また飲み屋ではない故《ゆえ》、深夜までとはいわんが、せめてネオンの消えるまで表の暖簾はおろさぬよう」

との忠告をもらい、それを一途《いちず》に守っているところがある。

おかげで、時刻を問わず腹を減らせて飛び込んでくる客はあとを絶たず、喜和の、口に愛想のひとつもないもてなしかたでも、結構常連客はついているのであった。ひとつにはまた、女がひとりで細々と店を開けていることへの応援もあったにちがいない。

その夜は夕方から客が立てこみ、土間のテーブルでは足りず、

「お、こりゃええ。扇風機がある」

と履物を脱いで三帖の間に上ってくる客もあり、そういう客の二、三人から、

「おばさん、スマシ一杯出してや」

などとねだられると、喜和もしぶしぶ、

「ご法度じゃけんどねえ」

といいながらも追払うわけにいかなくなる。

コップ一杯のスマシでも、腰を据えて飲みはじめると、うどんを掻き込んですぐ帰る客とは違って長くなり、綾子と美耶の居場所などなくなってしまうのであった。

「お客の空いちょるときを見計ろうて、美耶には御飯食べさしてあげなされや」

といわれたとおり、明るいうちに美耶と自分が済ませたのはよいものの、眠くなった美耶を座敷の隅に寝させ、蚊取線香を焚《た》いたところへ、どやどやとすぐ近くの小学校の先生がたが四、五人雪崩《なだ》れ込んで来た。

例によってスマシを欲しがり、はじめはおとなしく飲んでいたが、そのうち酒癖の悪い一人が隅で美耶のまわりの蚊を追っている綾子に目をつけ、

「おお若い姐《ねえ》さん、こっち来て酌をせんか」

と大声を挙げはじめた。

仕方なく酒は出しても、この店には戦前から若い女などおいたこともなく、従ってどんなに酔いどれてもこんな科白《せりふ》など吐く客はいないだけに、聞いた喜和は顔いろを

変えて飛んで来、

「先生、やめてつかされ。これはうちの娘と孫ですがね」

と止めに入ったが、当人は聞くどころかへらへら笑いながら立ち上って綾子を追いつめようとする。

酔客には人一倍憎悪《ぞうお》を感じる綾子は、最初の一言を聞いたとたん、目が見えなくなるほど腹立たしくなり、すぐさま寝ている美耶を抱き上げると履物のみつからないま ま、はだしで床に飛び下り、裏口から走り出た。

町はまだ宵《よい》の口で人通りが多いが、この衝撃で綾子は息ができなくなり、そのままばったりと路上に頽《くずお》れてしまった。当然美耶は放り出され、泣き声を挙げているのが判ったが、それをなだめる力は無かった。

あまりの苦しさに、このままもう死んでしまうだろう、とそれを思いつつ、体を支えている腕の力が抜け、体がずるずると路上に横たわってゆくのを感じるのに、自分ではとどめようもない。そのとき、「綾子ーっ綾子ーっ」と呼ぶ喜和の声が近づいて来、ようやっと綾子は助け起され、そろそろと歩いて店に帰ることが出来た。

客たちは、喜和が話をつけたと見えてもう帰っており、見れば表戸もおろしている。

「今夜はケチがついたきに、もう店閉めることにしたよ。さあ寝よ寝よ」

と喜和はいい、押入れから蚊帳《かや》を出し、環の音をさせながら四隅に吊《つ》った。

蒸し暑い夜で、喜和は横になっても団扇《うちわ》を動かしやめず、綾子はなお息苦しくてものがいえなかった。往来には人足はまだ繁《しげ》く、そのうち近づいて来た誰かが表戸を叩《たた》いたが誰も出ないと気付くと、

「珍しいこと、八幡家がこんなに早仕舞しちょる。何ぞ事が起ったのかねえ」

と大声でいいながら離れてゆくのが聞えたが、喜和は黙ったままであった。

そのうちとろとろと眠りに落ち、気が付くともうさまざま町の朝の音が流れて来ているのであった。喜和は裏口に立って、入れ代り立ち代りやってくる担《かつ》ぎ屋からものを仕入れており、それはスマシや闇米《やみごめ》や味噌《みそ》醤油《しょうゆ》から、手作りのすし、生菓子、鮮魚から豆腐のたぐいまで、一人で店を切廻してゆくにはもっとも便利に手軽に品揃《しなぞろ》えできるようになっている。

蚊帳を畳み、座敷を片づけ、小さな卓袱《ちゃぶ》台《だい》をなかに三人、残りもので朝飯を食べるとき、

「うちは揃《そろ》うて御飯食べれるのは朝だけじゃ。美耶ちゃんに悪いねえ」

と喜和はそういったが、遠い昔、綾子はこんな悔やみの言葉をいく度も聞いたこと

を思い出した。

　戦火に焼かれるまえ、同じこの地にあった八幡家に綾子が喜和と暮したのは二タ月足らずの月日であったが、その二タ月、母親とさし向いで食事をしたことはなかった、とおぼえている。店も一廻り大きくて客もさらに多く、喜和は夜遅くまで立働き、綾子は二階でいつもさきに寝ていて、母親がいったい何時に自分の蒲団《ふとん》のかたわらに身を横たえるのか、全く知らなかった。

　従って朝は、ようやく眠り込んだ母親を起さないよう階下に下り、うどんを茹《ゆ》でる大釜に残っている湯で顔を洗い、長火鉢の前に喜和が寝るまえ用意していてくれた朝飯を食べ、登校したもので、それを、さびしいとは決していうまい、と歯を食いしばっているところがあった。

　両親が離縁となる折の、あの家中トゲだらけのようだった恐ろしさと不安のなかで、小学六年の綾子が進んだ道は血肉分けた父親のもとへ行くことを蹴《け》り、生《な》さぬ仲の喜和と暮す方法であった。働く母親と過ごす日を、間違ってもさびしいと考えてはならぬ、と子供ながらに自らを戒めたのは、あれは父親への意地だった、といまは判《わか》る。

　しかし皮肉なもので、他家に嫁いだ綾子の発病がもとで、あっけないほど両親のいさかいが消え失《う》せたのはうれしいが、その和解をよいことにこうして喜和ひとりの負担を強いるのはやはり綾子にはうしろめたい。

昨夜の出来ごとを考えれば、この上とも商売熱心の喜和に迷惑をかけはすまいか、と気になるが、喜和はそのことには触れず、

「今日も暑そうじゃねえ。綾子は美耶をつれて、ここに居《お》ったりお父さんの許へも行ったり、そっちこっち、好きなようにしたらええわね」

というと、もう立って開店の支度にかかるのであった。

この場合、もし綾子が病気でなく、それに腰軽く愛想のよい気質の女の子であったなら、休み休みでも、

「お母さん、私も手伝うわね」

と気軽くいい、皿の一枚も運んだり、客の注文も取ったり、流しを片付けたりの小用を足したに違いなかったが、あいにく綾子はそういう小器用な真似《まね》はできず、というよりも客に対して笑顔を見せるは卑《いや》しい行為、となお心の隅でどこか蔑《さげす》んでいるところがある。

綾子の権高さは、娘時代からよくたしなめられたものなのに、自ら母親となってもその考えかたは消え失せず、それをまた喜和も是としているふしもあって、昔も今も、店の手伝いなどどんなに忙しいときでも頼みはしなかった。

店は暖簾をかけ、手伝いのおばさんもやってくるとたちまち生き生きと動きはじめ、冷たいミカン水を飲みに来る客もあれば、掻《か》き氷一杯でしばらく涼を入れてゆく二人連れもある。

三帖の隅に坐《すわ》って美耶と遊んでやっていても、早昼の客など、

「座敷がええ。坐って食べよう」

とどかどかと上り込んでくれば、綾子は美耶を連れて外へ出ざるを得なくなる。

それでも駅前町へは行かず、すぐ前の城東中学校の焼け残りの門をくぐると、戦火のために姿の変った楠《くす》の大木があり、その木の根元に腰を下ろした。学校はいま休み時間と見え、前後左右生徒たちが群れているが、このせつ地面に腰を下ろして休む人など珍しくもないのか、皆、意にも介さずはしゃいでいる。

そのうち、小使いさんとおぼしい老人が手に鈴《りん》を持ち、打ち振りながら生徒たちを教室に追い込んだそのついでに、綾子のそばに来てじろじろと眺め、

「こらお前《ま》さん、えらい顔いろが悪いねえ。ろくにものを食っちょらんろう？ ここは浮浪者の来るところとはちがう。さ、あっち行て、あっち行って」

と綾子の顔近くではげしく鈴を振って追い立てた。

顔いろが悪い？　浮浪者？　いわれて綾子はぐっと口惜しさがこみ上げて来たが、何もいわず、ふらふらと立上った。昭和二十二年のいまはまだ、焼け出されや飢えたひとたちは珍しくはなく、窃盗《せっとう》や掻っ払いに用心は必要だが、綾子は自分を病人や浮浪者と見紛われたことにいたく傷を受けた。

美耶の手を強く引き、逃げるようにその場を去りながら、悲しさが胸いっぱいに拡がってくるのを覚えた。

一瞥《いちべつ》して他人にも顔いろが悪い、と見えるのは、病気はもうかなり進んでいるのかも知れない、この炎天下をふらふらとさまよっていたりすれば、バッタリ倒れ、そのまま死んでしまうこともあり得るかも知れない、そう思うと不安が体中を駆けめぐり、やっぱり喜和のもとに居よう、と思うのであった。

しかし裏口からのぞくと、ちょうど昼どきで店のうちはむんむんしており、首を振っている扇風機の唸《うな》りが遠く近く聞えてくる。その様子を窺《うかが》うとうとうてい子を連れて入りにくくなり、また表通りへと引返した。

美耶は昨日から引き廻されてぐったりしており、昨夜もさっきも、

「お母さん、おうち帰る？」

と自分の行先をたずねている。

田舎の広々とした天地で育っているこの子にとって、トタン屋根のバラックが並ぶせせこましい町並みや、あまりに多い人波、そして何といっても馴染《なじ》みの薄い祖母のもとでは心細さを感じ取るのも無理はなかったろう。

通りに立って空を仰ぐと、真向いに高知城が屹立《きつりつ》しているのが見え、その城山は裾《すそ》にかけてこの焼土のなかでなお緑ゆたかに目にしみるほど青々と茂っているのが見える。女学校時代、学校の行き帰り、この城山の森のなかを抜けて通ったことがなつかしく思い出され、綾子は吸い寄せられるように追手門に向った。

暑気に当てられ、左胸はずっと波打っているが、門をくぐると人影もなく静まり返っているのに誘われて、三の丸、二の丸とゆっくりゆっくり登って行った。蟬時雨《せみしぐれ》がやかましいばかりに響いており、それ以外にはもの音すらしない静寂のなかで、母子《おやこ》は天守閣の入口まで辿《たど》りついた。

この高知城は、藩主山内一豊が封ぜられて土佐に入国したとき建築に着手したものと聞いており、以来、享保《きょうほう》の大火に焼失したあと再建したものがそのまま今日に伝えられているだけに、まことに堂々たる風格を備えている。

頑丈にして堅牢《けんろう》な棟木《むなぎ》や柱など、長い歴史をそのままにいかにも古めかしいたたずまいを見て、綾子は何故《なぜ》かほっとした感じを持った。

「もう一息よ、ほら」

と美耶を励ましながら、綾子は一段一段、急勾配《こうばい》の四層の建物を上ってゆく。最上階に上りつめたとき、綾子は苦しさも忘れて思わずわあーっと声を挙げた。物見櫓《ものみやぐら》のように四方吹き抜けになっている天守からは一望のもとに高知市が眺められ、北は四国山脈、南は太平洋がつい目の下に鮮やかに拡がっている。

何よりも、下界ではそよとの風もないこの炎熱が、ここではまるで嘘《うそ》と思えるほど、まことに快い風が吹き抜けてゆくのであった。

不思議というか幸運というか、綾子が追手門をくぐってこの天守に至るまでのあいだ、人っ子一人会わないばかりか、人声さえ聞えてこないこの閑寂は何故？　と首をかしげるが、終戦翌々年の夏とはまだこんなものかもしれなかった。

のちに復興の気運兆《きざ》しはじめたころ、ようやく見物人も訪れ、それに従って管理もなされるようになったが、このころは誰も自分の生死を考えることでせいいっぱい、貴重な建造物まで思いを致す人はなかったものと見える。

「美耶ちゃん、ここは気持ええねえ。涼しいね」

と綾子はやっと落着きを取戻し、美耶の汗を拭《ふ》いてやり、喜和にもらったコッペパンとミカン水を取出して膝《ひざ》の上に拡《ひろ》げた。

天守の板敷きの間の広さは四帖半ほどか、しかしいま母子して天上に在る愉楽はたっぷりと広く、のぞき込むと美耶の瞳《ひとみ》には真蒼《まつさお》な空と、ゆったりと流れてゆく雲が映っている。

「ここはね。お空に近いよ。お陽《ひ》さんも雲さんもすぐそこだよ」

綾子が教えると美耶はふしぎそうに窓の外を眺めつづけている。

そのうち、美耶はねむくなり、埃《ほこ》りだらけの天守の間にごろんと横になるともう寝息を立てはじめるのへ、せめて手枕《てまくら》でもしてあげようと綾子もそのわきに横になった。

床が堅い板の間ではあっても、ここは最高の昼寝の場所、見ているものは青空だけ、という気楽さから綾子はぐうーっと足をのばし、そのうちいつのまにやら眠り込んでいたらしい。

天上の風を母子とも五体いっぱいに受けつつ、寝足りて目ざめると、陽ざしが少し西にまわっているだけで、辺りには何の変化もなく、すると小一時間の熟睡のあいだ中、この天守へは誰も訪れなかったものとみえる。

「お昼寝もしたし、ほんなら美耶ちゃん、ぼつぼつ帰ろうか」

と美耶を促し、そろりそろりと階段を伝って下界へと下りて来たが、下りてくればまた心はずっしりと重くなる。

店には客の波があり、二人が戻ったときちょうど空いている時間になっているのはよかったが、夜になればまた、昨夜のように酔客が押寄せないとの保証はない。

喜和もそれを案じたのか、綾子に、

「いまのうちに二人とも行水しなさいや」

とすすめ、まず美耶を入れるために盥《たらい》に湯を張ってくれた。

このころまだ銭湯はなく、皆行水したり、稀《まれ》に内湯のある家にもらい風呂《ぶろ》に行ったりしていたが、喜和は自分が日頃しているとおり裏口の戸を閉め、便所のわきのわずかな空間に盥を据えた。

裸にして美耶を入れ、綾子は腕まくりしてしゃがみ、髪まで洗ってやったあと、湯を代えて自分もそのなかにしゃがんだ。

まだ白昼、戸を閉めてあっても継ぎ目から十分光りが入るその場所で、綾子が何のためらいもなく衣服を脱いだのは、喜和の前であるということに他ならなかった。

記憶にある限りの昔から、喜和とはずっと一緒に風呂に入って来たし、背を流してもらっていたから、躊躇《ちゅうちょ》というものは全くなかった。が、流しで用を足していた喜和が振り向き、盥にしゃがんだ綾子を見たとき、うっと言葉を呑《の》み、しばらくみつめていたあと、

「まあ綾子、お前、こんなに瘦《や》せて」

というなり、たちまち目がうるみ、

「あばら骨が数えれるほどになって。

龍太郎もそうじゃった。終りは吹けば飛ぶようになってしもうて、むごいものじゃった」

喜和に骸骨《がいこつ》、と言われ、自分の体に目を落すと、腰骨の尖《とが》り、膝小僧の大きさにも増して我ながら目を見張ったのは、両腿《りょうもも》の間がまるく空き、湯がひたひたとそこに満ちていることであった。

綾子は娘時代から瘦せっぽちのくせに腰だけは大きく、従って腰を支える両腿にはしっかりと肉がついていて、直立しても坐っても、両腿はぴったりと閉じ、そこに隙《すき》間《ま》というものはなかった。それがいま見れば腿の肉は落ちるだけ落ち、皮膚は無数の縦皺《たてじわ》となって、まるで引き扱《しご》いた兵児帯《へこおび》のようになっている。

あまりの無残さにこれが自分の体とは咄嗟《とっさ》に思えず、照れ隠しに、

「いやぁ、いやぁ」

と半ばふざけた声を挙げながら、てのひらで湯をばしゃばしゃとはね散らした。

引揚げて家に帰りついた夜、風呂場のなかで、まるで板を立てたように平たくなっ

た自分の胸を見たとき、これが難民生活の栄養失調の証《あか》しか、と眺めたものだったが、あれから十ヶ月経《た》ったいま、さらに痩せ窶《やつ》れているのはやっぱり病気のせい、と思わざるを得なかった。

そういえば、生理というものが無くなってからもうかれこれ三年半にもなる、と綾子はいまさらのように思い出した。

満で十七歳の終りに結婚し、一回だけ生理を見たのちすぐ妊娠してしまったから、出産までの一年と、そのあと渡満し、美耶に授乳していた半年、そして終戦のどさくさと収容所生活の一年近く、それに引揚げてのちの年月とを合わせ、その間毎月のそのしるしなど、全く念頭から消し去ってしまっていたことを振返った。

性格的にひどく神経質なくせに半面大ざっぱで楽天的なところのある綾子は、いままでに生理がなかなか戻ってこないことについて真剣に考えたこともなく、喜和に指摘されるまでこれほどまでに痩せ衰えた我が体についても気がついていなかった。

しかし、喜和が涙ぐむほど悲しがっても、いまの綾子には方策もなし、たとえ女の体ではなくなっていても、いまできることといえば喜和の言葉を笑って聞き流すだけしかなかったのである。

差し迫って考えねばならぬことは他にあり、その夜、店を仕舞ったあとで綾子は昼間思いついたことを喜和に打明けた。

「美耶と私がここに居ったら、お母さんは商売ができんようになる。明日から兄さんところに置いてもらえんやろかねえ」

喜和は深くうなずいて、

「そうじゃねえ。健太郎には話してみるが、しかし桑島へは帰れんのかね？　それともお父さん家《く》はね？」

とこちらの気を向けてくれたが、綾子はいま子連れの病気持ちではどちらへも身の預けようがないと思った。

喜和は無理強いはせず、勤めの帰りに健太郎が寄るから頼んでみようといい、そう聞くと行き詰まっていた綾子は気持が急にぱあっと明るくなるような気がした。がこれは、綾子のいつもの浅墓さであって、こちらもたった一間のバラックに子だくさんの家族が折り重なるように暮している健太郎の家に、人に伝染《うつ》る病いの綾子が同居するのは土台無理な話ではなかったろうか。

それは喜和もよく承知の上であったと思われるが、翌日健太郎に頼み、健太郎は健太郎で、一まず、

「帰って小夜子に話してみる」

と請合って帰りはしたが、喜和もおそらく健太郎も予想していたとおり、小夜子の拒否に合って断ってきた。誰が考えてもこれは道理の話だけれど、一時的にしろ希望をつないでいた綾子にはうらめしかった。

次第に暑さ増す日々、行く先のない綾子は店が混みはじめると美耶をともなってひんぱんに天守閣に登り、さすがに昼寝のできる静けさは二度となかったものの、板の間にぺたんと坐《すわ》り、まだ復興の兆しも著しくは見えぬ高知市街を見下しながら、ひっそりと泣いた。

どうしたらええかしらん、桑島村へ帰れば避け難く重労働が待っていて、それは自分の死を早めるだけの前途しかない。かといって駅前町の父の許《もと》へ行けば、拒みはしまいが、あそこはもはや岩伍の家ではなく、照と譲、恒子たちに占領されてしまっており、気兼ねしいしい過すのは嫌なこと。

それにもひとついえば、譲と恒子の前に、気持の上で尾羽打ち枯らした自分の姿をさらしたくはない、と思える片意地も綾子にはある。昔、使用人と見ていたこの三人が、行き先のない綾子を見て心中ひそかに快哉《かいさい》を叫ばぬ、とは誰がいえるだろう。

もっともここまで考えるのは、病気故《ゆえ》の僻《ひが》み、とのちには思えるようになるのだけれど、このときは、家長としての勢力のとみに衰えて来た岩伍を頼って身を寄せるのはできないことであった。

喜和の家も安住の場所でないとすれば、これから先、自分と美耶はいったいどうなるのかしら、と綾子は不安におののき乍《なが》ら、昼間は高知城へと逃れ、夜は客のあるあいだ町をさまよって一週間ほどの日を過しただろうか。不思議に、どんなに行き詰《つ》んでも要に助けを求めようとは思わず、美耶もまたお父さん、とは一度も口にしなかった。

考えてみれば綾子が生理を見ないのと同じく、夫婦としての交わりも三年以上記憶にない。

性というものに対して綾子はふしぎなほど興味も関心もなかったし、夫婦のあいだでそんな話題に触れたことさえただの一度もありはしなかった。

互いに憎み合っているというでなく、嫌っているのでもなく、綾子がたまさかに姑の愚痴などを話すときは聞いてくれはするものの、訴えればそれで何かが解決するとか、発展するとかの見通しを全く持ってはいない人だけに、綾子のいまの苦しさをぶちまけたいという気も起らないのは当然であったろう。

喜和と一つ蚊帳《かや》のなかで蒸暑くて眠れない夜、綾子はいつも営城子《えいじょうし》のあの難民収容所の夢のなかにいた。

死と紙一重の飢えと危険に身をおいているのに、何故《なぜ》か夜ともなればすぐに熟睡し、少々の異変でも目をさまさなかったのは、あれは一体何だったたか、と手繰れば、それはきっと、あのころの暮しでは眠るのが唯一無二の快楽だったたから、という答えが出てくる。

稀に夜半、小用などに起きたとき、生きてさえいればいつか故郷に帰れる、と思うことで難民の暮しをしのいでいたのと考え合わせると、先に希望のあったあのころがいまよりずっとしあわせではなかったかと感じられさえするのであった。

綾子がいらいらするだけ、いやその倍も三倍もかもしれないが、喜和も困り、焦《あせ》っていたとみえて、ある午後、

「ねえ綾子、お前も桑島へ去《い》にとうないのやったら、こっちでしばらく家を借りて暮してみる？」

と提案した。

この住宅難の時代、家を貸す人があるとはめったに聞かない話だが、店には商売の余得というか、いろいろな人の口から噂話《うわさばなし》が入り、それによると、ここから一丁ほど先の二階長屋に中年の夫婦が住んでおり、子もないところから階下を人に貸したいといっているという。

「バラックじゃし、四帖半一間じゃけんど、うちにおるよりはましじゃないかね。御飯はここへ食べに来たらええきに、煮炊《にた》きの道具も要らんしねえ」

との話に綾子は飛びつく思いであった。

このままでは、喜和と自分母子共倒れになる、と恐れていただけに、どんなバラックでもよい三帖でも二帖でもよい、喜和の負担を軽くしてあげれば、と綾子はその場で承諾した。

一日、喜和と連れ立って見に行ってみると、戦前、下町でよく見られた長屋の作りで、路地の奥のまん中に共同の井戸があり、そのわきに共同の炊事場と便所、それらを囲んで杉皮葺《ぶ》きの、指で押せばひしゃげそうなバラックがひしめいて建っており、目指す家はそのまん中にあった。

なるほどバラックとはこんなものか、と目を当てると、壁も床も板一枚だけの釘《くぎ》づけで、二階へは作りつけの階段はなく、鳶職《とびしょく》の使う梯子《はしご》を立てかけてある。

声をかけると、肥《ふと》り肉《じし》のやや斜視の四十がらみの女性がその梯子を下りてきて、

「入るのはお前《ま》さん？　子連れじゃね。ま、ええか。家賃さえ払うてくれりゃあね。ほんなら下を使うてもろうて月二十円でどうじゃろか」

と話を決めた。

喜和は自らを慰めるように、

「蒲団《ふとん》はうちのおばちゃんに運ばせるきにね。ちょっとの辛抱じゃと思いなされ」

と綾子にいい聞かせたが、綾子はこの家を見てつらいともみじめとも少しも思わなかった。

渡満後住んだ土の家やレンガ作りの倉庫のコンクリートの床に比べれば、こちらのほうがはるか上等、と思い、その夜から道具一つない板敷きの部屋に入口を枕にして寝たが、悪いことは重なるもの、その最初の夜から美耶が熱を出してしまった。

運良く、様子を見に来た喜和に薬屋へ走ってもらったが、そのあと美耶はひきつけを起し、綾子はどれほど心細かったことやら。暑気あたりの薬を飲ませ、冷水の手拭《てぬぐ》いで頭部を冷やすだけの手当てしかできないが、その小さな額に汗の粒をいっぱい浮かべ、苦しそうに喘《あえ》いでいる美耶の顔を、綾子はじっと見つめつづけた。

家を出てからもう十日近く、この子は否《いや》も応もなく母親に手を引かれて炎天下を毎日さまよい歩き、その疲れでこんなに苦痛を嘗《な》めさせられている、と思うと綾子はいいわけのしようもない気持であった。心のうちで美耶にごめんね、ごめんねと謝りつつ熱の下がることをひたすら念じていながらも、かといってこの子のために桑島村へ帰ってあげようとはなお考えなかった。

僅《わず》か十日ほどとはいっても、生れた町なら村よりはずっと馴染みやすく、たとえバラックであれここにいて考えると桑島村は遠く遠く、はるか昔のようにも感じられる。あの藁葺《わらぶ》きの家に帰り、やり場のない憤懣《ふんまん》を小さな美耶に当り散らすよりは、せめて母と子のあいだだけでも穏やかに向き合っていたほうがずっとよい、と思うのは勝手な理屈かもしれなかった。

幸い美耶の熱は朝がたから下りはじめたのはよいが、今度は代って新たな憂鬱《ゆううつ》に悩ませられることになってしまう。

夜更《よふ》けて二階の男が帰って来、綾子と美耶の頭を蹴飛《けと》ばさんばかりにどしんどしん、と梯子を上って行ったのはよいが、しばらくすると天井からは派手な音が降って来はじめた。三年も遠退《とおの》けば性への関心も薄くなってゆくのは当然だが、それでも子まで生《な》しているなら二階で何をしているかは綾子にも判《わか》る。

上下の仕切りは天井板一枚きり、その上、二階も下も入口に戸障子もない作りでは声だけでなく気配まで手に取るように聞えてくる。はじめ女が男の帰りの遅いのを荒々しくなじり、男はそれに対し悋気《りんき》こくな、と怒鳴り返す。喧嘩《けんか》がはじまるかと息をつめて聞いていると、やがて二人とも着ているものを脱ぎ飛ばしたと見えて裸のままの肉と肉がぶつかり合う音が始まり、それに重なって女の嬌声《きょうせい》、男の息の弾みがいつ果てるともなくえんえんと続いている。

綾子は美耶の容体の不安に加え、このすさまじい音を聞かされると胸がむかむかして吐きそうになり、両手でしばらく耳を塞《ふさ》いでやりすごした。これもしかし夜が明けるまでの辛抱、と綾子は了簡《りょうけん》して我慢したが、それは思いちがいであった。

二人はさすがに朝がた、疲れたのかいびきをかきはじめたが、まもなく男が目覚め、腹空《へ》ったあ、腹空ったあとわめいて女を起し、女はしぶしぶ、という体で梯子を上り下りし、食事の仕度をする。

見まいと目をそらしていても、こちらが寝ているわきの梯子を上り下りすれば、ちらちらと見えるのは妨げようもなく、素肌に浴衣《ゆかた》一枚、下に何も着けていない女の太《ふと》腿《もも》がひどく生々しい。

冷御飯かコッペパンか、二階の二人は口を鳴らして平らげたあと、今度は女から積極的に挑み、昨夜にも増した展開ともなった。

二、三日もいればこの長屋の様子がほぼのみ込めてくるが、井戸端に屯《たむろ》することの老若《ろうにゃく》男女みなこの手の話が大好きで、誰憚《はばか》らず露《あら》わにしゃべりあい、噂をし合う。二階の女性も率先して「うちの亭主」との下話を暴露し、長屋の人気を得ているらしいが、綾子はこのひとの物尺《ものさし》のような怒り肩や、肩に垂らしたしつこいほどの黒髪を見ただけで嫌な気分になってしまうのであった。

しかしここが嫌だといっても、別の住み場所があるわけではなし、第一、綾子がこのバラックに一体いつまでいるのか、自分でも判らなかった。何もかも不安でおぼつかなく、自分の病気のことも考える余裕がない。前途にはただ真っ暗な死のみが待ち受けているという、そんな絶望感のなかでようやく一日一日を生きているような気がする。

バラック生活のただひとつの救いは、ひどく簡便な暮しの出来ることで、食事洗濯全部喜和の家ですませれば近所付き合いの必要もなく、井戸端会議も二階の家主にも没交渉でいられるのであった。

板の間に茣蓙《ござ》を敷いただけの、牢獄《ろうごく》のような部屋には世帯道具は何ひとつなく、隅に夜具一組と畳んだ下着を積んであるだけ、ここで綾子は寝ころんで体を休めたり、ときには美耶に絵本を読んでやったりして一日を過す。

二階のもの音も、馴れれば大して気にならないが、家が揺らぐほどの大乱闘のときは美耶の手をひいて喜和のもとへ行ったり、たまには駅前町へも顔を出しに行ったりする。

本来なら、綾子が子連れで婚家を離れていることについて、昔気質《かたぎ》の岩伍が許すはずもないが、いまは病人であることへのいたわりがすべてに優先し、

「桑島村へはいつ帰るか？」

というような質問は一切しなかった。

それでいて病状も聞かず、医者へ行けともすすめないのは喜和も同じだったが、これは同病の兄を看《み》とった経験者のみが知るそれなりの弁《わきま》えというものであったろうか。

この頃の岩伍の日記に、

「美耶を母無し子にするは忍びぬ。如何《いか》にしても美耶が成人するまでは綾子には生き延びていてもらわねばならぬ」

と繰返し記述されてあり、綾子自身が未来に死を予見しているように、まわりも皆、そう考えていたふしがある。

その年の旧盆は八月の十日ごろだったろうか。暦も見ない綾子には記憶もさだかではないが、喜和は食事のとき、

「いままで私は龍太郎のお墓へはお詣《まい》り出来ざったけんど、今年のお盆からは行ってもかまうまいねえ。

綾子はどう？　行けるかね？」

と聞いた。

長いあいだ、富田家の墓所へも行けなかった喜和だが、今回の旧盆には久しぶりに亡《な》き長男の墓を弔いたいと考えるのは当然のこと、ただ綾子は盆の墓参と聞いただけで身も竦《すく》むように思えてくる。

岩伍が唯一《ゆいいつ》家の誇りとする富田家の墓所は市の近郊五台山の中腹にあり、バス道の開通した表道とちがって石を畳み上げた裏道は険しい上に、そこから脇《わき》へ外れてしばらく藪《やぶ》こぎをしなければならなかった。

岩伍は墓所を敬うことときびしく、彼岸と盆暮には杖《つえ》をついてでも詣らねばならぬ、と身内の者に教えて来たが、綾子は毎年夏病みのせいで家に在るころも盆の墓詣りだけは免除されて来ている。今年はその上病を得ているなら、あの鬱蒼《うっそう》たる山の茂みを目に浮べただけで弱い心臓は波打ち、気も萎《な》えてくるのであった。

「そう？　元気出んかねえ。まあ無理してもいかん。

そんなら健太郎と一緒にお詣りして来ようか」

と喜和はくどくはいわず、その話を引っ込めた。

バラックへの帰り道、綾子はなお少しこだわっていて、娘時代の岩伍の、墓を敬わぬ者はろくな人間じゃない、など言っていた言葉をふっと思い出したりした。

そのあと、千代紙の姉さま人形をひろげて遊ぶ美耶を見守りながら、綾子が手枕《てまくら》で横になっていたところ、開け払っている入口に人影がさし、

「ごめん下さい」

という声とともにそこに立っているのは思いがけず要であった。

綾子は驚いて起上り、

「まあどうしてここが？」

と何よりも先《ま》ずそれを尋ねると、

「八幡家のお母さんに聞いて来た」

といいつつ上り端《はな》に斜めに腰をかけ、さすがにまっさきに父親らしく、

「美耶ちゃん、おりこでおったかね」

と手をのばして美耶の頭を撫《な》でた。

しばらくぶりなのに美耶は格別うれしそうでもなく、かといって嫌がっているふうでもなく、綾子の顔いろを窺《うかが》いながらなお人形をいじっている。

ふと足許《あしもと》に目を落すと、腰かけている要の足もとは、綾子も家ではよく見馴《みな》れている、縄で縒《よ》った鼻緒の手製の古びた下駄《げた》を履いている。昔、綾子の家にこのひとが結婚の申込みに来たとき、破れた靴下を穿《は》いていたのを岩伍にほめられたが、いまなお、

高知の町へやってくるのに縄横緒の下駄とは、と一瞬綾子の胸に、単に身なりかまわぬというだけでなく、町と田舎の育ちのはるかな差が拡《ひろ》がったのは否《いな》めなかった。

そして綾子も要を見たとたん、「お母さんところへ行く」といって家を出たきり、以後自分たちの動静について何の連絡もしなかった悔みが先に立ち、夫であるひとに対してなつかしいとも相済まぬとも感じはしなかった。

そのいいわけを、と少し吃《ども》りつつ、

「お母さんところは狭いし、商売もしよるし」

というと、要はいつもの調子でおだやかに、

「それはええが」

と問い詰めもせず、綾子でなく美耶のほうを向いて、

「そろそろ戻って来んかね。ひじいさんがあんたの顔を見たいと。お盆じゃしねえ。盆は皆休みじゃきに、うちへ帰ってもゆっくり休めるよ」

と誘う。

私にまっすぐ、何故《なぜ》帰れといわないの、と綾子は自分の勝手さも忘れて腹立たしい思いに駆られたがすぐ思いなおし、

「ひじいさんは変りないの？　元気？」

と話を自分が取ると、はじめて、
「皆変りないよ。戻ってくれるよう話して来い、と祖父《じい》さんにいわれて来た。子供がおらんようになったら淋《さび》しいと」

とやっと綾子のほうを向いて、祖父さんが、と強調した。

お祖父さんが美耶を見たいから帰れと？　ほんならお母さんもあなたも、私に帰って欲しいわけじゃないのやね、と瞬間腹のなかで何かが沸き返るような感じがあったが、それがすぐ忘れられたのは、あの桑島村ののどかな風景や澄んだ空気、何よりも綾子の大好きな、あの透明な水が盛り上るように流れる家の前の用水、そして広い坪庭と邸内の木々、使わない座敷はいくつもあり、倉は台風で崩れてしまったものの、気晴しには背戸にも出られるし、納屋《いなや》の二階にこもってもいられる。そんな記憶が連なって浮んできたからであった。

何といっても美耶にとっては、得体の知れない二階の二人の吠《ほ》え声に怯《おび》えさせるよりも、この子の生れた清らかな土地で育ててやるのがよい、とそれだけはようやく迷わずにいえるのであった。

美耶のためになお、自分を犠牲にするという考えかたではないが、病気の養生には田舎の暮しがよいことと重なれば一旦《いったん》帰ってもみようかな、とぐらり心は傾いた。これらは最初から判り切ったことなのに、いまさらそう思うのはこのかりそめの町の暮しにもそろそろ疲れを感じはじめたせいなのかも知れなかった。

第七章　新客来訪

帰ってみればもとのもくあみ、二週間ほど前の、家を出るときの状況とすこしも変らなかった。

農家の嫁が、たまさかに一日の許しを得、さとに帰ってきたあとはまるで生き返ったように元気の出る様子を、ここら辺りでは皆ひやかして、

「去《い》んでお母さんのお乳を呑《の》んできたからね」

というが、綾子の場合はそんな甘やかなものではなく、根っ子からして思い出すたび鋭い痛みがある。

頭のなかにはいつも出口のない箱があって、その中にはピンポン球のような硬質のボールが入っており、そのピンポン球こそまさしく自分だという気がする。球は静止するべき安定の座がなくてあっちに転がっては箱の側面にぶつかり、こっちに転がってはまた反対側にぶつかる。

いったいどこにいればぶつからないのか、と自問しても答えの出ようはずもなく、わずかに、美耶のために、という母親意識が働いて、またもとの側面にぶつかるを承知で戻っては来たのだけれど、何もかも予想していたとおりであった。

もっとも、家を出るとき、何々が嫌だから、とも、いついつ戻るから、ともいわず、ただ高知へ行ってくる、とだけのとび出しかただったから、いちのほうも要も、綾子に対してどんな出かたをすればよいのか、よく判《わか》らないところもあったに違いない。大体この家では話らしい話は誰もしないし、綾子にしても自分の気持を正確に伝えることには甚だ自信がなかった。

それでも、この家での盆の行事は初めてだったから、綾子は姑《しゅうとめ》について門に四つ竹を組んで蓮《はす》の葉を載せ、そのわきで迎え火も焚《た》いたし、家族揃《そろ》って三好家の墓参にも行った。べつに新盆ではなくとも、夜ともなれば岐阜提灯《ぢょうちん》に灯《とも》を点し、皿鉢《さわち》の四、五枚は作って佐代夫婦も招いてゆっくりと食事もする。

三好家の墓は、三、四丁川上の藪《やぶ》のなかを抜けた山かげの暗い場所で、今日まで何代続いているのか、石塔がたくさんあった。火をつけた線香の束を小分けして、その石塔に配ってゆきながら、いちは、

「私はお姑《かあ》さんからむずかしい言い送りは何も受けてはおらんけどね。ただ、『この

しろ』という魚だけは食べたらいかん、ととめられておる。何でも三代前ほどに、子供が生まれては死に、生まれては死にして育たざった夫婦があってね。このしろを断ちますきに、と先祖さまに祈願したそうな。そんでお前さんらも、このしろだけは食べんように、それだけは守って頂戴《ちようだい》や」

といい、綾子はそれを聞いてふっと大きな不安をおぼえた。

綾子は、結婚直後からあの三好家を単純に自分の住居と思っていて、引揚げのときもまっすぐそこへ戻ってくることに何の違和感もなかったし、このたびもまた、仕方なし、とは感じつつも、要が迎えにくれば帰ってきている。

してみれば自分は、結婚によってあの三好家を自分の所有する住居となし得た、などのこちら側だけの都合でなく、先祖代々、生き代り死に代りしてきた三好家の人の流れのなかの一人、ということになるのか、と思った。とすれば、自分のいまの、この薄い胸の呼吸と心臓が止まれば、三好家の一員として、このじめじめした北向きの墓所に葬《ほうむ》られるのか、と思うと、それは寒気のするほど恐ろしいことであった。

ここらではまだ土葬で、埋葬するために土を掘れば、先祖の人骨はたくさん出てくる、というのを、当然のように姑たちが話すのを聞いて綾子は、嫌だ、自分はここに眠りたくはない、と思った。この感じがとりわけ強く綾子を揺すったのは、余命とてそう長くはあるまい、と最近とくに考えているためでもあったろうか。

墓所の暗い印象はしばらく綾子の気持を塞《ふさ》がせたが、家のうちの盆の休みは農作業の一区切りつくころであって、姑も半日は家に居て味噌《みそ》を作ったり、縄を綯《な》ったり、美耶を連れて新川の町へ買物に行ったりし、綾子に聞こえよがしに要に向って仕事の手伝いを強要したりはしなかった。

かといって綾子の心に平安がもたらされるかといえばそれはそうではなく、日常些《さ》細《さい》な会話のなかでも、常にいちの言葉にはトゲが含まれていると感じることはひんぱんにある。

会話といえば人の噂《うわさ》ばかりだが、そのついでに、

「そりゃあそうよ。あそこの嫁さんは体格もええし、丈夫なひとじゃもの」

といわれても丈夫でない嫁は自分へのあてつけか、と思うし、

「あの家の姑は疎開《そかい》で戻ってきた町の人じゃと。嫁が困っちょると」

といわれれば、うちの姑は地のひとだから嫁はやりやすかろうと水を向けられているのかと考える。また、

「あそこは三夫婦揃《そろ》うて働く一町百姓じゃが、物持ちも物持ちよねえ。一家の先やりさんはいまだに八十近いお祖父さん、煮炊《にた》きはお祖母《ばあ》さんじゃが、あ

れほどの大家内じゃのにお祖母さんが畑から抜いて戻る晩のおかずはほんの、葱《ねぎ》十本ばかりじゃと。

嫁がお代りの茶碗《ちゃわん》さし出すまえに、ぱん、と大きな音をたててお櫃《ひつ》の蓋《ふた》を閉めてしまうそうな」

というのを聞けば、いったいお姑さん私に飯もくわずに働け働け、といいたいの、それともうちは小人数だからあんた楽やねえ、といいたいのか、と気を廻してしまう。

さすがに、二階へ上ってひとり泣くなどは少なくなってきたが、要に訴えても、

「祖母さんのいうことなんか気にすることはないじゃないか。

「飛び越すことよ。飛び越して飛び越して」

といつもいうが、飛び越すとはどういうことなのか、これは長いあいだ綾子には解けぬ問題であった。いちの言葉など馬耳東風で聞き流せ、ということなのかも知れないが、姑のいうことを嫁が聞き流していれば争いのもととなると綾子は思っている。

昭和二十二年の辺りから農村好景気の余波を受け、いちの財布にも余裕ができたのか、彼女の提案で、去年暮の南海道大地震で破損した門のわきの倉を修理することになった。

東隣りのお種さんの夫勇さんは腕のよい大工で、この人に相談をもちかけると、も

ともと倉は無用の長物となっていたところから、いっそ全部壊して隠居所でも建ててはどうかという。

なるほどこれはよい考え、年とれば母家《おもや》は若い者に譲るのが慣いだし、倉は往還のすぐわきに立っているので、いちは「足腰立たんようになったらこの家で子供相手の駄菓子屋でもやろうか」と乗り気で話はそう決まり、まもなく、倉の解体が始まった。

綾子のいちばん憂鬱《ゆううつ》なのは、家に事あるとき、親戚《しんせき》縁者おおぜい集ることだが、このときも綾子には初対面の、屈強の若者やよくものを知っている年寄が手に手に得物を持って集り、そして賄《まかな》いも大へん故《ゆえ》に、女の手伝い人も釜屋《かまや》にひしめくようになる。

この家の嫁なら、当日少々の微熱が続こうと、咳《せき》が止まらなかろうと二階で休むわけにはいかず、エプロンかけて煮炊きの中心とならざるを得ない。

男たちは足場を作り、大きな玄能をふるって倉の屋根から順に叩《たた》きこわしてゆくのだが、何しろ倉を土蔵、というとおり、屋根板の上も土なら壁という壁は厚い土に掩《おお》われていて、それは玄能の一撃ごとに濛々《もうもう》たる土煙をあげるのであった。

この倉は築後ずい分の年月が経《た》っていると思われるだけに、道太郎にとっては何かしらの感慨があるとみえ、母家の縁側に腰をかけて杖《つえ》をつき、見えぬ目をきっと張ってその様子を眺めている。

綾子が道太郎に、

「お祖父さんは、この倉が建ったときのこと、覚えちょる?」

と聞くと、昔のことを聞いてくれておおきに有難う、といわんばかりの嬉《うれ》しげな顔で、

「いんね(え)、いんね(え)覚えちょるどころか。

わしが子供のころにはもう建っておった。悪事《わりこと》して、ようおふくろに倉へ入れられたからのう」

「そしたら、倉は百年以上じゃね。明治よりもっと昔のものじゃろか」

「さあ明治か何かは知らんが、ひょっとすると、わしの祖父さんあたりが建てたものかも知れん」

となつかしげに語りはするものの、壊すは惜しい、とはいわなかった。

二階建ての倉が消えてしまうと、坪庭は急に前がひらけ、道からはすーっと風が通ってくる。坪庭中何しろ山のような土で、これをどうするのか、と思っていると、総指揮の勇さんは崩した古材を改めてのち、

「こりゃあ驚いた、驚いた」

と声を挙げ、床板の一部を除き、土も柱も屋根板も、ほとんどの建材がまだ生きて

ありそのまま使用可能だという。

何といっても、土蔵作りで建材は土や漆喰《しっくい》で厚く巻いて保護されていただけに直接空気に触れず、そのため磨滅も腐蝕《ふしょく》も免れて、こんにちまで命脈を保ったものとみえる。これには手伝い人の男女皆、驚きの声を挙げたが、綾子もまたふしぎなものを見るように土にまみれた古い棟木《むなぎ》や柱を眺めた。

勇さんは自分で図面を引いて、いちの望む、将来小店でもできるように、廻りに土間のある三帖《じょう》と二帖つづきの平家をこの倉跡に建ててくれた。

建築費は、お上からもらった災害補償金にいちの貯《たくわ》えを足して賄ったが、木材は古材で全部用が足り、壁は要が余暇を利用して塗ることにしたため、ずい分と安上りとなった。

壁は、まず竹藪《たけやぶ》から竹を切って来て割り、その割竹を壁となるべき空間に格子《こうし》に組み込み、細く綯った縄で固定する。その上に土を塗りつけるのだが、この土も倉壁の古土が使え、しかもそれは最上の質だった。

ふつう壁土は、赤土に藁《わら》を切ってまぜ、それを足でよくよく踏みつけて粘りを出すのだけれど、新しい土も藁も何といっても急にはこなれず、折角竹の垣に塗りつけてもすぐ塊りとなって剝《は》がれてしまう。が百年以上経った倉土はよくこなれており、十分な粘りもあって、塗ってゆく片端からまるで吸いつけられるように竹垣にくっついてゆくのだった。

この土の壁が乾いてのち漆喰を塗って仕上げとなるが、勤めの片手間ゆえになかなかはかどらず、しばらく荒壁のままでこの部屋を使ったら、ということになった。

事の起りは隠居所を、ということだったけれど、ではいちがここに住めるか、といえば、いちは暗に、自分の役目はまだ終っていないという。

それは即《すなわ》ち、嫁として舅《しゅうと》道太郎の最期《さいご》を看取《みと》る義務を指していて、このまま隠居所に移れば道太郎はひとり母家に取り残されるか、或《あ》いは要夫婦が母家に入れば、その役を綾子に肩代りさせなければならなくなる。

それは家族皆がよく理解していることなので、いちから、

「あんたらが先に住んだらどう？　子がおるなら二階より下のほうがええじゃろ」

すすめられたとき、要はすぐさま、

「そうしよう。そうしよう」

と快諾した。

引っ越しといっても格別荷物もなく、その夜から蒲団《ふとん》を担《かつ》いで三人は新しい家で寝ることになった。

ここを美耶が「前のおうち」というのを真似《まね》て皆そう呼ぶようになったが、坪庭の側からは柿《かき》の木の下を通って入るようになっており、住みはじめたのはたしかこの柿の実が少し色づいたころであった。

倉跡とはいえ新築の家、と思っていたが、居室としてみればやはりここは古材ばかりで建てた家、木の香など全くないし、畳建具すべて納屋《いなや》からおろして来たものだけに、新鮮な気持とはならなかった。

ただ、三帖の間は中敷《ちゅうしき》となっており、この障子を開けるとかりに結いまわしてある竹の垣越しに往還となっているため人どおりもたまにはあり、それが良くも悪くも綾子の気持に影響をもたらす折もある。

前のおうちを建てたことはこれは当然のなりゆきではあったが、家に普請《ふしん》のあるときは何かにつけ小忙しいもので、それがようやく落ちついたころはもう稲刈り、麦播《むぎま》きの時期に入っていた。

秋の取り入れは、稲の植付けのように一刻を争うこともないが、それでもいちが苛《いら》立《だ》ってくる様子は綾子にはよく判る。時間の流れがあわただしくなり、食事どきは作物のみの話となって、綾子は口を挟む余地もなくなってくるのはよく判っていること。

綾子は田畑へ出はしないが、家にいれば炊事洗濯以外の仕事はまことに多いもので、この時期は朝、籾《もみ》やさまざまの実を筵《むしろ》にひろげ、庭いっぱいにしていちは田畑へ出かけてゆく。これが天候改まり、雨でも降り出すか、降り出さないまでもいまにも落ちそうな気配となったとき、その二十枚以上の筵を畳み、ただちに納屋に取り込まねばならなくなる。

このころの村の人の挨拶《あいさつ》は、「よう乾きます」といい交わすのが慣いなら、とりいれたものを雨に打たすなどは言語道断、病人であろうと何であろうと雨から守らねばならないのであった。

籾がこぼれないよう真ん中によせて筵を畳み、両脇を持ち上げると、思わずよろめくほどに重いもので、空を見上げて気の急《せ》くまま、その荷を抱えて庭と納屋を往復するのは、息も絶え絶えになるほど苦しい。

そうでなくてさえ、乾した大豆などの殻を取り除くため、いちは道太郎に木槌《きづち》を持たせ、

「ごとごとでええきに、叩いて実にしてつかされや」

と仕事を頼んでいるし、ときには日向《ひなた》に座を作って坐らせ、叩いて柔かくした藁をあてがって草履を作ってもらうこともあった。

それは、八十過ぎてそこひを患《わずら》う老人までもいちが駆り出す、というのではなくて、

これが田畑を抱える家の避け難い習慣なのだとは綾子もようやく判って来てはいる。農家といっても三好家などはほんの猫の額ほどの耕地しかないし、近所の一町以上の農家と比較すれば、取り入れ時期に家で留守番をするときの役割など、ごくごく軽いものといわねばならなかった。

いちは手の足りない分だけ要の助力を求め、夜が白みかけるとやっぱり前の家の窓の下から大声で呼び起すし、また帰りは帰りで約束させ、日の暮れるまで畑で要のあらわれるのを待っている。

個人の商いではなし、農協という組織のなかで働いていれば必ずしも約束の時間に帰れないこともあり、待ちくたびれて一人、むなしく家に戻ってくるときのいちの機嫌の悪さは、そばへ寄るのもためらわれるほどであった。

綾子にはいまようやく、こんな双方の苦しさが判って来ている。いちが一日芋を掘り、それをリヤカーに積んで家に帰ろうとするとき、河原田から堤を越してのあの長い長い急坂を、どうして女ひとりで運べよう、と察しはつく。

一方要も、愚痴めいた言葉を洩《も》らしはしないが、本業の他に朝といわず晩といわず、母親に指図されて働くことに嫌気がささないとはいえないだろう、と綾子は思う。このごろ連夜のように酔って戻るのも、憂《う》さ晴しでないとはいいきれないのではなかったろうか。

かといって母子《おやこ》喧嘩《げんか》をするでなし、深酒した翌朝でも、起されればはい、と寝床から立ち上り、二日酔いでふらふらしながらもはだしで飛び下りてゆく要を見て、待ったなしの農家の忙しさというのは三人三様に苦しむものだと思わざるを得なかった。

引揚げ直後から感じていたように、自分はしょせん町の人間、それに行方も定まらぬ死病に罹《かか》っているのなら、この呪《のろ》わしい農家の習性から何とかして逃れたいもの、と焦《あせ》っている自分を痛いほどに感じる。

しかし、この夏の経験から、何をするにも病気と美耶がついてまわる自分など、ピンポン球のようにどこにも受入れ先などありはせぬ、と判《わか》っており、この出口の見えぬもがきをなだめるのには唯一《ゆいいつ》、何か心を充《み》たす方法を見つけることだと思った。

考えてみれば、肺結核だと医者に宣告されたあのあたり、近づいてくる死の恐怖の前に考えたのは、母親として美耶のために何かきちんとした遺言を残してやることであった。この子は生後五十日目に綾子におぶわれ、敵機来襲のなかをかいくぐって渡満し、日本の終戦以後は難民となって両親に従ってずっと運命をともにし、今日に至っている。

遠からず母親とは死別すると思えるが、もし美耶がその後の人生のなかで困難にぶつかったとき、満州時代の赤ん坊体験を思い出せば大きな勇気となるのではあるまいか、と考え、それを書くため綾子は百笑《どめき》の雑貨店へノートを買いに行ったことを思い出した。

二階から前の家に移るとき、わずかな自分の持物のなかにそのノートがあったことがよみがえり、押入れのなかの、英語のテキストなどのあいだからそれを取り出すことが出来た。

ひどく紙質の悪い、うすっぺらなそのノートを手に取ったとき、綾子は心を許し合ったなつかしい友人に再会したような気がし、ふと瞼《まぶた》がうるんできて思わず表紙を撫《な》でた。わずか五ヶ月に足らぬ前のことなのに、ここに何を書いたのかほとんど忘れており、何やら期待めいた思いに胸はずませながらページを繰ると、

昭和二十二年六月十八日

と欄外に日付けがまずあって、

星ひとつない闇夜《やみよ》、かえるがないてゐる。美耶のために書こう。勉強しよう。

とこの日は二行だけで打切り、以下、

六月十九日

屢々《しばしば》生存と厭世《えんせい》のヂレムマにおちいる。

何も彼もが厭《いや》だ。肉体労働といふのは何ものをも生み出しはしない。死しか、私にはここから脱し切れないのか。死、死、死。

六月二十二日

満州のことどもは思ひ出したくない。忘れたはうが皆々しあはせだから。

今日から歌を作ることにしよう。

八月あまり早すぎ去りぬいのち得て
　戻りて庭のあぢさゐを見る

つゆの雨けならべ降ればあぢさゐの
　房ことごとく花咲きにけり

吾子負ふてぬかるみ歩き帰るさに
　ふとみつけたるあぢさゐの花

一年生の歌なり。日々人をうとましいと思はず、うらめしいと思はずすごすのには、花を眺めることなり。

ああ、怠け太郎の如《ごと》く眠りたい、眠りつづけたい。東の空よ、永久に白むことなかれ。

六月二十三日

神経の太い人にはとうていかなはない。かきまはされてこちらは涙にぢむ思ひなのに本人は平気。

どんどん日が経つてゆく。このまま死の壁に向つて一直線かも知れない。むしやうに少女時代がなつかしい。あのころは、澄んだ空を見上げても、緑したたる山を仰いでも、その美しさに深い憧憬《どうけい》を感じたものだつたのに、いまは汚濁した感情の捨てどころ。

六月二十四日

夜便所に起き、金いろの満月がのぼるのを見た。何という荘重さ。

ああ神さま、私をお助け下さい。

ノートのなぐり書きはここで切れており、表紙を閉じたあと、綾子は何だかおかしくなって一人で笑った。小さな声を立てて笑った。

歌も下手だし、自分勝手な文章も滑稽《こっけい》だったが、ここには結婚まえの赤裸々な自分のかけらもあると思うと、何となくいじらしさが湧《わ》いて来て、笑いがこみあげて来たのだった。

きっと最初は、満州の生活をありのままに書くつもりだったにちがいないが、惜しくも力が足りず、短歌の真似《まね》をしたり、姑《しゅうとめ》のかげ口を記したりして、悶《もだ》えをなだめていたにちがいなかった。

あのあと喜和のもとに駆け込み、二週間ほどを過したためか、いまはいくらか冷静になって、これらの、日記ともいえぬ呟《つぶや》きのペンのあとが読み取れる。

綾子はそのノートをしっかりとみつめながら、ふしぎな気分に引き入れられてゆくのをおぼえた。それはこのノートのなかにこそ、自分の生きる道がある、と誰かに示《し》唆《さ》されたような、そしてそれがいま、最も自分が共感できる方向であると思えるのであった。

見渡したところ、机という道具は家中どこにも見当らないが、例のノートの書き始め、畳に腹這《はらば》って書くのもしんどくて綾子は家中のあちこちを捜し、倉のなかで机ともいえぬ小さな台をひとつ見つけた。

いかにも素人《しろうと》細工らしく、一枚板の両脇に足としてただ板を打ちつけてあるだけのものだったが、仕上げにはワニスらしい塗料を塗ってあった。

床の神棚の前のお供え物の台か、あるいは仏壇の前の経机か、たぶんそんな用のために誰かが作ったものと思われたが、綾子はそれを、いちに黙って二階へ持ってゆき、ノートを記すときの机として使っていたのを、ふたたび前の家に持ち込んで窓際《まどぎわ》に据えた。

この机は、力のかけかたによってはすぐ斜めにつぶれてしまうが、曲りなりにも自分の机、そして何とか調達した青いインクとハート型のペン、書きかけのノート、とこれだけ揃《そろ》えば、綾子の気持はひとりでに娘時代に戻り、引揚げ以来、一度も感じられなかった安息がいまやっと得られたように思えた。

昔、朝倉町の家の二階で、岩伍は六帖に譲と恒子も加えて三つの机を並べてくれたが、綾子は一人だけの部屋が欲しくて、勝手にすぐ隣の四帖半に自分の机を持って行った。ここは北向きの蒲団部屋だったが、誰に侵されることもない空間で自分ひとり自由な思いにふけることが、当時どれだけ楽しかったか。

いま、前の家では納屋の二階と違ってそんな密閉性があり、夜、美耶が寝たあと、要の戻りを待つ時間、或《あるい》は美耶も要も寝息を立てているのを確かめてのち、このノートに向って思うさま自分をぶっつけてゆくことができるのに、綾子は胸のはずむような喜びを覚えるのであった。

肺結核という厄介な病気に、精神の在りかたが影響をもたらすなど聞いたこともないが、このノートの楽しみを見つけてからというもの、気のせいか綾子はずい分と体が軽くなったように思えた。ちょうど季節も冬に向っており、健康なひとでさえ感じるあの夏のだるさが遠く去って行ったことも重なっていたのだろうか。

家のうちには渋柿の木が六本あり、それを要に手伝ってもらって手製の刺叉《さすまた》で全部捥《も》いだあと、夜なべにくるくると皮を剝《む》き、日当りのいい表座敷の前に糸で吊《つる》す作業を、もともと柿好きであることも手伝って綾子は少しも大儀でなく、むしろいそいそと片付けた。

渋柿は、干し上げてカチカチになり、白い粉を噴くころよりも、柔かく渋味が抜けて半透明になったころが綾子は大好きで、早く柔かくなるよう、この吊し柿の簾《すだれ》のまえを過ぎるたび、指先で揉《も》みほぐして行く。

この時期柿を捥ぐとき、或いは捥いで枝ばかりになった木の梢《こずえ》で百舌《もず》がけたたましく啼《な》くのを仰ぐとき、綾子はふっと、ああ私はいまここで生きているんだな、としみじみ思い、ふーっと大きな息を吸い込んでみたりする。

吸い込む空気は、夏のころと違って深く肺の奥まで流れ込んでいくようで美味《おい》しく、とすると、やっぱり肺結核というのは医者の診立て違いであったか、或いは喜和のいうように単なる夏病みであったかも知れないとも思う。

しかしかといって、夕方の執拗《しつよう》な微熱が断ち切れたわけではなく、雨の日は息をするのもおっくうなほど胸が閉じて開かなくなる。が綾子は、書くという楽しみを得た喜びに加え、天地爽涼《そうりよう》の心地よさとでずい分と気分が明るくなり、これからは先の全く見えぬあの憂鬱《ゆううつ》な病気のことなど念頭から消し去ってしまおうと思った。

こういういい加減さは綾子の無知というより他ないが、このころ、綾子の両肺はいったいどんな状態であったろうか。それがはっきりと判明するのは、このあと四年経《た》ち、村内に新設された保育所の保母として採用されるに当り、身体検査のためX線を撮ったときで、それによると診立て違いでも夏病みでもなく、結核菌に冒された痕跡《こんせき》は石灰質の空洞となって歴然と残っていたのであった。

それにしても、療養もせず安静も叶《かな》わず、ずるずると病いをひきずりながら生きられたのは、正しく幸運だったというよりなかったのではなかろうか。

それにまた、病気に対する知識がなかったのは単に綾子一人でなく、周囲が皆、気にせず過剰にいたわらず、ごく普通に扱ったことも、あとで思えばこれも適切な対応といえるかも知れなかった。季節はようやく冬に入って、綾子が休み休みながらも家の内の仕事を少し手伝うようになればいちの機嫌も目に見えてよくなり、ある日、

「外へも行けんようなら、内でできることをしてみるかね」

といい、

「美耶の着るものも縫わんならんし、私らのもんぺもミシンのほうがずっと早い。それに、『おうちの嫁さん、遊びよるなら縫うてもらいたいもんがある』と私が頼まれることもちょいちょいあるし。小遣い銭にはなるわねえ」

と大奮発してくれたのは足踏みミシンであった。

いままで綾子は、要のシャツでも全部手縫いで仕立てており、ミシンがあればどれだけ便利か、と考えたことも一度や二度ではなかったが、買おうとしてもとても手の出る値段ではなかった。要の給料ならおよそ十ヶ月分ほどのものでもあったろうか。

いちは家中の縫物の便もさることながら、綾子に縫物の内職をするように、とすすめているのは明らかだったが、綾子はそれを素直に有難いことだと思った。

いちは一日、働いてこつこつと貯めた金を入れた大きな布の財布を片手に持ち、片手に美耶の手を引いて新川の町へ出かけ、足踏みのミシンを予約して来てくれた。何というメーカーであったか、まもなく届けてくれた業者は、

「シンガーを凌《しの》ぐ性能です」

と自慢していたが、実際使ってみるとまことになめらかで、針目もきれいだった。性能のよいミシンの音は耳に快く、また面白く、手当り次第に家中のものを縫ったりしたが、手間賃をもらえるようなよそからの注文は一件もありはしなかった。たまさかに礼の芋か南瓜《かぼちゃ》を持って現われるのは、

「もんぺのここの膝《ひざ》にミシンをかけて下され。そうすると布が丈夫になって破れにくかろうきに」

という年寄からの依頼のみ。

しかし何年か先になって、綾子が夜なべにまで励まねばならなかった一時期があり、それは建設省が仁淀川の堤防工事をやることになり、大ぜいの作業員たちがこの村に泊り込みで働きに来たときだった。

突然そのうちの一人が前の家にあらわれ、

「これをニッカーボッカーになおしてもらえんやろか」

とかなり着馴《きな》れたらしい木綿の作業ズボンを差出した。

え？ と聞いたこともないその名に驚き、詳しくたずねると、これは運動用によく英国人が着るもので、改良方法はズボンの丈を膝下で切り、そこに尾錠《びじょう》をつけて締めるのだという。

ミシンをかける部分は少しなので簡単に引き受けたところ、このスタイルは尾錠の上の部分がふっくらとふくらまねば形が悪いので、ズボンの丈が問題だといい、丈を計るため目の前で毛脛《けずね》を出されたのにはたまげてしまった。

しかし気に入ってもらえたのか、ニッカーボッカーに改良する注文はその後どっと押寄せ、綾子はせっせとミシンを踏み続けた。考えてみればこれはゴルフや登山などに、おしゃれな外国人がウールなどの柔らかい布地で作るもので、頭には鳥打帽、胸には蝶《ちょう》ネクタイが似合うスタイルだと綾子は気づいたのだけれど、それはいえなかった。

誰が最初に考え出したのか、のちには作業員のほとんどがごわごわの固いニッカーボッカー姿になってしまい、しかも皆、頭には麦藁《むぎわら》帽かタオルの鉢巻、足もとは地下足袋で働いているのを見て、綾子は何ともいえず一人で苦笑したりしたものだった。

この年は初めての共同募金が始まったり、改正民法が公布されて結婚離婚の自由、男女平等などが声高に叫ばれたりしたが、桑島村の日常はそういう世の動きとは全く無縁であった。

どんなに目を挙げて世界の動きを捉《とら》えようとしても、先《ま》ず家のうちがおだやかに納まってゆかねば暮し難いし、それには一家五人がそれぞれ機嫌よく過してゆけるよう努力するのは当然、と了簡《りようけん》する日もある。もっともこれは綾子の体調のよいときに限られ、すこしまた微熱でも続くと美耶を連れ、日帰りでも喜和のもとを訪れるのはやめなかった。

綾子発病の昭和二十二年は暮れたが、翌年もなお食糧不足と世相の荒廃は続いており、三好家のような小さな農家にもやはり二、三日おきに食糧買い出しの人も絶えなかった。

このころ、桑島村では甘蔗《かんしよ》の栽培が流行《はや》り、夕食のとき、いちはやや興奮気味にうちでも是非それをやろうという。甘蔗は、いちの実家三つ石村に近い海辺の地区では大分以前からそれをやっており、三好家の砂糖もその甘蔗から作った黒糖を分けてもらって用を足している。

が、これは野菜を作るようなやさしいものでなく、春先に植えつけ、秋に収穫したものを砂糖に精製するため、砂糖焚《だ》き小屋を村に作り、そこへ自家の甘蔗を持ち込んで機械で絞り、その汁をいく十時間もかけて煮つめ、そして固形の黒砂糖に仕上げてゆく。

甘蔗を栽培するのには苗を入手するだけではなくて、精製するための機械や釜《かま》、その他諸費用を分担しなければならず、つまり製糖組合を設立して株を買い、組合員とならなければならないのであった。

綾子は聞いただけで青ざめる思いだった。未経験だから何も判らないが、家中で頼りになる男手は勤め人、女手ひとつで世間並みに砂糖作りの組合員となることなど、考えただけで不可能に近いと思った。が、手伝えないことが判っている身では意見のひとつもいえず、黙っているわきで意外にも要は、

「ま、やってみるか。手の足らんときにはお種さんでも頼んだらええし」

といともあっさりと引受けてしまった。

思うに、以前から「人並み」を主張しつづけるいちなら、うちは組合へは入りませんなどの意気地ないいわけは出来なかろうし、要は要で、おふくろに逆らうとめんどう、と見越していたところもあったにちがいなかった。

案の定、春の甘蔗の植付けの時期になるといちはいらいらしはじめ、雨降りの日、蓑笠《みのかさ》を着て畚《ふご》に苗を入れ、一人でそれを土に伏せる作業のときはいいけれど、雨も降らず、植えたあと水をかけねばならないときは、「要、早う戻って来てや」とくどくいい始める。

畑に水をかけるのは、川から肥桶《こえおけ》に水を汲《く》み、遠く畑まで担《かつ》いでゆかねばならぬ故《ゆえ》に女ではできず、日和《ひより》が続けば植付けの遅れるおそれがあるため、いちの苛立《いらだ》ちはそ

ばにいてもつらかった。

春はまた春蚕《はるこ》の出はじめでもあり、今年は控えるだろうという予想を裏切っていちは例年どおりこれもやるという。

働けば働くだけの収入《みいり》があるとは判るが、何でお母さんはこんなに無理矢理、皆を不機嫌にしてまで手を拡《ひろ》げるのだろうかと思う。綾子一人での憶測では、いちにとって仕事の出来ぬ綾子など、ものの数ではなく、当人が悲しもうと鬱《ふさ》ごうと、仕事となれば自分のやりかたで通していればそれでよい、と思っているにちがいないと考える。

それに綾子は綾子で自分の立場で思案しなければならぬこともあり、それは美耶がもう満三歳を過ぎていろいろなことが判るようになってきている。子供の教育については、桑島村にいると近所の子供たちの在りかたしか判らないが、しきりに思い浮ぶのは自分の幼児期のことであった。

岩伍も喜和も教育についてべつに確たる方針も見識も持っているわけではなく、むしろ無定見だが、そのころまだ珍しかった幼稚園に綾子を入れたし、六歳の稽古《けいこ》始めには琵琶《びわ》の師匠のもとへ連れて行ってもくれた。

そして、裏長屋の子供たちの群れには決して綾子を近づけず、それが昂《こう》じて常に喜和が引連れていることになり、綾子は小学校へ入るまでいつも母親の付添いなくして行動はできなかった。

この方法が正しいとも思えず、またこんな状況をいまの美耶に置き替えて考えるのは無理だとは判っているが、美耶のいまの遊び相手はお種さんの子供も入れて四、五人の、当然ながらいずれも近所の農家のいたずら坊主《ぼうず》ばかり、毎朝、

「みーや」

と門に立って呼び出し、仲間に入れてくれるのはうれしいが、一丸となって田圃《たんぼ》畑のなかを縦横に走りまわり、虫や蛙をつかまえたり、腹《へ》が空《な》れば生り物の胡瓜《きゅうり》や真瓜《まうり》を齧《かじ》ったりする。どこの家でも野良《のら》に出て人はいないから、ふかしてある芋を失敬して食べたりしても、大人は誰も咎《とが》めなかった。

咎めるどころか、芋などを新聞紙にくるんで渡し、

「外で遊んできいや」

と追い立てるのは、子供の面倒を見る手間を省くためでもあったろう。

美耶のことを別にしてこういう情景を見れば、まことに健康的でほほえましいが、東西南北、村中すべてを我が遊び場としている子供たちに、

「白雪姫のお話してあげるからね。泥んこの足、洗ってきなさい」

といっても、するりと逃げられるだけだった。

放っておけば美耶はどんな子になるやら、という焦《あせ》りはいつも頭にあり、せめて近くに幼稚園でもあれば、と問い合わせたりしたが、やはりここではいちばん近くに八田村の保育園があるだけであった。しかし八田村までは大人の足で優に三十分はかかり、それに保育園は幼児教育が主眼ではなく、働く親に代わって安全に保育してくれる施設だから、綾子の狙《ねら》いとは少々違う。

思い切って高知市までゆけば、ピアノだって習わせられるし、幼稚園もある。しかし頑是ない子供をバスで一時間以上も通わせるなどは考えの他であって、仕方なし綾子は自分から美耶に字や童謡を教え、少しばかり心得ていた日本舞踊もなぞらせたりした。

こんなことが躾《しつけ》のひとつとは思えないけれど、親として何かしていなければ、と、誰かに叱咤《しった》されているように思われ、つまるところ綾子の自己満足の域を出ていなかった。

一時小康を得た病いは、戦争のような植付けが始まったころからまた胸部がひどく重くなり、息の穴が細く細くなって、このまま絶えてしまうのではないかと思う日がときどきやってくるようになった。幸い、美耶がすこし手伝いができるほどになっていたので手許《てもと》に置き、あれこれ頼んでは用を足させるが、何といっても三つの子供のこと、仕損じたりできなかったりすると突然怒りがこみあげて来て手を振り上げたくなる。

いったいお前はなに？　なんでそんなにとろいの？　お母さんはまもなく死ぬのよ、この世に居なくなってしまうのよ、いまのうちに私が教えることしっかり覚えておかないと、損するじゃないの、バカね。

と怒鳴る馬力もないまま、胸のうちでふつふつと沸《たぎ》らせ、挙句にはそんな自分がなさけなくなって冷たい涙が耳の穴に流れ込んでいる。

美耶はそれでも怒りっぽい母親のそばを離れず、至極おとなしく遊んでおり、そういう美耶を見ていちはいつも、

「女の子は頼りになる。総領が女でよかった」

という感慨を述べるが、この言葉はのちに綾子を刺す針となるときがやってくるのであった。

綾子はしかし、この年の夏の病状悪化については、昨年ほどの切羽詰まった危機感は持たなかった。何ひとつ療養もせず、いままで生き延びて来ているのだから、今年も案外またするりと通り抜けるかもしれない、とわずかな望みをつないでいることもあったし、それに何より、書くことの楽しみが綾子の生命力を鼓舞する効力もあるの

かも知れなかった。

いちは、病気の嫁のために毎日牛乳が飲めるよう八方問い合わせてくれたが、かつて妊娠中、高岡の町へ配達に行く牛乳屋が途中、大橋のたもとにしつらえた小さな木箱に毎日入れていってくれたような、好都合の話はもういまはなかった。

あのころ、さきに渡満した要の留守、出産日の近づく綾子を抱えていちもあれこれ考え、牛乳屋にたっての願いを聞いてもらったにちがいなかった。その牛乳屋がいない代り、いちの捜してくれたのは四、五町先の農家が飼っている山羊《やぎ》の乳で、そのおばさんは毎日届けることを快諾してくれたという。

翌日から触るとやけどしはしないかと思えるほどあつあつの牛乳瓶をおばさんは運んでくれるようになり、これは魚と違って家中皆嫌いなので綾子は誰に憚《はばか》りもなくいつも一人で飲むことができた。おもしろいことに、山羊のおばさんが飼料に草ばかり与えたときは乳の内容は薄くなり、芋や南瓜などを奮発したときは濃く香ばしい乳になった。

喜和から届けられるミカン水屋の魚類も、この年の夏はバテたのか廃業しており、いまの綾子にとって、山羊の乳が唯一《ゆいいつ》の栄養だったといえようか。

そしてまもなく田植と蚕の時期になり、いちは髪振り乱してというさまで取り組んでいたが、聞けば蚕は例年の倍に増やし、田植も近所まわりの手伝いを積極的に引き受けたらしい。皆がはる田、と呼ぶ湿田は、泥が深く、胸までつかって植えなければならないが、その手伝いから帰って来た泥だらけのいちを見て、綾子は一瞬息を呑《の》んだほどであった。それにしてもこれほどに激しい労働をしても、翌日に疲れも残さぬいちの体は、生れたときから自分とは全く出来が違うのだと綾子は思わずにはいられなかった。自分も、働く意欲満々で引揚げて戻り、いまもその気持は持ち続けてはいるが、いちの働くのとはどうやら尺度がちがっていたらしい。

しかしこの夏の蚕はさすがにいち一人では取り仕切れないと見えて佐代がひんぱんに手伝いに通ってきていたが、佐代も嫁ぎ先の仕事があり、昼の休みや夜なべに自転車を飛ばしてやってくるのであった。

綾子など家中誰もあてにしてはいまいが、猫の手でも借りたいという時期にもなれば前の家で寝ているのもつらく、夏のあいだ、綾子はまた岩伍や喜和のもとを転々とした。駅前町では相変らず細々とした商いで、それは一目で照の才覚のなさ、とは判るけれど、その才覚のない分だけ、綾子が子供連れで訪ねても、迷惑そうなふうもなく、恒子ともども美耶の世話もしてくれるし、それに甘えて、この夏、こちらにも一週間ほど滞在した。

暑いあいだ、行ったり来たりを繰返しているうち、ようやく盆も終り、取り入れが間近くなったとき、ある日いちがいうことに、

「聞けばお父さんは八幡家《やはたや》のお母さんともう行き来なさりよるそうやね。そんならうちも、晴れて八幡家のお母さんとお付き合いさせてもろうても構うまい。お母さんにはあんたもさいさいお世話になりよるし、ミカン水屋にも始終ことづけをして下されよる。今年の神祭に、新客としてお母さんに来てもらおうじゃないかね」

とすすめてくれたとき、綾子は一種の感動に襲われ、嬉しさで胸がいっぱいになった。

どんなに濃く繋《つな》がっていても、しょせんは日陰の身、と喜和は弁《わきま》え、綾子も無理せず、表立っては三好家とは関わりもなく過してきたのだったが、いち自らそう心を開いてくれれば、実家の母と嫁いだ娘としての付き合いに何の障害もあろうはずはないのであった。

昭和二十三年秋の神祭は、病気がすっかりなおってしまったかのように綾子の体はよく動き、軽かった。

それというのも、いちのすすめで、喜和が新客としてこの家を初めて訪れるためで

あって、綾子は自分でもおかしいほど、家の掃除や片付けに念を入れている。散らかしたままであっても別段喜和に叱《しか》られるわけではないが、嫁いだ家に初めて母を迎える娘の気持というのは、少しでも自分の成長した姿を見てもらいたいという、背伸びした思いもあったものであろうか。

やがて昼下りの時刻、要が自転車で百笑まで迎えに行き、その後に紋付羽織を着た喜和を乗せて戻ってきた。

初対面のいちと挨拶《あいさつ》を交わし、次に耳まで少々遠くなった道太郎とも綾子の仲介で名乗りあい、座敷に上ってもらえば先着の道太郎の娘、といってももはや七十歳の伯母さん、いちの実家の弟嫁、そして佐代夫妻と順に綾子が紹介したあとは上座に坐《すわ》ってもらった。

喜和も実家は先祖からの下町暮し、こんな田舎の神祭の宴など初めてかと思われるが、結構皆となめらかに言葉を交わし、盃《さかずき》のほうは不調法と断っても箸《はし》はせっせと動かしている。

食べもの屋だから何でも商っているのに、皿鉢《さわち》の上の一つ一つの料理をたずねたり、おいしいと褒めたり、口下手のはずなのになかなか如才ない様子を眺めて綾子は安心し、座を外して釜屋《かまや》へ下りた。

今日の客は皆、おなばれ、という神輿《みこし》には行かないそうで、それなら落着いて飲んで行てつかされ、と要が皿鉢の内側に坐って接待をする。綾子は釜屋の土間で酒の燗《かん》をしたり、新しく皿鉢を作ったりしながら、客のみんなは喜和のことをどう見ているだろうと思った。婚礼のときの綾子の母は照だったのに、今日はまた喜和を「母です」と紹介したのだから、とまどいはしなかったかしらん、と考えたが、そんなことで綾子は怯《ひる》みはしなかった。

表の間ではいちも加わって和やかに歓談していたから、その間にいちの口から巧《うま》い具合に事情を説明したかもしれなかった。

客宴が終って皆釜屋に移り、御飯と大根の味噌《みそ》汁、つけもので仕上げをし、折詰の土産をもらって帰ってゆくのだけれど、これでまた百笑まで自転車で去ってしまうのはあまりにあわただしい。

かたがた要もかなり酒が入っており、自転車は危いところから、

「私が百笑までぶらぶら歩いて送って行くわ。お母さん、歩いてもかまんわねえ」

と綾子が聞くと、

「はあはあ、そのほうがよろしゅうございます。ご馳走《ちそう》どっさり頂いたきに、ちょっ

とはお腹《なか》もこなれさせんとね」

と喜和もにこやかに受け、二人して川下へとゆっくり歩き出した。村中が神祭の日は野良も休み、川沿いの道にも人通りがあり、すれちがうその人たちがじろじろと、前から後から喜和を眺めてゆくのを見て、きっと明日から喜和は村中の話題になるのだと思った。

それよりも、綾子が聞きたいのは、喜和が見た初めての三好家、姑《しゅうとめ》、客の雰囲気などだが、これについては、きっぱりと、

「何辺《なにへん》きちんとしたお家じゃないかね。お姑《かあ》さんも悪心の無い、お人の好《よ》さそうなお方じゃねえ。若いときからお一人で三人もの子供育てておいでただけに、しっかりしておいでる。綾子は欲をいうたらいかん。いまのままで上等。要さんも綾子を大事にしてくれよるし。病気もそのうちなおりますよ」

と手の折詰を持ち上げて、

「これだけのご馳走を調達するさえ、町の暮しはなかなかに大へんじゃきにね。今日は私の帰りを、健太郎の子供たちが楽しみに待ちよるもの。早う食べさせてやらにゃあ」

といわれ、そんなものか、とひととき綾子の胸をあたたかいものが過《よぎ》っていった。

客が帰ってのち、家族同士の話でも喜和の評判は上々で、珍しくいちも感じ入ったように、

「駅前町のお母さんは、どこがどうと取立ててはいえんが、何となくま、あんたとはやっぱり他人じゃね。

その点、今日の八幡家のお母さんはしんそこあんたの母親じゃもんねえ。大したもんじゃねえ。

それに、食堂しよってもやっぱりこう、大家の奥さんみたいなところがある。押出しのええお方じゃ」

といい、そう聞くと綾子も素直に嬉《うれ》しかった。

喜和の置土産はもうひとつあり、百笑までの帰りみち、向う岸に煙を上げている小屋があるのを見つけて、

「あれはなに？」

と問うた。

あれはつい先日から始まった砂糖焚《だ》きの小屋だと綾子が説明すると、喜和は考えていて、

「綾子、お前体さえよかったらその砂糖を高知へ運んでみたらどう？」

と勧めてくれた。

桑島村では製糖組合があちこちに出来、三好家でもいちばん近いところの組合に入っていまは順番を待っているが、砂糖はまだ統制だから農協に届け出て正規の経路で出荷しなければならない。しかしこれも米と同じで、自家用品をヤミで売るのはもはや半ば公然のやり方であって、げんに砂糖買いの仲買人が、村のあちこちを横行している。

国の食糧政策では、家庭への砂糖の配給など絶えて久しく無いだけに、甘蔗《かんしょ》で作る地砂糖への需要は大きいものがあり、喜和は、

「綾子の気分のええとき、持てるだけのものでええきに、うちまで運んでおいでや。店には砂糖に飢えちょるお人がいっぱい見えるから、すぐに捌《さば》ける。そんなら綾子もお小遣いも出来るし、第一、うちへ来るのに天下晴れて来れるわね」

といいことずくめの思いつきを聞いて、

「そんなら私も砂糖買いのヤミブローカーやね」

と笑い合った。

この話にはいちも要も賛成し、

「まずうちの砂糖から持って行ってみたら？」

という手筈《てはず》になった。

砂糖の仲売りを仕事として、喜和の許に定期的に通えるというのは何より嬉しく、綾子はこの計画が立ってからみるみる元気になって行くようだった。

まもなく、砂糖小屋での順番が近づき、小さな畑ながら甘蔗を収穫しなければならなくなったとき、綾子ももんぺを穿《は》いて、美耶の手をひき、いく日も手伝った。

人の背丈よりもはるかに伸びた甘蔗の株を先ず要が唐鍬《とうぐわ》でもって根元から扱《こ》ぎ、その株から五、六本出ている甘蔗を分けてのち、一本一本、袴《はかま》というかさやというか、それを払いのけて棒状にし、二、三十本を一束にしてリヤカーに積み込む。

女の役はその袴を払いのける仕事だけれど、素手では傷つくので小さな鉄製の器具をはめ、それで甘蔗の上から下へと逆撫《さかな》でするのである。

一見力を必要としないかに見えるが、立ったままで長時間袴を払うのはなかなかに疲れ、綾子はすぐしゃがみ込んでは、甘蔗の甘い汁を気つけ薬代りにたびたび吸っては元気をつけた。

そしてリヤカーに山積みした甘蔗の束を、要が引き、いちが後押ししながらいく往復もして砂糖小屋に運び、順番を待つ。

四六時中火の絶えることのない砂糖小屋には、床から道まで甘蔗の汁や砂糖の噴きこぼれなどが散り敷き、たとえようもなく甘い、おいしい匂《にお》いが満ち満ちている。順番が来て自家の甘蔗を一本ずつ絞め機の穴にさし込むと、丸い棒状の甘蔗は一瞬にして平たい板状のカスと化し目の前に山を作る。

滴《したた》り落ちた汁は鉄の平釜で焚くのだけれど、焦《こ》げつかさないよううまく煮詰めるにはなかなかの技術を要し、どこの組合でも砂糖焚きの専門家を雇ったり、或《ある》いは勉強に出向いたりして、しっかりした責任者を据えているのであった。

要はもちろん勤務を休み、小屋につきっきりになっているのへ、綾子は食事を運ぶ役目だった。アルミニウムの大きな三食弁当に明日の夕方までの分としてしっかりと飯を詰め、夜更《よふ》けに持って行くと、あかあかと炎に照らされながら、要は鍋《なべ》のわきに立って棒でかきまぜているところであった。

「ええお砂糖になりそうな？」

と聞くと、

「わからん」

といいつつも、そばの、まだ絞らない甘蔗の棒を取って鍋のなかの沸いている砂糖汁に浸《つ》け、さし出してくれた。

しゃぶってみると、したたか甘いものの、灰汁《あく》というか、どこやらえぐい味があり、その感じを率直にいうと、要も苦笑しながら、

「高《たこ》うは売れんかもしれんね」

という。

まる一日が経《た》って出来上った家の砂糖はやはり上等の品とはいえなかった。最高のものは固く締まり、しゃり感があって灰汁なく、出来上りは煉瓦《れんが》大に固めてどこにでも持ち運び出来る。品質が落ちるほど柔らかくなり、三好家の品は飴《あめ》状だった。

だから製品は箱などへ詰めるどころではなく、斗桶《とおけ》にいくつも流しこみ、それでもまだ桶板の継ぎ目から滲《にじ》み出はしないかという心配もあるほどだった。甘蔗は、栽培の上手下手もあろうが、まず砂地を好むというから、三好家の粘土質の畑ではもともと無理だったのではなかろうか。

しかし、飴状であろうと煉瓦状であろうと、等級と価格が違うだけで買い手はたくさんつき、三好家でも斗桶のひとつくらいは仲買人に売ったかと思う。

さて綾子の商いは、村中を横行するブローカーたちは桶買いをしているが、そんな大規模なものでないし、万一取締りにつかまっても実家への手土産、でいい逃れでき

る程度だから、まず自家用の品を持って行くよう、いちも勧めてくれた。運ぶ容器は例のアルミの三食弁当と蓋《ふた》つきの重箱だが、何しろ飴状だから傾けるとすぐ外へこぼれてしまう。用心して容器の半量ほど入れ、幾重にも新聞紙で巻いて提げてゆくのだが、バスが揺れるたび、心配でならなかった。

それでも何とか無事届けると、喜和は立替えて代金を払ってくれ、

「一週間に一ぺんはちょっと多いかねえ。十日に一ぺんでもええね。ずぼらせずにこつこつやりよったら、お金はひとりでに貯《た》まる。美耶のことも考えて、ちょっとは手《て》許《もと》に貯《たくわ》えもないといかんよ。綾子はぱっぱと使うのがくせやから」

といつになくしんみりといい、それを聞いて綾子はふっと、お母さん大分お金を貯めたのかな、と思い、そしてすぐ、親の懐《ふところ》を推量する卑《いや》しさが恥ずかしくて忘れることにした。

綾子の砂糖運びは商いともいえず、何故《なぜ》なら自家の品がなくなれば、近所隣の出来の悪いものを小売価格で分けてもらい、これをバス賃使って届けるとなるととても割高になるし、それがいつも必ず代金と右左で捌けてゆくのは、相手が喜和であるからに他ならなかった。

それでも、喜和の好意で続けていればわずかながらも小金が貯まり、ある日綾子は

ショウウインドのなかに黒いびろうどのショールがあるのを見て、ためらわずそれを買い求めた。

こうして家を空ければその間いちに美耶を見てもらわなくてはならず、それに、ろくに手伝いもせず得た家の砂糖を売っても、代金はそのまま綾子の財布へ入れている。その申しわけなさも込めて、買ったショールをいちに贈ったところ、その喜びようといったら、こんないちを綾子は一度も見たことがなかったと思った。

「私は昔からびろんどの肩掛けが欲しい欲しいと思いよったけんど、自分のものは仕事着以外は買えざった。

一生びろんどには縁がないと思いよったのに、この年になってびろんどの肩掛けを使えるとは」

おおきに、おおきに、といい、綾子はそんないちの姿を見て、このひとのいままで経て来た人生をのぞき見したような気がした。

この印象は綾子に強く灼《や》きつき、余裕が出来たらお母さんにぜひともいい着物を買ってあげたい、と常に思うようになったのだが、現実にそういう金が残りはしないのは当然であった。

砂糖の仲買人となってこの年も終り、昭和二十四年が明けてまもなくのころ、おだやかな冬の陽《ひ》ざしの当る縁側に腰かけて綾子が編物をしていると、外出のときよく羽織る紺サージの事務服を着たいちが外から帰って来た。

今朝目をさまして釜屋へ入ると姑の姿は見えなかったが、いつもどおり畑にでも出たのかと思っていたところだった。

「ただいま」

といいながら、綾子のそばに腰を下したいちは晴れ晴れとした顔つきをしており、両手をうしろ手について、

「これでくつろいだよ(ほっとした)。ようよう私の親の役目も済んだというもんじゃ」

と独りごちたのを耳にし、これはいちが私に何かを聞いてくれということだと綾子は感じ取って、

「なに？　何がくつろいだがですか」

と問うた。

いちは後手の姿勢をもとへ戻して、

「お前《ま》さんにも知っておいてもらわんならんが、佐代の嫁入りのとき、私はまだかつかつの暮しじゃったもんで、箪笥《たんす》長持を持たせてやれざった。

ま、仁一さんは海軍さんじゃきに、佐代はその勤め先の佐伯やら呉《くれ》やらへついて行って、官舎住まいじゃったから、まあ箪笥も長持も要らざったし、無《の》うても人目にもつかざったわね。

ところが戦争が終って高岡の町へ戻《も》んて来ると、箪笥長持の支度のない嫁はやっぱり肩身が狭い。そこで私はお前さんも知ってのとおり、昨年から蚕を増やし、佐代にも手伝わせて何とかお銭を拵《こしら》え、新川の指物屋に箪笥と長持を作ってもろうた。それがようよう出来上って、今日、指物屋が納めてくれるというきに、私も出向いて挨拶《あいさつ》をしてきたところ。

向うのお父さんお母さんもそれはそれは喜んでね。私に丁寧にお礼をいうてつかされた。明日は近まわりの親戚《しんせき》を呼んで、それを見てもらうのじゃと」

と満面笑みをたたえて綾子に話すのを聞いて、綾子は驚愕《きょうがく》、という言葉が頭に浮んだほどびっくりした。

これで一昨年以来の、夜の目も寝ずに働き通した姑の行動の謎《なぞ》は解けたが、佐代も森家に嫁してもはや八年近く、子供が無いとはいえ、いまだに実家が嫁入支度の補足までをしなければならないのか、と呆《あき》れる思いだった。

いちにすれば、家の財布はとうに息子夫婦に渡してあり、身ひとつで自分が働く金をどう使おうと人に文句いわれる筋合いはないと考えているかもしれないが、綾子にすれば農繁期の真っ最中、家中を蚕棚にし、イライラしつつ仕事に立向う姑のかげで、病人はどれだけ苦しい思いをしたか、その悔しさはいまだ胸にわだかまっている。

いちが一人娘の佐代をいとしく思う気持は判らぬではないが、八年後に箪笥長持を揃《そろ》えて贈る必要がどこにあろう、と胸のうちに名状し難い腹立たしさが湧《わ》き上ってくる綾子に、いちは上機嫌のままで、さらに、

「ところで家《うち》のことじゃがねえ。お前さんが来るときは戦争中で何も支度ができざったきに、お父さんはお銭を包んで下されたわね。

あれだけのお銭があれば、箪笥も長持もいく棹《さお》も買えることはよう判ってはおるが、しかし、あのときはあのとき。いまはお銭さえ出せば何でも買える。

どうじゃろねえ。箪笥のない嫁は世間に対しても恥ずかしゅうはなかろか。早い話がお前さんの着るものもだんだん増えて、入れるところもない。

ひとつお父さんにお願いしてみるかね。お父さんもようものの判ったお方じゃきに、お前さんの立場も察して下されるろう」

と、綾子には衝撃的なことをいい、どっこいしょと腰を上げて釜屋に入って行った。

綾子はすぐにその場を動けないほどに打ちのめされ、ただ呆然《ぼうぜん》と目の前の坪庭に当

っている弱々しい冬の陽ざしにうつろな視線を投げるばかりであった。

昭和十九年三月末の結婚では、もはやすべてのものが配給制度になっていて、店々は半戸おろし、鏡台ひとつ買うことさえ出来なかったのを、綾子は昨日のように覚えている。

それをすこしも残念なこととして記憶していないのは、自分自身何も欲しくはなかったためであって、そのとき八方奔走した照が何も得られないと知るや、自分の使い古しの鏡台を持たせてくれたが、綾子はそれがとても不満であった。衣類を入れるものなら行李《こうり》でも衣裳《いしょう》箱でも間に合うし、鏡など必要でもなく、世間体のためならばなおさらバカバカしい見栄《みえ》だと思う。

しかし簞笥を持たぬ嫁をもらった家がどれほど世間に肩身が狭いかは、この村の暮しももう二年余りともなればだんだんと綾子にも判って来ている。まして身を粉にして働き、結婚八年後に片親ながらきちんと支度を調えてやり、ようやく安堵したいちの行為は、美談だと褒められこそすれ、決して間違ったやりかたではないのであった。

ほど経て佐代がやって来たとき、前の家にいた綾子のもとへわざわざ寄って、

「このたびはお母さんに立派な支度をしてもろうて、有難うございました。家でもみな喜んじょる」

と、丁寧に頭を下げられたのには、これもびっくりした。

佐代の支度の件は綾子が嫁いでくる前の話、いちと二人のあいだの極く私的なことかと思っていたが、やはり家と家も介在しての問題になってくるのかと思うと、いま更ながら、田舎暮らしのがんじがらめの中であがいている自分が判るのであった。

いちは自分でもいうとおり、大きな役を果したせいか、以来機嫌のよい日が続き、機嫌がよければ少々口数も多くなり、そうすればやっぱり箪笥長持の話で、

「婚礼のときに全部揃えて行くのはなかなかじゃきにね。ま、あとからぼつぼつと送ってもらうのも楽しみなものやろうし」

くらいのところで止どまっていればまだよいが、いきおい余って、

「川向いの土居の嫁さんは里のお母さんが後妻さんでね。そんで来るときは支度もなく風呂敷包みひとつじゃったもんで、こちらのお姑さんも皆に面目ない、と始終愚痴をこぼしよったそうな。

そうすると嫁さんもつらいわねえ。

そこで里の実のお父さんががんばって、夜なべに川へ入って漁をし、そのお銭で娘に箪笥買うて届けたというぞね」

と、それがどんなに綾子の心をぐさりと突き刺す言葉か、知ってか知らずか話した

とき、綾子は前の家に走り込んで、にじみ出る涙を拭《ぬぐ》った。

いちも含めて世間の目は、この話の嫁と同じだと綾子を見ており、母親が後妻ゆえに何の支度もせずに嫁がせたのだと理解している。それは綾子にとって耐え難い屈辱の思いであった。

第八章　綾子自立へ

たかが簞笥《たんす》、と結婚まえの綾子なら大笑いしてその場限りの話としただろうが、いまは忘れ去ることの出来ぬしがらみが絡《から》みついている。いちが簞笥をいつまでも執拗《しつよう》に話題にするのは、女手ひとつで娘の支度を立派にしおおせた自慢が込められていると思うけれど、綾子の身になってみれば絶え間なし催促されているに等しかった。

それに、いちばんの痛みは、照が継母ゆえに継子の支度を惜しむに違いないと推量しているであろうことで、これは綾子にとって耐え難い屈辱となる。照は戸籍上、確かに岩伍の後妻だし、綾子には継母に当るが、十二の年に同居しはじめて以来、綾子はこのひとに辛《つら》く当られたり、恒子や譲たちと差をつけられたりした覚えは一度もない。

何よりもこの二人の連れ子を抱えて後から富田に入って来た照は、最初は使用人だったし、その後後妻の風を吹かそうとしても、健太郎というものが控えていて、むしろ照自身が小さくなって過していた感がある。

綾子に対し、懸命に尽そうとしていたのは綾子もよく知っており、結婚のとき、八方奔走して支度を調えようとしていた様子はいまも記憶に残っている。

その結果は、やはりどこの指物師も米持参でなければ作ってくれず、照の立場として何もしないではいられなかったものか、自分の使っていた鏡台を持たせてくれたのであった。その鏡台は照がいつどこで買ったかは判《わか》らないが、照のこれまで経てきた、苦労にまみれた人生が窺《うかが》えるような、まことに粗末な品であった。鏡の枠は何故《なぜ》か緑いろに塗ってあり、それは照の年齢に似合わぬ若いデザインだったから、或《あ》るいはひょっとして、五、六年前に中国の南京で急死した照の長女の持物であったか、或いは誰かにもらった品であったかも知れない。

綾子は照から、

「鏡のひとつも無かったら困るやろから、私の古いもん、荷のなかに入れてある」

といわれたとき、とたんに不機嫌になり、

「そんなもん、要らんのに」

と強い口調で照を非難したことを覚えている。

それは、粗末な鏡台を持たされたための抗議ではなく、昭和十九年戦争末期のいま、「結婚式は国民服ともんぺ、支度は風呂敷包みひとつで」というビラが、当時通っていた女学校の掲示板にまで張り出されていたからであった。

老若《ろうにゃく》を問わず健康な男子悉《ことごと》く戦場に駆り出されていれば、銃後の女子が華美を慎むのは当然のこと、使い古しにしろ、鏡台を持って嫁ぐは恥ずかしくてならなかったのだった。

こんな照を、継母だから継子にもの惜しみをする、と考えるのは間違っている、と綾子はいちの肚《はら》のなかを推し量り、憤懣《ふんまん》やるかたない思いだったが、では岩伍と照を前にしてこの次第を話し、新しく簞笥長持を買って下さいといえるかといえば、それはどう間違っても出来ない相談だと思う。

結婚のとき、三好家と富田家がつろくしない旨《むね》、さんざん兄の健太郎にも、また仲人《なこうど》にもいわれ、まるで金満家の娘がその日暮しの裏長屋へ嫁入りするようにいわれたが、戦前ならこの例えに近いほど、富田には金があったし、三好は乏しかった。

もしこのころの両者の経済力がいまもそのままであったなら、綾子は何の躊躇《ちゅうちょ》もなく、

「お父さん、いい簞笥買ってね」

といえただろう。

しかしいま、細々とさびれたうどん屋を営む岩伍に話したところで、胸を叩《たた》いて、

「引受けた。任せておきなさい」

という馬力があるとはとうてい思えなかった。

こころみに砂糖の運搬の道すがら、家具店をのぞいてみると、いちのいう「三段の重ね箪笥」ならまず一万円、長持はやや安いが中に入れる一重ねの蒲団《ふとん》とともにこれも一万円の用意がなければ手に入れられぬ。

要の給料が三百円に充《み》たない額であることを考えると、一杯十五円のうどんを売る食堂で、そんな高額な金の余裕があるとは考えられなかった。

昔から、「貯金をするようなケチな心掛けは持つな」といいいいして来た岩伍に、家一軒建つ金が残っていたのが不思議なくらいだったから、いまさら一万円はおろか、百円でもねだることはできないと思う。

綾子は悶々《もんもん》として日を送るうち、やはりいちの顔を立てるためには箪笥長持を買う以外にはなく、それには自分でその金を工面して自分で買うより他ない、というところまでようやく考えは行きついた。が、芋飴《いもあめ》を売ったり、砂糖の仲買いをしたりして得る小銭とは違い、万と名がつく大金を自分で作る才覚など綾子にありはしなかった。

昭和二十四年の春の終りごろだったろうか。

例年の如《ごと》く農事が忙しくなりはじめるころになるといちは苛立《いらだ》ち、綾子は病いがまたぶり返す、のくり返しで、綾子はあまりの体のしんどさに砂糖を運ぶのは今回でやめよう、と思いつつ、その朝、弁当箱の荷作りをしていた。

すると土間にしゃがんで鍋《なべ》の下の火を焚《た》いていたいちがひとり言に、

「そろそろ西風も収まるし、そうなると表の間の雨戸も繰っておかんならん。これからは誰がいつ座敷をのぞくか判らんようになるわねえ。そこにあるものがないとは困ったもんじゃよ」

と明らかに綾子に聞かせるように言った。

それは綾子の胸にずしんと重くこたえ、そこまで期限を切っての催促か、と思うと、目の前が暗くなるほどの困惑であった。

返事のしようもないまま、綾子は弁当箱と重箱の荷を抱え、

「ほな行てきます。美耶を頼みます」

といって家を出たが、どこをどう歩いたか覚えがないまま、気がつくとバスの窓から流れる景色に目をやっている自分の姿があった。

立っている人もぽつぽつあるバスの中を見廻すと、どの人も綾子のような悩みを抱

えているようには見えず、そしてどの人もそこそこの金は貯《たくわ》えているかのようにひどく福々しく見える。

このうちの一人に、

「お願いです。私に二万円のお金を貸して下さい。きっと働いてお返ししますから」

と頭を下げて頼んでみようかしら、と思い、頼めばきっと貸してくれるようにさえ感じられる。

バスが市内の終点についたら、あの復員服を着た人にお願いしよう、当って砕けろだ、と心に決めたとたん、その人は途中の停留所で降りてしまった。こんなことが二、三度もあったあと、綾子はやっぱり、重い砂糖の荷を両手に提げ、何の方策も浮ばないまま、力無い足取りで喜和のもとへ向っているのであった。

が、辛抱もここまでで、いつものとおり八幡家の裏口からのぞいて入ると、喜和は店で客の相手をしており、上り端《はな》に腰かけて待つあいだ、とうとう堰《せき》を切ったようにどっと涙があふれ出た。

箪笥のないことをちくちくと刺される辛さもさることながら、箪笥を持たぬ娘の有様を知っていながら親が知らん顔しているのは継母のせい、と憐《あわれ》まれているのがたまらなく口惜しく悲しく、いくら拭《ぬぐ》っても涙は止まらぬ。

考えてみれば、いちに箪笥の件を持出されて以来、ここ半年のあいだ、溜《た》めに溜めていた涙を、いまここで全部吐き出してしまったと思うくらいだった。

喜和は仕事が一段落したあとで、

「またお母さんになにかいわれたかね。綾子もええ加減で強うならんと」

といい、綾子はそれを聞くと突然このひとにぶちまけたくなり、いってはならないという心の内の制止を振り切って、

「お母さん、うちにお願いじゃき二万円貸して頂戴《ちょうだい》。働いて必ず返すから」

というと、予期していたように喜和は大そう驚き、

「そんな大金を、綾子がまた何故《なぜ》？」

と問い返した。

綾子が話す一部始終を喜和は深くうなずきながら聞き、

「そうかねえ。田舎じゃいまだに箪笥が要るのかねえ。町じゃ箪笥など、上げよといわれても要らんがねえ」

と狭い座敷を見廻した。

喜和に限らず、焼跡に建つバラックに箪笥など場塞《ふさ》ぎなものは憎まれるだけのもの、このごろでは結婚の支度は、進んだひとなら珍しい電気洗濯機か炊飯器を用意して喜

ばれているという。

しかし喜和は綾子の涙をさして深刻なものとしては受け止めておらず、

「そうじゃねえ」

といっとき思案していて、

「二万あれば簞笥と長持蒲団とはたしかに買えるのじゃね」

と綾子に念を押し、

「ほんならその二万円は、私が出してあげよ。私から改めて綾子の支度をしてあげるのじゃから、そうお母さんにいうて安心してもらいなされ。

五年まえ綾子が三好へ嫁《ゆ》くとき、私も何ぞお祝いをとどれほど思うたか知れんけど、そのときはまだ綾子との行き来を、お父さんは許してつかされなんだ。

いまはそれも解けて、去年は三好家へ晴れて招いてもろうたし、綾子の婚礼の遅れたお祝いとして、私が支度をさしてもろうても、誰に差障りもあるまいと思うよ。

ほんとうなら、三好のお母さんのように簞笥と一緒に挨拶《あいさつ》に行かんならんけんど、私もこんな商売じゃきに、ここは綾子にお金を渡し、一切任せることにして。どうじゃろか」

と誰にも納得のできるいいかただった。

綾子はそれを聞いて、お母さん立派や、としみじみ思い、そのかたわら、これほどにしてもろうてええやろか、と拘泥《こうでい》する気持も生れているのは、ほんのちょっぴり、これが二十三歳の、子を持つ母親となった証《あか》しでもあったろうか。

喜和との間が生さ《な》ぬ仲であるのを知ったのは小学四年か、そのころだったが、子供時代から結婚まえまでは、そんな斟酌《しんしゃく》は綾子にはかけらもなかった。が、満州から戻ってのち、とくに子だくさんの兄の暮しぶりを見ていれば、実子でもない自分が二度目の結婚支度まで甘えていいのか、と一瞬ためらいの気持も過《よぎ》る。

「お母さん、兄さんに相談せんでもかまんかしらん」

とたずねようとして綾子ははっと気付き、そんな話はこれまで一度も喜和と交わしたことがない、と思った。

喜和はいまだに、綾子は何も知らないと考えているかもしれず、それならこちらも実の親子と信じたまま、これで通そう、なまじ兄への気兼ねなど口にせずともよい、と決めたのだった。

綾子はその日、喜和が銀行からおろして来た大枚を胸に、どれほど足どり軽く帰ったことだったろうか。

夕食のとき、それを打明けると、いちは綾子の想像以上の喜びようで、

「まあ八幡家《やはたや》のお母さんがねえ。大したもんじゃねえ。すぐにも買うてつかされると？　有難いことよねえ」

と上機嫌の様子、綾子はこれで重苦しい毎日からやっと解放されたと思った。

喜和は、簞笥はお母さんの意向を伺い、佐代と同じ新川の家具屋に頼んだらどう？　と助言をしてくれたが、それについてはいちのいい分として、

「高知の町から来た嫁さんの道具じゃもの。やっぱり高知の町で買うて、トラックで運んでもらうのがええ」

とし、簞笥は三段の重ね、中段の観音開きの把手《とって》には紫の房をつけてもらう、長持も同様、蒲団は八反で一重ね、枕《まくら》は二つ、と自分が佐代にしたとおりを伝え、綾子はそれをメモして一日、砂糖の荷のない、買物だけのために高知へ出ていった。

万端終り、表座敷に真新しい簞笥と長持が運び込まれたのは、春蚕《はるこ》の出る直前だったと綾子はおぼえている。蚕棚を作るために表座敷は畳を上げてしまうので、折角飾った簞笥長持もわずか一日で奥座敷へしまいこまねばならなかった。

いちはぶつぶつと独りごちながら、

「もうちょっと早うに寄越してくれておったら皆に見てもらえるのにねえ。そうじゃ、せめてお種さんにでも見てもろうておこ」

と隣の畑を横切って呼びに行き、野良着《のらぎ》のままのお種さんを伴って戻って来た。

「まあ姐《ねえ》さん」

とお種さんは賑《にぎ》やかに、

「このたびはお里から立派なお道具が来たそうで、まことにお目出度うございます」

と大事件のようにいい、二人で簞笥の前に坐ってあれこれと品定めしている。

綾子は索漠とした思いで二人のやりとりを聞いていた。

簞笥など何の興味もなく、喜和が年中休みもせず働いた金で買ってもらっても、その中に何を入れるだろう、と思うと、裸のはだしで引揚げて来た我が身が顧みられ、何の簞笥か、とほろ苦く、自分を責めたくなる。

しかしながら、いちの要請を、

「簞笥なんぞ、私は要りません」

とはねつける強さもなく、というよりも、仕えねばならぬ姑《しゅうとめ》の立場を立ててやりたさ一心で、結果的にはすべて喜和に迷惑をかけてしまったことは自分一生の悔いとなるかも知れぬ、と思う。二万円はそれだけ大きい額でもあった。

そのあとしばらく、いちの顔は明るかった。「人並み」が好きないちだから、嫁が人並みに道具を揃《そろ》えたことで大きな安堵《あんど》を得たのだろうか。

そして綾子の苦手な夏が来てまた寝たり起きたりの日が続き、秋も深くなってのち、砂糖の仲買いを再開した。

この年の夏は何故か綾子には死の恐怖がよほど薄くなっていて、毎夜つける日記ふうのノートには小説の切れっぱしのような文章をところどころ書き散らしてある。

それというのも、これまたいちの提案で、門のわきの便所と風呂《ふろ》を新しく建て替えることになり、日々大工や手伝いの人たちの出入りがあったため、前の家にこもってばかりもいられなかったということがあった。

家のうちの新しい普請《ふしん》をここら辺りでは「建前《たてまえ》」といい、建前があれば親戚《しんせき》中が入れ替り立ち替りして手伝うのだけれど、そうなると綾子の実家でも労力の応援をしなければならず、しかし頼りになるような者は誰もいなかった。

いるとすれば兄の健太郎と、照の連れ子の譲だが、町の人間では材木ひとつ担《かつ》ぐことも危なっかしく、結局、研ぎ出しという、風呂磨きの仕事を手伝うことになった。

この風呂は五右衛門《ごえもん》風呂で、釜《かま》を取り巻く側はセメントに貝殻や光る小石を混ぜて塗り、それを磨けば美しく光る模様が浮き出てくるという仕掛けのもので、綾子の招きで譲が一日、健太郎の長男で高校生の政彦が父親の名代として二日ほど、奉仕してくれただろうか。

二人とも綾子以外は見知らぬ人ばかりの家に来て、ズボンをまくりあげ、一日中砥《と》石《いし》で風呂の側を研ぐのはうんざりするほどの仕事であったにちがいない。が、いちや道太郎の身内ばかりに助けてもらったのでは綾子の立場がなく、その意味で仕事の成果はともかく、来てもらったのは有難かった。

二人には土産を持たせて帰したが、政彦の場合はかねて喜和から、あの子はバスケットボールの選手じゃが、合宿には米持参でなければ行けないそうな、土産には合宿用の米を是非、といわれており、袋に詰めた米を持たせて帰したのだった。

建前の忙しさで何とか夏を越し、綾子はまた元気を取戻してときたま砂糖を持って行くようになった。

定期に契約しているわけではなし、相手が甘い親ならいつでもよい楽な商いで、その年の秋も終りごろのこと、綾子はふと思いついて、

「今年はね、お母さんに箪笥を買うてもろうたし、お歳暮はいつものように家の作りものを上げるのやなしに、私のお金で何か買うて上げたい。何がええ？　お母さん」

と聞くと、喜和は嬉《うれ》しそうに、

「そう？　私に何か買うてくれる？

そうやね。ほんならネルのお腰巻、もらおうかねえ。

流しの前に一日立っちょると結構冷え込んで来てね」

というのを聞いて綾子は胸を衝《つ》かれ、

「そう？　お母さん。ネルのお腰巻なら自分でも買えるのに」

「いやいや、結構高いよ。綾子大丈夫かねえ」

とかえってこちらを心配する。

「判《わか》った。ほんなら暮に押し詰まってから買うて、それ持って挨拶に来ます」

というと喜和は笑いながら、

「綾子ねえ。どうせくれるのやったら暮といわず、すぐにも頂戴や。一日でも早う使いたいきに」

と催促した。

そのとき綾子の頭をふっと、お母さんらしくない、何か急《せ》いている、と怪訝《けげん》な感じが過って行ったが、もとより口にするほどのことではなかった。それよりも、あたたかいネルのお腰巻を早く欲しがるのは、それだけ冷たさを我慢していたのだと思うと、簞笥の件があるだけに心からすまなく思い、

「ようし、そんなら今から買いに行ってくる」

と綾子は請け合い、すぐ立上って本町五丁目のヤミ市へと向った。

衣料はいまだにヤミでなければ買えず、路地から路地へとテントを張りめぐらして品物を山積みしているヤミ市のなかの、布地屋の前に人だかりを掻《か》き分けて立った。

「お腰かね？　あんたの？　桃色と白とどっちにする？」

と売手は聞き、綾子が母のためにためらわず桃色、と答えると、大幅のネルの巻物を解き、快い鋏《はさみ》の音をさせて切ってくれた。

ついでに上につける晒《さらし》と真田紐《さなだひも》まで添えてもらって〆《しめ》て百五十円ほどだったろうか。持って帰るなり綾子はその場で針を取って晒をネルに接《つ》ぎ合わせ、両端には紐も縫いつけ、いつでも当てられるようにして畳み、うやうやしく喜和に差出した。

「さあお母さん、今晩からさっそくお尻《しり》を温《ぬく》うにしてやって」

という綾子に喜和は目のなくなるほどの笑顔でそれを頰に当て、

「綾子のお銭でお歳暮もろうたのはこれが初めてやねえ。折角早う早うと催促したのに、いざもろうてみるともったいのうて当てられん。お正月までしもうておこか」

「いやあお母さん、どんどん使いなさいや」

と二人で声をあげて笑ったが、この喜和の、しんから嬉しそうな顔を綾子が見たのは、十一月二十日の、この日が最後になろうとは神ならぬ身の知るよしもなかったのである。

昭和二十四年の冬は早くて、十二月に入ると庭の手水鉢《ちょうず》に薄氷の張る日もあるようになった。

綾子は冬は元気で、元気だと家の内にしなければならぬ用はさまざまあり、砂糖の運搬は十一月二十日以来、してはいなかった。もともと喜和の顔を見に行くのが目的だから、手もとに用があれば砂糖のほうへは気が向かず、そのままに日が過ぎて十二月の七日のこと。

いつものように朝食後の釜屋《かまや》を片付け、湯を沸かして洗濯をし、それを前の川で濯《すす》ぐべく汲路《くみじ》を下り、膝《ひざ》をついて流れに手を入れたとき、

「いやぁ、つめたい」

と思わず声を挙げた。

行当峠《ゆきとう》から分かれて吾南《ごなん》平野一帯を網の目のようにうるおしている仁淀川の水は、豊かに澄んでいて、流域の人たちの如何《いか》なる用も足してくれており、毎日ふんだんに使っているのに今年は今日になって初めて水の温度が冷たいと思った。

引揚げ直後、綾子は土手に立って眺めた仁淀川本流の堂々たる清らかさを、いまも忘れてはおらず、その支流たる家の前のこの流れを愛する気持は強い。

洗い場のコンクリートのわきには、無花果《いちじく》と桜の木が植えられてあり、水面にさし交わすその枝が流れにあおられ、こまかくふるえるのを見るのも好きだった。手をついて流れをのぞき込むと、透明度の高い水はほとんど底まで確かめられ、そのなかで鮒《ふな》か鯉《こい》か、しなやかな動きで目の前を下ってゆくのが見える。

寒さが増してくると、洗濯のてのひらが真赤になるが、そんな季節がもう今年もやって来たのだな、とそのとき思った。

このあとは一日、いつもの通りにときを過し、きれいな夕焼けの空を門戸のわきで一瞬仰ぎ、これもいつものように食卓を囲んで五人、大根の煮物で夕飯をすませ、前の家へ引取ったのは七時ごろだったろうか。

今夜は風呂は沸かさず、稀《まれ》に帰宅の早かった要は美耶に絵本を読んでやり、綾子も繕い物などをしたあと寝床へ入ったのは九時半ごろであったとおぼえている。

田舎の農閑期は夜が早く、農繁期なら九時のサイレンはまだ野良にいて聞くが、冬場はその時刻、村中もの音もせぬほどに静まり返り、夢路を辿《たど》っている人も多い。綾子は日ごろからよく眠れるほうで、蒲団《ふとん》に入るなりすぐ引き込まれるように闇《やみ》の世界に入ってゆくのだけれど、この夜は何故《なぜ》かちっとも眠気がやってこなかった。

少し風が出たのか、戸が鳴り、それは門戸なのか母家《おもや》の雨戸なのか、それとも庭の西南にある肉桂《にっけい》の木の揺れる音か、と展転と寝返りを打っていると、枕もとの目ざまし の時を刻む音のみいやに耳についてくる。

綾子は闇のなかでは恐ろしく寝られないので、いつも電気はつけっ放しにしておくのだが、その灯《あか》りのなかで、すでに寝息を立てている夫と娘の顔を何となく眺めているとき、不意に往来で自転車が止まって門戸の開く音がし、

「今晩は、今晩は」

と訪《おとな》うのに続いて、その声は庭を渡ったのか母家に近づき、

「電報です。電報!!」

と一きわ張り上げるのが聞えた。

時計を見ると十一時三十分、いま家中で目をさましているのはおそらく自分一人、出て行かなくては、と綾子は蒲団の上にかけてあった上っぱりを引き寄せ、袖《そで》に手を通そうとするがあせっているためになかなかうまくいかない。

そのあいだにも電報！　電報！　は母家に向って呼びつづけ、ようやく綾子が起き上り、下駄《げた》をはいて坪庭に出たときには、姑のいちが釜屋から出てきたところであった。

配達夫はいちに電報を渡し、

なかった。

「こんな夜中に何事じゃろか」

といいつつ、自転車に飛び乗って走り去った。

深夜の電報とは不吉なことしか考えないが、ふしぎにこのとき綾子には何の予感もなかった。

ようやく要も起きて来て、三人釜屋の電燈の下でまず宛名《あてな》を読むと綾子、となっており、開いた本文は、

「ハハシス、ケンタロウ」

とだけであった。

読みまちがえたのか、と目をこすり、もう一度読んでも母死す、にまちがいはない。

「どこのお母さんのこと？」

といちが疑問を投げたのは、綾子が母と呼ぶ人は二人いるからだが、健太郎が母、というのはたった一人、喜和しかいない。

「何ぞの間違いかもしれん」

と要がしきりにいうのは、母死す、なら綾子にすぐ来い、と書くべきなのに、単に死の報告だけというのは何か別の出来事が起きているのかも、と推量する。

しかし母死す、と綾子宛ての電報を打つからには何かの大きな異変があると思わね

ばならず、綾子は釜屋の古い時計を見て、

「いまから行ってみようかしらん」

と要に聞いた。

こんな時間、バスはもう無いし、自転車で伊野へ出ても一時近くになり、これでは終電もある道理がない。

何よりもスグコイ、との要請ではないことと、ハハシスというすでに過去形の電文となっていることとで、ともかく夜明けを待つしかないというのがいちと要の意見で、綾子は心の底で、いまから夜通し歩いてでも早く行きたいという思いだったが、ここは二人に従うより他なかった。

伊野からの電車の始発は五時、バスは百笑《どめき》発六時半であれば電車のほうが一時間近く早く着くわけで、明朝は美耶をいちに託し、起き抜けに出ることにした。

まんじりともせずに夜明けを待つあいだ、綾子は頭のなかが偽りと真実の渦のなかで悲鳴を挙げているような感じであった。

つい十七日まえ、ネルの腰巻を渡し、嬉しそうに笑っていた喜和が突然死ぬことなどあり得ぬ、と確固とした思いに懸命にすがりついている気持の裏側で、兄が冗談にも母死すなどの電報を寄越すはずはない、とこちらも断固として、確信に近いものが成立つ。

もし死んだとしたらお母さん何故？　とよくよく考えても綾子の想像の及ぶ範囲では、喜和の死の原因も状況も全く考えられなかった。

電報は何かの間違いに決まっている、明日喜和に会えばなあんだという話になるに違いない、と頭の中で行きつ戻りつしつつどれほど夜明けを待ち兼ねたことだったろうか。

目覚ましが三時を廻ると綾子は要を起こし、朝飯もそこそこに要の自転車の後に乗って家を出た。一秒でも早く母の顔を見たい、兄にわけを聞きたい、と自転車の後から要を急《せ》かしつづけたが、伊野の町についてみると始発まではまだ二十分もあった。

電車の速度も今日はまたひどく遅く、地団駄踏みつづけて中の橋通りの停留所で下りるなり、まだ眠っている町のなかを全速力で走り、見馴《みな》れた八幡家の入口に立ったとき、綾子は誰かに頭をガーンとなぐられた気がした。

営業用の紺のれんが外されている入口のガラス戸には、誰が書いたのか「忌中」の文字のある半紙がぴったりと貼《は》られていたのである。

このとき家のなかに誰がいたか一切記憶にはないが、次に綾子が見たのは、狭い三帖間《じょうま》の上り端《はな》近くの枕《まくら》に頭を載せ、仰臥《ぎょうが》して瞑目《めいもく》している喜和の姿であった。

「お母さん」

と綾子は家も揺らぐほどの大声を挙げ、

「何しよる。何しよる」

早う起きて、と体に手をかけようとすると、喜和の向う側にいた健太郎が、

「やめろ綾子。おふくろは死んじょる。お前が叫んでも生き返りはせん」

「何で？ 兄さん何で？ どうしてお母さんが死なないかん？」

綾子はどうしても喜和の死が納得できず、兄に向って抗議し、憤《いきどお》りをぶっつけたが、現実に喜和はもう、ものいわぬ亡骸《なきがら》でしかないのであった。

綾子は人目もかまわず、

「お母さあん、お母さあん」

と呼びながら、体中を絞って出したと思えるほどの涙を流しながら泣いた。

健太郎の話では、昨夜はとても寒い夜で客も少なく、早仕舞いしてつい一丁先の荒物屋へもらい風呂に行ったという。

まだ銭湯はこの近くになく、内湯のある家も少なかったが、以前この荒物屋が商いを始めるとき、喜和が知人を紹介してやったりしたことから以来懇意にしており、風呂を立てた晩は必ず子供を使いに寄越して、

「いつでも入りに来てや」

と誘ってくれる仲であった。

喜和は着替えを抱え、店の戸閉りをして荒物屋まで歩いて行ったが、どうやらこの道中で体の芯《しん》まですっかり冷えてしまっていたらしい。

そして着くなりすぐ、どうぞ、と勧められ、裸になって洗い場に下り、あたたまろうとして湯桶《ゆおけ》に身を沈めたとき異変は起きた。心臓麻痺《まひ》というか突然急激な発作がやってきたとき、喜和はまっさきに裸の姿を恥じたらしい。

咄嗟《とっさ》に脱衣室まで出、腰巻を当てるのが限界で、そこでもう意識は無くなりその場に倒れてしまったのである。風呂場は作ってあっても荒物屋もまだ手狭なバラック建てのこと、家族が異変に気付き、すぐ抱き起したが、もうすでに脈はなかったという。

荒物屋はどんなに慌《あわ》てたことか、すでにこと切れているなら医者よりも身内を呼んで引渡すべきだと考えたが、八幡家では喜和は一人住居だと聞いている。てんやわんやするうち誰かが、

「下知のほうに息子さんがおいでるそうな」

といい、単に下知のほう、という、まるで雲を掴《つか》むような情報を頼りに主が夜の町を尋ね歩き、やっと捜し当てたのが十時過ぎ、健太郎は長男の政彦とともに息を切ら

しながら荒物屋に辿《たど》りつき、喜和を背負ってここへ帰って来たのであった。

健太郎も目を真っ赤にしており、

「わしが駆けつけたとき、おふくろは恐《こわ》い恐い顔をして宙を睨《にら》みつけておった。目を瞑《つむ》らしても瞑らしてもすぐパッチリと開けて睨むばかりじゃった」

と首を振りながらも切なそうにいい、聞くなり綾子は悲しさが波のように押し寄せて来てまた大声を放って泣いた。

お母さんどれほどか口惜しかったろう、死ぬなんて夢にも思うてなかったろう、なんでこんな寒い晩、もらい風呂などに行ったの？　お母さんバカやねえ。ほんまにアホやねえ。風呂なんか行かいでもよかったじゃない、と心のうちで涙とともにかきくどき、かきくどき、とめどもない。

その上、兄が首をかしげながらに、

「おふくろは発作が起ったとき、あわてて腰巻だけは当てておったというたろう？あの腰巻はね、お前が歳暮にやったネルの腰巻じゃったよ。かねてからわしに、綾子がくれたよと嬉《うれ》しそうに自慢しよったが」

と明かし、

「親子というのはおかしな縁があるものじゃねえ。お前にもろうたものを、死ぬときにはちゃんと自分の手で身につけていったとはねえ」

としみじみいうのを聞いて綾子も実に不思議な気持に打たれ、いま一度涙を拭《ぬぐ》って、喜和の死顔を穴のあくほどにみつめた。

このひとは自分と綾子とが生《な》さぬ仲であるのを悟られまいと下手な芝居を打ちとおし、とうとう一言もそれに触れぬままに死んでしまった。おそらく綾子は知っているであろうと察していたにちがいないが、素知らぬ顔でおし通したし、それは健太郎にも伝播《でんぱ》して義理のぎの字も口にせず、喜和を兄妹の母として共有してきている。

この三人の結び付きを、運命の神も応援してくれたのか、健太郎のいうように親娘《おやこ》の象徴として、喜和は綾子の贈った布一枚を身にまとって天上へと旅立ってしまった。これだけがたったひとつの慰め、と綾子は偽りの母親を演じつづけた喜和に対し、ほんとうに感謝以外には何ものもないと思いつつ、また泣いた。

綾子が大声あげて泣き続けている間も、狭い座敷や土間は人が溢《あふ》れ、往き来し、そしてあわただしくもその日が葬儀であった。綾子は心を抜き取られたぬけがらのようになって、ぼんやりと喜和の足もとに坐っており、そのうち、いちが美耶を連れ、佐代とともにあらわれたときだけようやく正気に戻っていたという感じがあった。

弔問客のなかには、綾子が満州から引揚げ直後、喜和を捜し当てたあの南新町の家

に同居していた喜和の姪《めい》や甥《おい》たちの顔があり、それらの人々は皆一様に、

「まあ突然のことで」

と声をつまらせるばかり、挨拶《あいさつ》のしようもないといった面持ちであった。

まだ葬儀屋の手順もなめらかでなく、そっちで揉《も》めたりこっちで小諍《こいさ》かいをしたりの挙句、喜和が骨壺に納まって戻って来たのはたぶん翌日の午後ではなかったかと思う。

綾子は健太郎とともに焼場へ行き、そこで母と最期《さいご》の別れをしたと思えるが、この辺り一切記憶にない。ずーっと胸のなかで、

「お母さあん、お母さあん」

とまだ絶叫しつづけており、喜和の死の衝撃からは立ち直れないままであった。

骨壺の戻って来た夜、喜和の兄弟中、ただ一人存命の伯父が提案して、喜和の遺《のこ》したものを分配することになったとき、綾子はすっと立って、

「あたしは遠慮します」

と座を抜けた。

皆口には出さなくても、綾子が喜和と血のつながらぬことは知っているだけに、誰も引き止める者はなく、綾子は一人で夜の町を駅前町の父のもとへと向った。

まだ何だか悪い夢の中をさまよっているようで、それでもいくつかははっきりと判《わか》ってくることがある。その一つは、喜和はかねて七という数を嫌い、綾子が桑島村への往復や砂糖の運搬の日など、七の日を避けるようくどくいっていたのに、自分はとうとう七日の夜、死んでしまったという不思議。

そしていまにして思えば、喜和はときどき心臓の不安を訴え、かつて天井から糸を引いて下りてくる蜘蛛《くも》が、畳にまでついたらあたしは死ぬんじゃないかしら、などと冗談めかしていっていたのを、綾子は迂闊《うかつ》にも聞き流していた悔いがいま強く責めてくる。

あれは綾子八歳の年、喜和は子宮筋腫《きんしゅ》の手術で生死の境をさまよい、恢復《かいふく》後もしばらくなお病人のままだったし、心臓はおそらくそのころから著しく弱ったか、あるいは欠陥を生じたかではなかったか、と思われるのに、綾子も健太郎も取立てていたわりもしなかったことへの反省もある。

そして喜和の死を思うたび、最後に必ずそこへ行きつくのは、一人暮しの喜和が誰の手もわずらわせず、すっきりと一人で旅立って行ったいさぎよさであった。

数え年五十九歳で、日常元気に商いもしている喜和に老いの日の想像をすることなど綾子はめったとありはしなかったが、それでもふっと、お母さん寝付いたらどうしよう、と瞬間、頭に浮ぶこともあった。

兄嫁の小夜子は手捌《てさば》きが遅い上に子沢山で年中、息を切らしており、とうてい年寄りの世話はできないし、また喜和もかねがね小夜子に見てもらいとうはない、とこれだけははっきりいっている。なら綾子は、といえば、遠く離れているしすでに三好家の人間となれば、気は焦《あせ》っても自由は利《き》かぬ。

そういうことを考えれば、喜和の最期は見事、という他はないほど、我が身の立派な始末の仕方というべきであったろう。

ただ綾子にはまだまだこういうあきらめは出来ず、拭《ふ》いても拭いてもなお頰に伝わる涙顔のままで岩伍の家のガラス戸を開けた。

喜和の葬儀に岩伍は姿を見せず、代って照が焼香に来ていたが、ちらと後姿を見かけただけだったので、喜和の死以来、こちらの家族が綾子と会うのはこれが始めてとなる。

が、鼻の頭を赤くしてなお鼻水をすすりあげ乍《なが》ら入ってきた綾子を見ると、誰もいうべき言葉がないのか岩伍、照、譲、恒子、皆無言であった。ただ岩伍が火鉢のまわりの自分の座をずらしてくれ、綾子はにじり寄ってそこに坐り、両手を火鉢の縁にかけたが、そのあたたかさに触れたとたん、また堰《せき》を切ったように嗚咽《おえつ》とともに涙が溢れ出、止まらなくなってしまった。

まわりの四人はいよいよ言葉もなく、俯《うつむ》いたり脇《わき》を見たりしていたが一番困ったのは岩伍ではなかったろうか。

別れたとはいえ、三十余年連れ添った女房の突然の死がこのひとに衝撃でないはずはないが、いまは照とその連れ子を中心の家族なら、明治生れの男だけに、露《あら》わに悲しみを見せるのはなかなかに躊躇《ちゅうちょ》があったことと思われる。

しかし他の三人も綾子の気持に十分心づかいはしており、ちり紙をさし出してくれたり、小声で、

「御飯まだやろ？」

と聞いてくれたりすると、綾子も徐々に、この家へ涙を持ち込めば岩伍が当惑するだけだという弁《わきま》えが目ざめて来るのであった。

今夜、綾子がここで泊るのは皆判っており、少しずつ日ごろの会話の調子に戻って来たが、岩伍はむろん、綾子も決して喜和の死を話題にはしなかった。

それでも家のうちはやはり湿っぽく、そろそろ寝ようか、といい出したとき、ガラス戸をほとほと叩《たた》く来客があった。

開けてみればそれは喜和の形見分けを提案した辰起の伯父さん、と呼ぶひとで手に

風呂敷包みを提げて立っている。

「綾ちゃんこちらですろう？　一寸《ちよつと》用事があって来ましたが」

と遠慮がちに頭を下げるのは、かつては喜和の縁で兄さん、岩さん、と親しく交わった仲ではあるものの、いまでは関わりのない他人同士、しかし岩伍も久しぶりになつかしく、

「おおこれは兄さん、さ、上って」

と自ら上り端まで立って出迎えた。

「いやわしは綾ちゃんに用事で」

といいわけしながら辰起の伯父さんは座敷に斜めに腰を下ろし、膝《ひざ》の風呂敷包みの結び目を解いた。

「これはしょうぶ分け（形見分け）で綾ちゃんの分。

喜和の山繭《やままゆ》のコートと大島一枚」

と綾子の前に差出したあと、懐《ふところ》から中味は札束と思える小風呂敷の包みを取出して添え、

「これはねえ綾ちゃん。喜和の石塔代として五万円。皆で相談して綾ちゃんに預かってもらうことにした。

健ちゃんが持っちょるとすぐ使い込んで無くなってしまうのは目に見えちょる。しかるべき時期に綾ちゃん、墓はあんたが建ててやってつかされ。頼みます」

と頭を下げた。そのあと、

「岩さんの前じゃけんど、健ちゃんには親戚《しんせき》中呆《あき》れ返って、皆怒って去《い》んでしもうた。談合になったらのっけから、『この家のものは竈《かまど》の下の灰まで俺のもんじゃ。誰にも渡さん』とこうじゃもんねえ。

岩さんもご承知のとおり、喜和は自分贅沢《ぜいたく》は何ひとつせず、こつこつ働いてかなりのものは貯《た》めておったし、それにあの店ひとつ取ってもこのせつはかなりの財産じゃ。場所はええし、客はついちょるし、明日からでも商売は続けられるが、健ちゃんは小夜子さんにやらせるという。

わしらはたかるわけじゃ決してないが、縁に繋《つな》がる者たちとして、それなりに喜和の形見として少々のものでも分けてもろうたら嬉しいと思うておりましたがね。わし提案して綾ちゃんにこの着物二枚、分けてもらうのがようやっとでした。

わしらは何もありません」

駅前町のその夜の雰囲気は奇妙にちぐはぐで、誰も適切な言葉が出せないまま、綾子に形見の金品を届けに来た喜和の兄、辰起は肩を落して帰って行った。

健太郎が母親の遺したものを誰一人として分けぬ、ということについて、岩伍は何もいえる立場ではないし、綾子もまた、辰起の伯父さん、と呼んで馴《な》れ親しんだ彼に礼こそいえ、意見をいえるはずもなかった。

しかし綾子の本心をいえば、腹違いであっても兄は兄、このせつ家族六人も抱え、小さなホテルに勤めているだけの収入で暮しているのなら、それこそ竈の下の灰までも兄にあげて、ちっとも惜しいとは思わなかった。

喜和の死は健太郎にとって一生に一度、大盤振舞いを受けるチャンス、綾子を含めて親類縁者が皆、それぞれ、何とか暮してゆけているのなら、喜和の遺したものは洗いざらい健太郎にあげることを喜和自身もあの世できっと喜ぶであろうと綾子は思った。

そして親戚一統、長いあいだ母子《おやこ》であった綾子のために、まるで分捕るようにして形見をもらってきてくれたのは有難いけれど、着物はともかく、五万という大金は遠からず健太郎に戻さねばならないだろうという予感が綾子にはあった。

果して、一年も経《た》たない翌年の夏、健太郎は桑島村にやって来、預けてある金を戻してはくれまいかという相談であった。

綾子は、ひそかに畳の下へ敷いて隠してあった金を取出し、一言の反対も唱えずそれを兄に渡したが、そのとき健太郎は、墓の話は一言もせず、綾子もまた聞きもしないまま別れ、その後は供養《くよう》もせずに長い長い年月が経ってしまった。

それというのも喜和の死のあと、健太郎はホテルの経営者が九州に支店を出すことになってそちらへ赴任し、ゆききがほとんど途絶えていたし、綾子のほうも要との二十年の結婚生活が壊れたのち再婚し、故郷を捨てて上京したりなどして、波瀾《はらん》ののち兄妹がようやくゆっくり会うことができるようになったのは、喜和の死後、二十四、五年も経ってからの話となる。

綾子の身辺も長いあいだごたごたし続け、挙句夜逃げ同様の上京を心に決めたとき、唯一《ゆいいつ》の心残りは喜和の墓を建てずに故郷を去ることであった。夜逃げは綾子の不心得から発したもので、生れて四十年、馴れ親しんだ高知の町も人情も、何も彼《か》も捨てる覚悟は固められたのに、喜和の墓を見ずして去ることはたとえかりそめであっても、娘として綾子はできないと思った。

あの金を、辰起がわざわざ綾子に届けたのは、放埒《ほうらつ》な健太郎ではとうてい墓は建てられまいと見越したからであって、親戚一統は綾子に望みを託したのだと思えば、墓碑の建立《こんりゅう》はほとんど、自分一人の責任と考えなくてはならぬ。故郷を捨てるのは悪業《あくごう》の報いだからいたしかたないとしても、せめて我が手で母の眠る地にしるしを建ててのち高知を離れたかった。

そのころ当然のことながら綾子は貧乏のどん底で、喜和に買ってもらった箪笥《たんす》長持まで売り払っており、このなかで墓を作るとなるとまず金の工面をしなければならず、それが目の前に大きく立ちはだかってくる。

借金も、もう借りられる先はすべて借りており、その借金取りから逃れるため東京への逃避行を目ざしているのに、誰がまとまった金を貸してくれようか。

思案の挙句、ここだけはまだ金の話を持ちかけない、再婚したばかりの夫の縁続きで、海の町で手びろく雑貨商をやっているHを思いついた。

Hとは結婚式の日に会っただけの間柄だが、土下座して請《こ》えば何とか融通してくれるかもしれないと思った。

昭和四十年の暮、綾子は夫に黙ってバスに乗り、Hの店を訪ねて藁《わら》にでもすがる思いで二万円の借金を申込んだところ、意外にもHは何に使う？　とも、いつ返してくれる？　とも聞かず、証文の一枚も書かないまま、レジを開けてさらりと一万円札を二枚、差出してくれたのだった。

返すあてとてない金を借りたいけない三十九歳の綾子、こんな姿を喜和が見たらどう思うだろうかと胸を絞られるようにせつない思いで帰りのバスに乗り、窓の外を眺めるふりをしていく度涙を拭《ぬぐ》ったことだったか。

綾子はその足で石屋を訪れ、二万円で出来る石塔を頼んだ。

形は横長のみかげ一枚石、台座をつけて、

「字は何と彫ります？」

とたずねられ、表はためらわず、

「小笠原喜和之《の》墓」

でよかったが、裏面には命日と享年《きようねん》を記したわきに小さな字で、

「綾子之《これ》を建つ」

としようと思い、いや待てと考えた。

建前をいえば、この金は喜和が自分で働いて貯めたもの、それを腹を痛めた我が子が供養のために建てるのが筋なら、実子でもない綾子だけで建てても喜和は心底、満足はするまい、やはり健太郎と二人、兄妹揃《そろ》って母の菩提《ぼだい》を弔うのがいちばん嬉しいのではないか、と思いなおしたが、綾子もその場ですぐ考えなおすほど気軽にはできなかった。

健太郎は自分の母親なのに墓石代までも使い果し、しかもいまに至るまで何の連絡もない。おそらく彼の頭には親の墓を建てる気持などこれっぽちもないのに違いない、

いくら生活が苦しくても、人間としての義務ではないか、とぶすぶすと胸の底からいぶってくるものがある。

しかもいま綾子は、近いうち東京へ逃げねばならぬほど逼迫《ひっぱく》しているのに、健太郎の名を列ねて彫るほどやさしくもなれないし、気分にも余裕はなかった。

私が義理ある借金で建てた親の墓、やっぱり建立者の名は私だけにしよう、そのほうが健太郎も深く悔いてのちのち供養を励んでくれるかもしれぬ、とそう決心して石屋に告げようとしたが、これもやはりきっぱりとは割り切れないものがある。

結局、二、三日石屋に待ってもらい、考えた挙句、実子でない自分の出過ぎた真似《まね》は死者が悲しみはしないかと懸念《けねん》され、口惜しさをのみ下して、

健太郎、綾子、之を建つ

の文字を頼んだのだった。

石塔が出来上ったのは年越しての松の内明け、上京予定を三日後に控えたあわただしいなかで、寒い風の吹き荒《すさ》ぶ日だった。

喜和の実家小笠原家の墓所は北山の麓《ふもと》にあり、その日綾子は髪と裾《すそ》を北風になぶられながら一人で墓所への道を辿《たど》った。

墓石はすでに据えつけられてあり、いちめん枯いろの冬景色のなかに、苔《こけ》むした小

笠原家の石塔に並んで、それは新しい鏡の面のようになめらかに光って見えた。

石塔のうしろにまわって彫られた文字を読んだとき、綾子はやっぱり健太郎の名を入れてよかった、と思い、胸のわだかまりが溶けてゆくのを感じた。

北風の吹き抜けてゆく墓山の一角、人影の一人も見えない静けさのなかで、香をくゆらしながら、綾子は長いあいだ喜和の墓の前にしゃがんで手を合わした。

昭和二十四年に急逝《きゅうせい》してから今日まで十七年、ようやっと親の墓を建てたのに、三日後には四十年近く暮したこの町を捨てねばならぬ悲しさ、喜和が生きていたならどんなにか嘆くだろうと思うと、我が身から出たさびとはいいながら不覚にも涙がにじんでくる。

綾子はこのあと、兄の長男政彦に電話し、喜和の墓を建てた旨《むね》報告すると、ごくわずかな知人にだけ別れを告げ、ひっそりと上京した。昭和四十一年の一月、酷寒のころだった。

上京の汽車のなかで、綾子の脳裏には絶えず亡《な》き両親のおもかげが浮び、こんなに零落した自分がみじめでならなかった。

思い返せば昭和二十四年の喜和が死んだあのあと、綾子はすっかり気力を無くし、この先どう生きていったらいいか判《わか》らなくなってしまったことをおぼえている。

繁昌《はんじよう》していた八幡家も、おおかたの予想どおり小夜子が引継ぐと一ヶ月もせぬうちつぶれてしまい、のちに店の前を通ってもそれはもうあかの他人の家だった。

それでも綾子は、さびしくてやり切れなくなると美耶をつれてやっぱり高知の町へ行き、あちこちさまよったあと、結局駅前町へ寄って、ときには泊めてもらって帰ったものだった。

岩伍は、喜和の死の後あたりからどことなく元気がなくなり、ときどき昔からかかりつけの高島先生が往診に見えるようになっていた。

迂闊《うかつ》な綾子は、喜和の死を自分ひとりで捉《とら》えていて、誰とも語ることはなかったが、ほんとうは岩伍と二人だけで、心ゆくまで話し合うべきではなかったかとこれは後になって綾子がつくづく思うことであった。

喜和のあの葬式の晩、綾子が泣きながら駅前町へ行ったとき、家の中の四人、静かな雰囲気ではあったが、誰も綾子に悔みの言葉は述べなかった。

綾子が喜和の実子でないゆえ、その挨拶《あいさつ》は差出がましいと考えたのか、或いは岩伍の前で前妻の話はしたくなかったのか、それともいつもの山出しの照、の通り、挨拶の仕方も知らないまま黙っていたのかだが、こんななかで綾子が父親に向って喜和を亡くしたさびしさを訴えられるわけもなかった。

岩伍もおそらく、胸のうちはいっぱいの思いであったろう。のちになって綾子の見るところ、岩伍は喜和の葬式にも出ず、誰とも思い出話のひとつもせず、すべて胸の奥に閉じこめてしまったせいで、急速に気力とともに体力が衰えていったのだと思う。

高島先生は、綾子のまだ家に居るころから家族全員の病気を診てくれていたひとで、もう白髪にもなっているが、相変らず饅頭笠《まんじゅうがさ》を被《かぶ》った俥《くるま》引きに人力車を引かせてやってくる。

喜和の死の翌年の春のころ、先生は照を呼んで、

「老人結核とでも申しましょうかねえ。年寄りですきに、もう癒《なお》る見込みはねえ」

と告げたのを、照はそのまま岩伍に伝えてしまった。

「そうか」

と岩伍は取乱しもせずうなずき、

「龍太郎の病いが伝染《うつ》っておったのじゃろ」

と合点したという。

まだ毎日は床に就いておらず、綾子が行くといつもきちんと正座して何やら書き物をしたり、本を読んだり、だらしない居ずまいをしていたことはなかった。

「お前の病気はどうか」

と会うたびたずね、

「綾子の病気もわしがあの世へ持って行てやるぞ」

といういうのを聞いたせいでもあるまいが、喜和が死に、岩伍の病名が明らかになって来たころあいから、まるで入れ替りのように綾子は元気になっていった。

あれだけ嫌がっていた畑仕事も、毎日ではないが姑《しゅうとめ》を手伝うようになり、そのあいまに畑の生《な》り物を荷にして岩伍のもとへ運ぶのも習慣になっているのであった。

自分では意識しないが、何につけ凭《よ》りかかり、甘えていた人間が突然いなくなれば、あとはいたしかたなく自立性がついてくるものかもしれなかった。

昭和二十五年の喜和の一周忌、健太郎からは何の連絡もなかった。そのことを家で話せばいちは呆《あき》れ、健太郎を非難することは判っていたから、綾子はお詣《まい》りだと嘘《うそ》をついてその日、美耶と二人で家を出た。

昨年の寒さを思わせるような日だったから、綾子は先に駅前町に寄って美耶をたのみ、一人で北山へ向った。

小笠原家の墓所についてみると、案の定、墓詣りのあとも見えず、去年の卒塔婆《そとば》が斜めに傾いて風に吹かれているばかり、預った五万円はすでに健太郎に渡した後だったから、卒塔婆を前に綾子は途方に暮れるばかりであった。

そしてこの年から十六年のあいだ、今年は墓が建っているか、今年はどうだろうと一抹《いちまつ》の望みをかけながらの命日には綾子ひとりの墓参であった。

かわいそうなお母さん、あたし一人で年忌をやってやれないことはないけれど、実子を出しぬいて他家に嫁いだ者がやるのは、あっちこっちで必ず摩擦が起る。せめて一所懸命、あたしがお祈りだけはするからね、と綾子は目尻《めじり》を拭いながら一周忌墓参のあと駅前町へ戻ると、照が、

「綾ちゃん、ちょっと」

と手招きする。

岩伍の坐っている火鉢が見えないような店の隅の位置に綾子を連れてきて、

「きのう高島先生がおいでて下されていうには、お父さんもうあんまり長いことはないそうな。

好きなことをさせ、好きなものを食べさして心残りのないようにさせてやりなさいと」

というのを聞いて、綾子は岩伍がそんなに悪くなっているのか、と驚いた。

「長いことはないって、どのくらい？」

と聞くと、ま、三月か、長く保《も》って半年くらいじゃろか、と照はいう。

しかしそう聞いても、綾子は喜和の場合ほどうろたえはしなかった。

ちょっと考えても長年連れ添った最初の妻の死が岩伍に深い落胆をもたらさないわけはなく、また、先に逝《い》った喜和が、遠慮がちに、あの世から、

「お父さん、早うおいでてつかされや」

と招きはせぬかと真面目《まじめ》に考えてもいる。

が、まさかそんな話は照には出来ず、

「そしたら私、できるだけたびたび来るからね」

と約し、看取《みと》りもせずに死なせた母親に懲《こ》りて、父親にはできるだけのことをしてあげたいと思った。

そのあと、綾子は言葉どおり暇を見つけては見舞ったが、年が明けると岩伍は急速に弱ってゆくようであった。

しかし綾子がせっせと通っても一週間か十日に一度、そのあいだには、毎日高知へ通う農協のトラックに乗って要も訪ね、とくに、要が余暇に油で描いた仁淀川の風景が気に入ってそれを壁にかけ、苦しくなると眺めては気を紛らしているという。

綾子は、美耶を連れていったり一人で行ったり、またチラリ日帰りしたり一晩泊っ

たりしていたが、その間、いつ行っても感心するのは照の看病であった。

このひとはもともと綺麗《きれい》好きで掃除上手、それだけが岩伍の気に叶《かな》って後添えにしたという人もあるほどで、岩伍の身のまわりから寝具、痰《たん》などの後始末まで、見苦しいものは一切目につかないよう気配りしてくれた。

年明けから岩伍はもはや起きていられなくなり、照は物置にしていた三帖《じょう》を病室に改造してもらってここに岩伍を寝させていたが、狭くとも小ぎれいに片づけ、いつもそれを見るたび綾子は、あたしにはとても出来ない真似、と思ったものであった。

肺結核の終りは苦しい、と喜和はいつか死んだ龍太郎のことを話してくれたが、岩伍は誰にも苦しさを訴えなかった。自分の結核の病状さえろくに判らなかった綾子は、父の容体の推移がよく判らず、見舞に行ってはただ枕《まくら》もとに坐り、桑島村の家の様子など話すだけだったが、岩伍はそれを、いつも満足そうに聞いてくれた。

五月三日の夕、綾子は午後五時ごろ、一人で家を出て岩伍のもとに向った。

美耶を連れていこうかとよっぽど思ったが、今年は西瓜《すいか》を作っており、

「明日朝は肥えをかけるきに、戻れるならなるべく早う戻ってや」

といちにいわれていたし、朝いちばんのバスで帰るつもりで美耶はいちに預けた。

その晩、照の作った膳《ぜん》を運んでゆくと、岩伍は珍しく明るい顔で、

「今日はえらい心地がええ。坐って食べてみよか」

といい、抱き起して羽織をかけてやると、匙《さじ》を使ってゆっくりと粥《かゆ》と甘鯛《あまだい》のほぐしたものをさもおいしそうに舌を鳴らせながら食べた。

綾子もそれを見ておしゃべりになり、

「お父さん、西瓜ができたらいちばんに持って来てあげるからね」

などと少しはしゃいで、皆と一しょに六帖の間で寝たのは九時半ごろだったと思う。

朝の早い農家の習慣で、目ざめたのは五時半ごろだったろうか。

一番バスは六時すぎだから、起きぬけに行けば間に合う、と思い、挨拶《あいさつ》をするために病室の板戸を開けた。

「お父さん」

と呼び、

「そんなら帰るからね」

と声をかけたが反応がない。

そーっと頭のほうに近づくと、岩伍は左半身を下にして横臥《おうが》しており、左てのひらを左頬に当てて目を閉じたまま、すでにこと切れているようであった。

綾子はお父さあん、と絶叫して顔に手を触れてみるとまだあたたかく、これならば息絶えてからまだ二十分、とたっていないのではないかと思われた。

綾子は枕許《もと》に坐り、しばらくその静かな死顔をみつめた。

苦痛のあとは全くなく、頰の下に敷いたてのひらも動いた気配はすこしもなく、よい夢を見ながら心地よく天界に昇っていったかのようであった。

それに、一週間か十日に一度しかやってこられない綾子のあらわれた日、それも家中の誰よりも早く、いのいちばんに綾子に死を告げたかったのだと思うと、綾子は父と娘のふしぎな絆《きずな》というものを感じずにはいられなかった。

綾子は立上って照を起し、自分は予定どおりいまから帰り、家に父の死を知らせてのち、着替を持って引返してくるから、というと、そのまま家を出てバス停に向った。

町はまだ十分目ざめておらず、人影のほとんどない白いアスファルトの道のまん中を、綾子は空を見上げながら急ぎ足で歩いた。

父の死は、喜和のように突然ではなかったし、ここ一年近くかけて徐々に覚悟を固めて来ていたから、目の前が真っ暗になるような悲しさはないはずであった。

年も六十八歳、早死にというでなし、きれい好きの照に十二分に看取ってもらっての最期《さいご》だったから、本人にもまた綾子にも不足はないはずであった。

それなのに、何故《なぜ》こんなに涙が出る、と綾子は誰に向って訴えるともなしに呟《つぶや》きつつ、おびただしく溢《あふ》れ落ちる涙を拭《ぬぐ》いながら歩き続けた。

翌日の葬式はささやかなもので、近親者のみと思っていたところ、誰かに伝え聞いたのか、岩伍が以前世話をしたもと芸妓《げいぎ》たちの誰彼が別れに来てくれた。このひとたちいまは何をして暮しているのか、当然ながらどの顔にも昔の華やぎはなく、その人たちに送られる岩伍もまた、これで安堵《あんど》したのではなかろうかと綾子は思った。

喜和の死のあと一年五ヶ月、これでもう私の両親はこの世にいなくなってしまった、と思うと身のまわり、しばらくはつむじ風が舞っているような感じがあった。

衝撃だった喜和の死のときは綾子二十三歳、岩伍のときは二十五歳、綾子は両親ともに年とっての子だったから、この年での別れはさして早いとはいえなかろうが、しかし親のないさびしさはいいようもないものであった。

ただ、岩伍の死後、綾子にはふしぎな感覚があり、それは長いあいだ自分を縛っていたきつい縄目がしぜんにほどけ、意識の上で大きな自由がやって来たことであった。

のちに綾子は子供を連れてこの農村を去り、要ともいちとも別れることになるが、そのとき、もし岩伍生きてあれば、この離婚は決してできないに違いなかった。

葬式のあと、綾子は父の机を整理していて昭和十二年から死ぬ直前までつけていた十四年間の日記帳と営業日誌、それに部厚い人名簿を見つけた。いずれも綿密に几帳《きちょう》面《めん》に記録されたもので、パラパラとめくってみると、そこには綾子や美耶の名前もときどきあらわれており、綾子は父の文字のあとがたまらなくなつかしくなって、これらを貰《もら》って帰ることに決めた。

戦後、何も働かずほとんど居食《いぐ》いで過した岩伍の形見はこのノート以外、何もなかったが、綾子はその後長い時間かけてこれを丹念に読み、存命中はよく判らなかった富田岩伍という男の理解へ近づくことが出来た。

同時に、日記を読んだことで綾子の気持も徐々にひらけてゆき、青春の日をその憎《ぞう》悪《お》でほとんど埋めつくした家の職業についても、自分の手で描いてみようと決心したのはのちの話である。

終わりの始まり

檀ふみ

綾子とは、長いことご無沙汰《ぶさた》していた。

ひょっとして、もう会えないのかもしれないと、思っていたところだった。

『櫂《かい》』『春燈』『朱夏』、物語を綾子の年代記的に並べると、そういう順序になる。宮尾登美子さんの出世作となった『櫂』は、作家として背水の陣を敷いたつもりで、長らく恥と思い、自ら禁忌としていた「家のこと」を、はじめて明かした小説である。また、次に書かれた『朱夏』は、作家宮尾登美子のいわば原点。満州での体験を娘に書き残しておきたいと思ったのが小説を書き始めたきっかけだったという。

そして、『春燈』によって綾子の娘時代の空白が埋められ、『櫂』と『朱夏』に橋が渡されてから、はや十年が過ぎていた。

宮尾さんが、長年の念願であった『平家物語』にいよいよ取りかかられると聞いて、「もう一度、綾子に会いたい」という切なる願いは、「もう会えないんだろうな」という、静かなあきらめに変わっていた。

『宮尾本 平家物語』の連載が始まったばかりのころ、新築まもない北海道のお宅に、宮尾さんを訪ねたことがある。宮尾さんは『平家物語』を書くためにその家を建て、引っ越していらしたのだという。

「去年の夏、試しにこの近くでひと月ばかり過ごしてみたら、原稿がうんとはかどったから」

書斎のデスクのわきには、ハトロン紙に包まれた原稿用紙がうずたかく積まれていた。その一枚一枚に、「宮尾本 平家物語」という文字が印刷されているのを見て、のどもとまで出かかっていた、「宮尾先生、綾子ものも書いてくださいね」という言葉を、私はぐっと呑《の》み込んだ。

それは、テレビ番組の取材だった。私たちは前日に現地入りし、近くのロッジに宿をとった。スタッフは全員男性である。私はみんなとは別の、幾部屋もあるだだっ広いロッジに、ひとりで泊まった。

その話を聞いた宮尾さんが、目をまるくされたことをよく覚えている。

「まあ、あなたよくあんな寂しいところに、ひとりで平気だったわねぇ」

「私はダメ。実は去年、あそこで原稿を書いていたんだけど、怖くてねぇ。主人にベッタリひっついていたわ」

今度は私が意外に思う番である。

宮尾登美子に「怖い」という言葉は似合わない。書きたいとなれば、どんな非難も妨害も恐れず、「訴えられたら負けですよ」と弁護士に言われたときにも、「後学のために、監獄にいっぺん入ってみるのも悪くない」と、昂然《こうぜん》と書き始めた宮尾さんではないか。

「先生、本当に怖いのは『人』だって言いますよ。人里離れた寂しいところだからこそ、安全なんじゃないですか」

と、私がさかしげに道理を説くと、天下の宮尾登美子は「ううん」と首を振って、大まじめな顔で言うのだった。

「私はね、何よりもお化けが怖いの！」

話が横道にそれた。「綾子」である。

その年の暮れだったか、もうじき宮尾先生のご本が出るのでインタビューしてほしいと、『仁淀川《によどがわ》』のゲラを渡されて、私はひっくり返るほどびっくりした。

「嬉《うれ》しいッ！　先生、綾子ものも書いていてくださったんですね！」

宮尾さんにお会いするなり、そう叫んだのではなかったかと思う。

「ほら、この間、檀さんが泊まったところ。あそこで書いたのが、この原稿だったの」

なるほど。すると私は、多少の時差こそあれ、綾子と空間をともにしていたことになる。あの広いロッジで、お化けにも会わず、ぐっすりと幸せな気持ちで眠ることができたのは、綾子のおかげかもしれない。

さてその綾子が、満州から命からがら引き揚げてきて、夫の実家の前を流れる仁淀川のほとりに立つところから、この物語は始まる。

「実際にはたった一年半だったのかと思いつつ、綾子はこの五百三十日余は人間一人の一生にも匹敵する長さだとしみじみ思いながら、胸の奥深く息を吸い込んで立上った」と結ばれている『朱夏』から、そのままよどみなく流れこんだような書き出しである。だが実際には、『朱夏』と『仁淀川』の間には十数年の長い逡巡《しゅんじゅん》があったようである。

「読者は、農村の昔の話なんか読みたくないんじゃないかという不安が、ずうっと頭にあったの」

と、宮尾さんはおっしゃった。

なかでも、いちばん気がかりだったのが、「嫁入り簞笥《だんす》」のくだりらしい。

「姑《しゅうとめ》に簞笥がない嫁と言われるのが死ぬほどつらいの。そういうことが理解できる？滑稽《こっけい》じゃなかったですか？」

ぜんぜん「滑稽」だとは思わなかった。

「満州で過した日々に較《くら》べれば、焼跡で嘗《な》める苦労はまだまだやさしいもの」（『朱夏』）そう思って勇んで故郷に帰った綾子を待っていたのは、焼跡での苦労ではなく、戦争でも焼きつくされなかった農家の因習である。

町の子である綾子と同じように、昔の農村を知らない私たちは、綾子の目でその様子を見、綾子の耳で姑の言葉を聞く。

「出ず入らず、飛び出さずひっこまず。これがいちばんぞね」と言う姑いちに、綾子は内心、「人並みなんて嫌なこった」と反発する。たいていの読者が、綾子にうなずくに違いない。だが、人の心は弱い。「人並みでありたい」という臆病《おくびょう》さもまた、同じ心のなかにあって、「人並み以上」に働き者のいちには、やはり一目置かざるをえない。ことに、病を得てからの綾子にとって、いちの一言一言は鋭い針のようであったろう。

まったく、いちという人は並みでない。地中にしっかりと根を張った大木のゆるぎなさが、そこにはある。いちの前では綾子など、浮き草も同然である。

ご承知のように、綾子は宮尾登美子の分身である。ご自身のことだからだろうか、宮尾さんの目は、ことさらに綾子に厳しく向けられているような気がする。

だが、「大木」いちを前にしていると、綾子のわがままも世間知らずも、なんだかとても可愛《かわい》らしく感じられるのである。いちの確かさに比べて、綾子のなんと不確かなこと。そのもろさ危うさのなかに、若さと瑞々《みずみず》しい感性が眩《まぶ》しいばかりに輝いている。

肺結核だと医者に宣告されて、綾子は日記をつけ始める。

「近づいてくる死の恐怖の前に考えたのは、母親として美耶《みや》のために何かきちんとした遺言を残してやることであった」

「もし美耶がその後の人生のなかで困難にぶつかったとき、満州時代の赤ん坊体験を思い出せば大きな勇気となるのではあるまいか」

しかし、いきなり一生分ほども重さのある体験記が書けるわけもなく、しばらくは習作（?）として、姑の悪口などを書いていたらしい。

「一種のカタルシスというのか、書くとスッとしますでしょう。姑の悪口を書くことで、病気が治ったんじゃないかと思います」

つまり、偉大なるいちさんは、作家宮尾登美子の育ての親であり、命の恩人でもあったわけである。

以来、六十年近く、宮尾さんは日記をつけ続けている。

「門外不出」とおっしゃっていたような気がするが、先年、全集にその一部が収録されていることを知り、興味津々《しんしん》で読み始めた。

文学的な香りはない。秘めた恋なども期待できない。ところどころには家計簿もまじる、どちらかというとぬかみそ臭い、即物的なメモといった趣であろうか。しかし、バツグンに面白い。

夜逃げ同然に上京してから、直木賞を受賞するまで。十円二十円にオロオロし、原稿を書いては突き返される屈辱の日々から、歯をくいしばって少しずつ少しずつ階段をのぼっていると、とうとう天からスルスルと糸が下りてくる。

これが宮尾さんの手で小説化されたら、いったいどれだけ面白くなるんだろうと、考えるだけでもワクワクした。

『仁淀川』は、『櫂』から続く一連の物語の、終わりであり、また始まりでもある。『櫂』の主人公、喜和と岩伍《いわご》は、本書の終盤で、帰らぬ旅に出る。それぞれの死と綾子との関わりは、哀切で美しい。

父の死を見届けると、綾子は実家を出て、嫁ぎ先へと知らせに帰る。

「町はまだ十分目ざめておらず、人影のほとんどない白いアスファルトの道のまん中を、綾子は空を見上げながら急ぎ足で歩いた」

そのとき「空が広いな」と思ったと、宮尾さんは言う。

「涙は流れるんですけれども、もうそれこそ空が広いな、これから先、自分の前途にすごく広い豊かな世界が広がっているなという感じは、うんとしたんですね」

父親を愛してはいたが、その存在の大きさゆえに、呪縛《じゅばく》も感じていた。そこからとうとう飛び立ったという感覚。飛び立とうともがいていた娘の足を、盲目的な愛で引っ張っていた母親も、もはやいない。

「青春の日をその憎悪《ぞうお》でほとんど埋めつくした家の職業についても、自分の手で描いてみようと決心したのはのちの話である」

『仁淀川』はそんな言葉で結ばれている。

私は、宮尾さんの日記を思い出していた。

「五月二十一日(月曜日)晴れ——今日は太宰賞の審査会。——動悸《どうき》、イライラ、とても苦しい。覚悟といっても、なかなかできないものだ。食欲もなく、イライラしながらひとり待つ。部屋の中でたったひとり待つ。

それでも七時五分、筑摩の岡山さんからTELあり、受賞という。思わず、涙がふきこぼれた」

昭和四十八年、『櫂』で太宰治賞を受賞した日の記述である。

「両親のことを書いた小説だったから、ただちに仏壇にお灯明をあげながら、私はひとりで泣き続けた」(『手とぼしの記』)

と、後のエッセイにも書かれている。

そうだ。綾子の物語は、ここで終わらなくてはならない。この滂沱《ぼうだ》たる涙があってはじめて完結するのである。そして、再び『櫂』へと連なっていく。登美子と綾子、どちらが裏とも表ともつかない「メビウスの帯」となって、この壮大なる物語はグルグル回り続けるのだ。

『仁淀川』から「はじまった」新たな綾子の物語。宮尾さんには責任上、是が非でも「滂沱たる涙」まで書いていただきたい。

(平成十五年八月、女優)

この作品は二〇〇〇年十二月、新潮社より刊行された。

宮部みゆき著
かまいたち
夜な夜な出没して江戸を恐怖に陥れる辻斬り〝かまいたち〟の正体に迫る町娘。サスペンス満点の表題作はじめ四編収録の時代短編集。

宮尾登美子著
もう一つの出会い
初めての結婚、百円玉一つ握りしめての家出、離婚、そして再婚。様々な人々との出会いと折々の想いを書きつづった珠玉のエッセイ集。

宮尾登美子著
寒椿
同じ芸妓屋で修業を積み、花柳界に身を投じた四人の娘。鉄火な稼業に果敢に挑んだ彼女達の運命を、愛惜をこめて描く傑作連作集。

宮尾登美子著
櫂《かい》
太宰治賞受賞
渡世人あがりの剛直義俠の男・岩伍に嫁いだ喜和の、愛憎と忍従と秘めた情念。戦前高知の色街を背景に自らの生家を描く自伝的長編。

宮尾登美子著
春燈
土佐の高知で芸妓娼妓紹介業を営む家に生まれ、複雑な家庭事情のもと、多感な少女期を送る綾子。名作『櫂』に続く渾身の自伝小説。

宮尾登美子著
クレオパトラ（上・下）
愛と政争に身を灼かれながら、運命を凜冽に生き抜いた一人の女。女流文学の最高峰が流麗な筆致で現代に蘇らせる絢爛たる歴史絵巻。

宮尾登美子著
菊亭八百善の人びと
戦後まもなく江戸料理の老舗に嫁いだ汀子。店の再興を賭けて、消えゆく江戸の味を守ろうと奮闘する下町育ちの女性の心意気を描く。

宮尾登美子著
朱夏
まだ日本はあるのか……? 満州で迎えた敗戦。その苛酷無比の体験を熟成の筆で再現し、『櫂』『春燈』と連山をなす宮尾文学の最高峰。

宮尾登美子著
きのね（上・下）
夢み、涙し、耐え、祈る……。梨園の御曹司に仕える身となった娘の、献身と忍従。健気に、そして烈しく生きた、或る女の昭和史。

宮尾登美子著
義経
日本人の心に永遠に生き続ける稀代のヒーロー・源義経の流転の生涯。女流ならではの華麗な筆致で描き上げた、宮尾歴史文学の白眉。

川端康成著
古都
捨子という出生の秘密に悩む京の商家の一人娘千重子は、北山杉の村で瓜二つの苗子を知る。ふたご姉妹のゆらめく愛のさざ波を描く。

川端康成著
千羽鶴
志野茶碗が呼び起こす感触と幻想を地模様に、亡き情人の息子に妖しく惹かれ崩壊していく中年女性の姿を、超現実的な美の世界に描く。

新潮文庫最新刊

宮部みゆき著
孤宿の人（上・下）
藩内で毒死や凶事が相次ぎ、流罪となった幕府要人の祟りと噂された。お家騒動を背景に無垢な少女の魂の成長を描く感動の時代長編。

伊坂幸太郎著
フィッシュストーリー
売れないロックバンドの叫びが、時空を超えて奇蹟を呼ぶ。緻密な仕掛け、爽快なエンディング。伊坂マジック冴え渡る中篇4連打。

畠中恵著
ちんぷんかん
長崎屋の火事で煙を吸った若だんな。気づけばそこは三途の川!? 兄・松之助の縁談や若き日の母の恋など、脇役も大活躍の全五編。

宮城谷昌光著
風は山河より（三・四）
松平、今川、織田。後世に名を馳せる武将たちはいかに生きたか。野田菅沼一族を主人公に知られざる戦国の姿を描く、大河小説。

重松清著
みんなのなやみ
二股はなぜいけない？ がんばることに意味はある？ シゲマツさんも一緒に困って真剣に答えた、おとなも必読の新しい人生相談。

石田衣良ほか著
午前零時
―P.S.昨日の私へ―
今夜、人生は1秒で変わってしまうと、知りました――13人の豪華競演による、夜の底から始まった、誰も知らない物語たち。

仁《に》淀《よど》川《がわ》

新潮文庫　み－11－16

平成十五年九月一日発行
平成二十一年十二月五日三刷

著者　宮《みや》尾《お》登《と》美《み》子《こ》

発行者　佐藤隆信
発行所　株式会社 新潮社
郵便番号　一六二―八七一一
東京都新宿区矢来町七一
電話 編集部(〇三)三二六六―五四四〇
読者係(〇三)三二六六―五一一一
http://www.shinchosha.co.jp

印刷・大日本印刷株式会社　製本・加藤製本株式会社

ISBN978-4-10-129317-2　C0193